思想的沉重与技巧的轻盈
——果戈理与契诃夫作品研究

连丽丽　吴维香　著

中国致公出版社
China Zhigong Press

图书在版编目（CIP）数据

思想的沉重与技巧的轻盈：果戈理与契诃夫作品研
究／连丽丽，吴维香著．—北京：中国致公出版社，
2018
ISBN 978 - 7 - 5145 - 1310 - 3

Ⅰ.①思… Ⅱ.①连… ②吴… Ⅲ.①果戈理—文学
研究②契诃夫（Chekhov, Anton Pavlovich 1860 - 1904）—
文学研究 Ⅳ.①I512.064

中国版本图书馆 CIP 数据核字（2018）第 172334 号

思想的沉重与技巧的轻盈：果戈理与契诃夫作品研究

连丽丽　吴维香　著

责任编辑：尤　敏　王宏亮
责任印制：岳　珍

出版发行：　中国致公出版社　China Zhigong Press

地　　址：北京市海淀区翠微路 2 号院科贸楼
邮　　编：100036
电　　话：010 - 85869872（发行部）
经　　销：全国新华书店
印　　刷：北京市金星印务有限公司
开　　本：710 毫米×1000 毫米　　　1/16
印　　张：13
字　　数：190 千字
版　　次：2018 年 9 月第 1 版　　2018 年 9 月第 1 次印刷
定　　价：46.00 元

序 言

从"俄罗斯文学之父"普希金肇始，俄罗斯文学开始受到西方的关注，西方人发现俄罗斯这个学生竟然拥有世界上一流的作家和作品。俄罗斯作家为世界文学史做出了杰出的贡献。在这里要特别提到两个作家，一个是俄罗斯文学"黄金时代"与普希金齐肩的作家、思想家果戈理——他把东正教文化引入文学，开创了俄罗斯文学的东正教文化传统，赋予了文学神圣的使命，使作品凝结着沉重的思想；另一个是开启20世纪现代小说书写方式的短篇小说大师——契诃夫，契诃夫的小说无论是从叙事视角、人物塑造、情节特征，还是从故事框架上都不同于传统小说，他的小说创作技巧是连接传统小说和现代小说的桥梁。相对于果戈理小说思想内容的沉重，契诃夫小说技巧的革新就显得格外轻盈。

一

19世纪是俄国文化崛起的时代，相应的也是俄罗斯文学形成其民族特点并屹立于世界文学之林的时期。从某种程度上来说，俄罗斯文学的真正形成期是18世纪末19世纪初，到"俄罗斯文学之父"普希金那里才形成了可以与西方文学相抗衡的作品，而不再是对西方文学作品的翻译和模仿。普希金的"天才与拉斐尔、拉辛、莫扎特、歌德和司汤达（后两位是最后的旧欧洲时代的巨匠）颇相接近。普希金的基本使命是使此时的欧洲成为未来俄罗斯精神的发源地。他出色地完成了这个使命。"[1] 俄罗斯与对欧洲文化的学习,一方面带来了俄罗斯的繁荣,另一方面资本主义发展的一切弊端——衰落、分裂、流离失所等也都进入俄国。由于这个缘故,19世纪俄罗斯的作家与欧洲文学相比"整个19世纪的俄国文学都更具使命感。从一开始,它就注重表现人民的意愿和情绪,成为展示解放运动发展必然趋势的舆论阵地。正因为如此,俄国文学与人民的关系十分密切,作家和人民之间形成了一种西方所没有的关系——依赖关系。可以说,俄国人对思想家、作家的依赖是俄国文化的一大特点。人们总是要他们回答在解放运动中遇到的各种问题;作家在自己的作品中就要为人民发出呼喊和抗议。所以说,俄国文学是问题的文学"[2]。由此可以看出,俄罗斯作家的使命感是与生俱来的。和西方把文学家看成语言艺术的巨匠不同,俄罗斯把作家、思想家看成社会发展的重要力量,是人民情绪和意愿的表达者,这样必然形成统治阶级对进步文学的仇视,"残酷的现实也使俄罗斯作家产生了强烈人性意识、民主意识和悲剧意识。这种意识渗透到作品的形象、结构、语言和艺术手法等各个方面,使作品充满崇高的激情。所有的优秀的俄罗斯文学作品几乎都是深沉的、严肃的,具有感人肺腑的强大艺术力量"[3]。俄罗斯文学有着这么强大的感人力量,除了作家关注现实生活外,还有一个重要原因,就是东正教信仰作为这个民族的强大精神支柱所表现出来的普世情怀与救赎精神。把东正教信仰和对现实生活的描写巧妙结合在一起,并产生巨大影响的作家是俄罗斯现实主义文学奠基人——果戈理。

果戈理在俄罗斯文学进程中的作用是巨大的。人们给他的评价大都是"俄罗斯散文世界的开拓者,俄国现实主义的奠基人,他是俄国'文坛的盟主,诗人的魁首',可是从事心灵和人生之永久事业的果戈理却从

---

〔1〕 金亚娜. 俄国文化研究论集〔M〕. 黑龙江教育出版社,1999年,第5页.
〔2〕 金亚娜. 俄国文化研究论集〔M〕. 黑龙江教育出版社,1999年,第6页.
〔3〕 金亚娜. 俄国文化研究论集〔M〕. 黑龙江教育出版社,1999年,第7页.

未得到如此的认同"[1]。当年别林斯基对果戈理的批判似乎还深入人心，人们也把晚期的果戈理说成陷入了宗教迷狂，认为是宗教毁灭了他，他放弃文学并陷入神秘主义是宗教的过错。事实上，作为文学家的果戈理和宗教思想家的果戈理不可分的，单强调哪一方面都是错误的。自998年"罗斯受洗"后，东正教成为俄罗斯的国教，它渗透到俄罗斯的方方面面，不仅成为俄罗斯人的行为准则，也成了他们的精神支柱。果戈理和他的父母一样都是虔诚的东正教徒，并且他的母亲带有神秘主义的东正教信仰对果戈理有很深的影响。自从东罗马帝国灭亡之后，俄罗斯相信自己是"第三罗马"，带有拯救世界的普世使命。这种思想在果戈理生活的那个时代很受欢迎，但俄罗斯的现实是落后于西方国家，俄罗斯首先要做的是怎样振兴，果戈理带着振兴俄罗斯民族并给整个世界带来光明的使命开始了他的创作生涯。他一生都在用自己全部创作和全部的宗教狂热去找寻地上的上帝之城。因此，"果戈理不仅属于文学史，而且属于俄国宗教史和宗教——社会探索史"[2]。

果戈理追求一种神秘主义的感应，认为自己是上帝所青睐、所特别拣选的人，肩负某种神圣的使命。果戈理一生都在寻求神秘的启示和奇迹，追求与上帝的直接交往，觉得生活中的一切都是上帝赐给他的各种启示，是"上帝一直在关注他，怜悯他，并将通过他来实现对人类的救赎"[3]。他笃信东正教教义中关于天堂、地狱、罪孽、惩罚等说法，并且受意大利作家但丁的影响，相信人犯罪之后可以通过炼狱的净化升入天堂。果戈理进行文学创作不是要取得多高的文学成就，而是完成他救世的伟大计划，"文学只是果戈理选择的用以传达他在神秘直感中所见所闻的工具"，是"他创作时他为得到神示而做的独特的祈祷"。他把自己的创作当成完成上帝交与使命的工具，是通往天国的阶梯。他一生辛勤创

〔1〕 金亚娜、刘锟等. 充盈的虚无——俄罗斯文学中的宗教意识 [M]. 人民文学出版社，1999年，第15页.

〔2〕 尼·别尔嘉耶夫. 俄罗斯思想 [M]. 雷永生、邱守娟译. 三联书店，1995年，第79页.

〔3〕 金亚娜、刘锟等. 充盈的虚无——俄罗斯文学中的宗教意识 [M]. 人民文学出版社，1999年，第17页.

作，"在这个梯子上奋力上行，以求达到自己的救世理想"[1]。

果戈理企图通过创作来完成他的救世计划，可是放眼当时的俄罗斯，果戈理看不到自己满意的人。19世纪初的俄罗斯还处于一种末日的恐慌之中，"19世纪的初期，是亚历山大一世混乱而动荡的时期。俄罗斯军队踏遍欧洲，使共济会的神秘学说在俄罗斯生根，并促进了圣经协会的活动和德国哲学的传播。浪漫主义深入人心，它形成了一种由德国和英国著作培养的奇特的俄罗斯虔敬主义。对于世界一种迫近的终结的期待（'灵视者'本格尔预言在1837年），大概可以解释果戈理的戏剧。这位天才、病态而敏感的作家以死人的眼光审视世界，他将自己的作品和灵魂置于启示之火内燃烧"[2]。果戈理用苛刻的眼光看待当时的俄罗斯，果戈理一方面相信俄罗斯是上帝所特别眷顾的民族，赋有造福人类的伟大使命；另一方面放眼整个俄罗斯看到的却是弃绝神圣的"死灵魂"游走在俄罗斯大地上。我们在看卡夫卡的作品时，看到的是一只猴子、一名院士，一位律师长着一个马头，那些半死不活的人们在湖上航行。果戈理也是这样：取代上帝真实世界的是一种令人恐怖的滑稽模仿，一个鼻子离开八等文官柯瓦廖夫少校绝不出众的脸，获得了人的全部主权，坐着四轮轿车身穿制服招摇过市，并且"从带有羽饰的帽子上可以断定，他是个五等文官"，它俨然是享有世界上全部权力的人物，最可怕的是鼻子竟然去教堂祈祷（这一天是圣母报瞻礼，俄罗斯普天同庆的日子），显然上帝已经被冒充者挤走了。在空荡荡的大教堂中央，鼻子隐藏着自己的面容站在那里。"反基督所越过的大堂门槛，标志着历史迈过启示录门槛之时刻。圣母报瞻礼遭滑稽模仿。这是骗子的福音，他在宣布他自己的'福音'。这些无容貌的隐匿存在充斥空间，把活人的世界改变成死魂灵的世界。"[3] 这是令果戈理最害怕的事情，死灵魂充斥的世界不就是

---

〔1〕金亚娜、刘锟等. 充盈的虚无——俄罗斯文学中的宗教意识［M］. 人民文学出版社，1999年，第22页.

〔2〕叶夫多基莫夫. 俄罗斯思想中的基督［M］. 杨德友译. 学林出版社，1999年，第43页.

〔3〕叶夫多基莫夫. 俄罗斯思想中的基督［M］. 杨德友译. 学林出版社，1999年，第67页.

"人间地狱"吗？果戈理认为《启示录》所启示的末日就要来临了，所以他要在天使吹响末日审判的号角前警醒他的俄罗斯兄弟们：快快悔改，依靠对本民族的东正教信仰成为复活的灵魂，也因此果戈理的作品时而呈现出启示文学的特征。依照这样的计划，果戈理计划写一部拯救俄罗斯人的史诗性巨著，他参照《神曲》设计了他的小说《死魂灵》，小说原计划是写三部：第一部写俄罗斯的现状——死魂灵充斥其间的世界，如乞乞科夫和五个地主；第二部写灵魂的苏醒，如乞乞科夫们的反思"不能再这样生活下去了"，要把"劳动"作为自己的生活重心；第三部写所有苏醒的灵魂靠着东正教的信仰进入真理的国度——上帝之城。可惜果戈理是审丑的天才，《死魂灵》第二部写了两次都因不满意而焚毁了，"一切小说家在想描写一种实际可见的善人的典型时，都感到了一种无法克服的困难。果戈理因为自己沉重的失败而焦灼如焚"[1]。因为塑造不出果戈理想要塑造出的完美的基督式的人物，果戈理觉得没有完成使命的书稿不如焚烧，所以今天只能看到《死魂灵》第二部的残稿及第三部的写作计划。

果戈理一生都在寻求俄罗斯的救赎之路，他的创作就是他这种寻求的形象表达，所以果戈理作品中的思想是如此沉重，这也是许多中国读者不喜欢读他作品的原因。

二

契诃夫笔下大都是以"小人物"作为描写对象的，他着重表达普通人的思想和情感，如《烦恼》《嫁妆》《胖子和瘦子》《套中人》《醋栗》《新娘》《没意思的故事》等，作家对"小人物"的描写和塑造是俄罗斯文学的历史传统。作为"俄罗斯文学之父"的普希金为后世文学开创了许多创作主题，对"小人物"的关注是其中一个。普希金的《驿站长》使读者看到普通人的命运，被历来作家忽视的"小人物"成为作家关注

---

〔1〕 叶夫多基莫夫. 俄罗斯思想中的基督［M］. 杨德友译. 学林出版社，1999年，第91页.

的焦点，它旨在说明，像驿站长这样的"小人物"也是值得人们关注的。之后果戈理继承"小人物"书写传统创作了《外套》，九等文官阿卡基·阿卡基耶维奇，"无论换了多少任厅长和各级上司，他总是坐在老地方，还是老样子，干着老差事，仍然是一个抄抄写写的官儿，以至于人们后来都相信，他显然是现在这样一副样子，穿着制服，头上谢顶，降生到人世上来的，他在厅里一点也不受尊重"。厅里的人都可以拿他取笑，他也从来不会反抗，有一天，他因为某种原因必须要做一件新外套，新外套增添了生活的动力，他仿佛在积攒做外套的费用时找到了生活的全部希望和意义。新外套做好的时候"兴许是阿卡基·阿卡基耶维奇一生中最激动的一个日子"，可是新外套穿上一天就被抢了，无助的阿卡基·阿卡基耶维奇悲愤而死，死后还在丢外套的地方寻找他的那件新外套。如果说普希金旨在提醒人们"小人物"是值得我们关注的，果戈理通过阿卡基·阿卡基耶维奇的口喊出"我是你们的兄弟"的口号[1]。到陀思妥耶夫斯基那里，他通过《穷人》《白夜》等作品说明"小人物"也是有丰富内心和可敬灵魂的。然而到了契诃夫这里，他不再只是同情这些在社会中占有绝大比例的"小人物"，他继续果戈理在《伊万·伊万诺维奇与伊万·尼基福罗维奇吵架的故事》《旧式地主》中对人类无法弃绝的庸俗的描写，"先生们，生活在这篇土地上是何等的无聊啊！"契诃夫的小说几乎都是围绕着这些普通的"小人物"展开的，他描写了这些普通人身上的虚无感和空虚的生活，"契诃夫的人物互相隔绝，不理解自己卑微的存在的意义，空虚和无聊有如时代的传染病，到处弥漫"[2]。是的，作家的作品展示了人类美好的情感如何在空虚的、卑微的生活中被吞噬殆尽。

　　同样是描写"小人物"，同样都表现了"为什么我们还是这么无聊"，但是在小说创作上，果戈理的创作方法完全属于传统小说范围，而契诃夫的伟大在于他开启了现代小说之门，他的小说创作技巧是革命性的，

---

〔1〕 苏畅编选. 俄罗斯小说百年精选 [M]. 中国华侨出版社，1999 年，第 21 页，第 14 页.
〔2〕 郑体武. 俄罗斯文学简识 [M]. 上海外语教育出版社，2006 年，第 140 页.

但是在国内对契诃夫小说形式因素的研究远没有对其思想内容的研究成果丰厚，还有很大的研究空间，这也是本研究的立足之处。

1907 年，吴梼根据日文翻译了契诃夫的短篇小说《黑衣教士》，据笔者所知，这是契诃夫短篇小说最早的中文译介，距今已有百年历史。百年之内，国内对契诃夫短篇小说的研究起起落落，大致可分为三个时期。第一个时期是五四时期至 20 世纪 40 年代末，这个时期是国内研究契诃夫的初始阶段，主要表现为契诃夫的作品被大量译出，到 20 世纪 40 年代末，契诃夫重要的短篇小说几乎都有了中译本。但是，这一时期对契诃夫短篇小说的研究甚少，仅有鲁迅、瞿秋白、巴金、茅盾等作家对契诃夫小说做过整体的、零散的评价。

第二个时期是 20 世纪 50 年代初至 20 世纪 60 年代末。这一时期，国内对契诃夫的短篇小说研究处于发展阶段。首先是对契诃夫短篇小说的翻译继续深化。如陆续出版了由汝龙先生译的《契诃夫短篇小说选集》，共 27 卷，收录契诃夫短篇小说达二百二十多篇，是 20 世纪五六十年代国内影响最大的契诃夫短篇小说选集。其次，国内学者对契诃夫手记、信札以及关于契诃夫有代表性的研究成果等也开始重视起来，进行了大量的翻译工作；在国内学者对契诃夫短篇小说的研究方面，这一时期没有专著论述，但是在中央和地方的报刊上以及高等学校和研究机构的学报上，时常登载一些研究契诃夫短篇小说的论文，但这些论文的研究对象仍然局限于契诃夫作品的主题、思想、现实主义方法以及对契诃夫个人的研究，很少对契诃夫短篇小说的形式因素进行探讨。

第三个时期是 20 世纪 80 年代初至今，是国内"契诃夫学"继续发展的时期。在小说作品译介方面，这个时期与前两个时期相比，继续深化，趋于成熟。此外，这一时期也出现了一些新的契诃夫传记、手记的译介。在国内，学者对契诃夫短篇小说独立研究方面出现了研究契诃夫的专著。学术论文研究观点也丰富多样，分别从社会学、文艺学、美学、心理学、比较文学等多角度对契诃夫短篇小说进行了研究。另有学者研究契诃夫对中国作家小说创作影响；还有很多学者从心理学、抒情性、戏剧性等方面对契诃夫小说进行研究。总之，这一时期和前两个时期相比，国内对契诃夫短篇小说的研究有了很大进步。不仅出现了一系列学术专著，而且出现了大量颇有价值的研究论文。相比之下，单篇论文比专著的研究更具多元性，无论是研究领域还是研究方法均有新的拓展和突破。以上是近百年来国内对契诃夫短篇小说的研究情况。

中国对契诃夫创作的研究，从 20 世纪初开始到现在已有百年历史。笔者对国家图书馆和全国各地期刊所收录的近百年以来的契诃夫研究资料进行考察时，发现国内对契诃夫的研究主要倾向于作品主题和内容研究，而对其作品形式方面的研究比较少。此外，在这些研究资料中，即便有形式方面的研究，也往往因为缺乏科学的分析工具而流于感受式的梳理，不能从根本上说明问题。叙事学作为针对作品形式研究而享誉世界的文艺理论流派，其科学、系统的理论方法恰恰为作品形式研究提供了有力的研究工具。我国从叙事学角度研究契诃夫作品的资料数量不多，因此，笔者希望借助叙事学的理论方法，对契诃夫短篇小说的形式、风格予以尝试性的拓展研究。本研究采用米克巴尔和热内特的叙事理论研究契诃夫小说的叙事特征，即契诃夫短篇小说的"戏剧舞台效果"特征、人物的混合性特征、叙事节奏的"漫画式速写"特征、情节氛围的渲染和框套型故事独特的框架特征五个方面，希望能为契诃夫的研究尽上自己的绵薄之力。

果戈理的创作成为他通往天国的阶梯，成为他完成神圣使命的工具，所以浸透着东正教诸多观念的诸多作品，显得那么沉重而难懂；契诃夫也关注俄罗斯"灵魂"的现状，特别是表现了日常生活中的虚无感，但是对于后世来说，他最大的影响是"在契诃夫之后写作马虎是不允许的"[1]，契诃夫的许多小说创作技巧开启了二十世纪小说之门，契诃夫的伟大更多是小说创作方法上的，所以说契诃夫小说的创造技巧相对于果戈理沉重的思想显得那么轻盈。

---

〔1〕 郑体武. 俄罗斯文学简史 ［M］. 上海外语教育出版社，2006 年，第 143 页.

　　本专著由绥化学院连丽丽、杭州市凤凰小学吴维香共同撰写。具体分工如下：连丽丽承担序言和上编的撰写工作，吴维香承担下编的撰写工作，最后由连丽丽统稿。

　　本书撰写过程中参考了大量著作和学术文章，在此向各位作者表示感谢。

　　由于作者的学识有限，本书的缺点、错误在所难免，请各位专家、学者多多批评指正，不胜感激！

目 录
CONTENTS

上

编

第一章　带着神圣使命创作的果戈里

　　果戈理的创作是带着末日恐惧与俄罗斯民族的神圣使命进行的。果戈理是从普希金手里接过俄罗斯文学这面大旗的，对于他来说，文学不仅是个人情感的表达，也不仅是对现实生活的描写与反映，它应有更高的使命。那它的创作者——作家自然是要带着神圣使命的。果戈理越是到创作的晚期，越是把自己的创作看作是为完成某种特殊使命而进行的，他把自己看作是赋有神圣使命的先知，他的作品就是末日临近前的警示，他的作品因此体现出启示文学的色彩。

　　启示文学是《圣经》出现较晚的一个文学门类，"启示"在希腊文中的原意是"以神谕方式揭开隐藏的真理"。词义本身表明了启示文学的写作性质——带有象征性和神秘色彩。启示文学主要指作者用象征手法来描绘离奇的异象，为了传达上帝对人类的启示——末日来临前惩戒与救赎。《圣经》中有代表性的启示文学是《启示录》《但以理书》等。启示文学的作者是上帝的代言人，具有特殊的使命，传达在末日来临前上帝的启示，警示在世的人们远离罪恶，在天使的末日号角吹响之前灵魂得以复活，复活的灵魂得以进入天堂。但上帝的启示不会直接呈现在人们面前，而是用象征的方式隐晦地向人类传达。果戈理是俄罗斯"黄金时代"与普希金齐肩的作家、思想家。他把东正教文化引入文学，开创了俄罗斯文学的东正教文化传统。果戈理生活的19世纪是整个俄罗斯笼罩在末日恐惧的时代，果戈理带着启示录的感受进行文学创作，他在书中写到"大地燃烧着谜一般的乡愁"。果戈理怀念亚当、夏娃没有犯罪的人类历史时期，带着末日的恐惧期待着天国的降临。果戈理运用象征的手法向人们展现了一个死魂灵充斥大地的世界，他企图以文学创作的方式来警醒这些僵死的灵魂，使灵魂得以复活，最后整个俄罗斯大地进入天国，以完成他的救赎使命。果戈理作品中对末日论主题的引入和大量象征手法的运用，使他的作品整体上近似于启示文学。果戈理作品中体现出的救赎思想，也是俄罗斯人常把果戈理看成宗教思想家的原因，以至于20世纪俄罗斯的新宗教哲学家在编写宗教哲学史的时候常把果戈理的名字写进去。

在《圣经》中，启示文学的作者大都被认为是上帝所拣选的一个特殊群体，是上帝的特殊选民，启示文学是在上帝的启示下写出来的，它不是作者的个人表达，他们只是上帝旨意的传达者。俄罗斯自从"罗斯受洗"接受东正教之后，经过历史的演变，自称为"神圣罗斯""第三罗马"，是上帝的选民，认为自己肩负拯救世界的使命，俄罗斯知识分子作为俄罗斯社会的良心，他们的救世思想和选民观念是与生俱来的。"俄罗斯知识分子精神的视野，永远都瞻望着未来或回望着过去而对当下和此在，则抱着一种激烈的批判态度。"[1] 同样，果戈理把自己看成上帝的选民，认为自己肩负着特殊的使命，他把这种使命融入了他的文学创作，对他所处的历史时期进行强烈的批判。

果戈理出生在宗教气氛浓郁的乌克兰，父母及祖上都是虔诚的东正教徒，东正教信仰在果戈理那里根深蒂固，信仰几乎是他生命的全部，是他创作的动因与目的，带有神秘色彩。果戈理认为自己是赋有特殊使命的作家，是在上帝的启示之下进行创作的——这一点类似基督教中的先知。在1842年6月写给茹科夫斯基信中，他说："……我心中有一个难以言喻的深刻信念，虽然我现在站在我要上的阶梯的最下面几层，但是上天的力量能够帮助我爬上它的顶端。以后还要付出许多劳动。还有很长的道路……"[2] 这时的果戈理已经写完了《死魂灵》的第一部，他

---

〔1〕 果戈理. 果戈理书信集 [M]. 李毓榛译. 安徽文艺出版社，1999年，第21页。
〔2〕 果戈理. 与友人书简选 [M]. 任光宣译. 安徽文艺出版社，1999年，第248页。

认为自己是带着不可言说的"深刻信念"进行创作的，而且他认为自己只是完成了他所要做的工作的一部分，"只是站在了梯子的最下面几层"，但是他自认为已经找到了真理的梯子并且登上了几层，他要在上帝的帮助之下登上真理之梯的顶层——天国。在这封信里，果戈理显然把自己的创作和上帝联系起来，认为自己的事业是上帝授意之下的、关乎真理的神圣事业。果戈理的宗教思想非常复杂，但是其核心思想是怀着对俄罗斯人民深沉的爱进行创作，在末日审判将要来临之际，警告他的人民：末日将要来临，上帝愤怒的号角就要吹响，罪恶的灵魂快快苏醒和悔改，通过东正教信仰获得拯救吧。果戈理一生都非常喜欢中世纪作家但丁，但丁所营造的地狱、炼狱、天堂的世界，他深信不疑，他也相信天堂和地狱之间有一个炼狱的世界，他的责任就是用造物主启示下写出的文字，帮助那些因犯罪与上帝隔绝的世人经过炼狱净化，重新得救进入天堂。在果戈理的小说、戏剧、书信集当中我们都能看到果戈理在末日来临前的使命感，在果戈理创作的晚期，他认为读者不解他写的文学作品的真意，他就直接以书信的形式来表达自己的观点，出版了《与友人书简选》，这一行为也使作家和别林斯基的关系处于决裂的边缘，别林斯基甚至写评论攻击果戈理陷入了宗教迷狂（这还成了文学史上的一段公案，事实证明果戈理是对的。当然，失去别林斯基的友谊使果戈理很痛苦）。果戈理一生为上帝立言，直到生命的最后时刻。

果戈理一直深信自己有某种特殊使命，他将用文学去完成它，文学只是完成他人生使命的一个途径。"我是主创造的，主没有向我隐瞒我的使命。我降生人世，完全不是为了开辟文学领域的一个时代。我的事业比较简单和接近：我的事情不仅仅是我，而是每个人应首先去考虑的事。我的事情——是心灵和人生的永久事业。"[1] 果戈理的使命感是带有宗教神秘色彩的，它源于对俄罗斯兄弟深切的爱，其强大动力是在末日审判时整个俄罗斯大地都能升入天国。

---

〔1〕 果戈理. 与友人书简选［M］. 任光宣译. 安徽文艺出版社，1999年，第120页.

启示文学是在"犹太民族面临危机、强敌入侵的动荡时代发展、繁荣起来的,其思想主旨最终都是指向有关末世的预言,可以简称为末世论"[1]。"末世"不是指现实世界的最后一天,而是指现实世界的最后一段日子。在末日,基督会再来人间,天使将吹起号角预示上帝的最后审判来临了,信上帝的人将进入天堂,有罪的人将进入地狱,受那永恒不灭之火的酷刑。"从对思想史的考察可以发现,俄罗斯的宗教思想比西方思想更多地体现了末世论的意识……危机时代的俄罗斯哲学与文学总是面向末世论的神话:每逢历史处于转折时代,在世纪的交汇点上,在危机与动荡时期,便总会有末世论神话的复活。"[2] 在历史上,俄罗斯是最多预感末日将至的国家。

　　19 世纪初期,俄罗斯处于历史的动荡时期,弥漫着末日的焦躁、不安和期盼,俄罗斯著名画家 K. П. 勃留洛夫所画的《庞贝城的末日》就表现了末日审判时的可怕情景。处于这样的历史背景之下,这一时期的果戈理更是预感着末日的临近。"果戈理的启示录式的动力使他以一种与所有平静相对的原始躁动进入了俄罗斯文学,并开启了宗教思想的末世论维度。"[3] 其实,果戈理从小就生活在末日的恐惧之下。童年时期,母亲给他讲述了末日审判时的情境——恶人在地狱受到的酷刑和义人在天堂享受到的幸福;在果戈理读中学时期(19 世纪 20 年代)父亲在预感死亡来临的等待中去世,同一年尼古拉皇帝去世,十二月党人起义失败,他读书的城市波尔塔瓦笼罩在末日的恐惧之下;成年后的他带着神圣的使命感进行文学创作,把启示录精神和末世论情怀写到作品中去。果戈理认为,人类历史将要终结,末日审判将要来临,可是俄罗斯大地上的灵魂还是一片僵死的状态,他以先知、预言家的身份进行文学创作,意在告诫"俄罗斯的兄弟们",基督第二次降临的末日要来了,天使马上要

〔1〕 赵宁.先知书启示文学解读[M].宗教文化出版社,2009 年,第 301 页.

〔2〕 梁坤.末世与救赎:二十世纪俄罗斯文学主题的宗教文化阐释[M].中国人民大学出版社,2007 年,105 – 106 页.

〔3〕 叶夫多基莫夫.俄罗斯思想中的基督[M].杨德友译.学林出版社,1999 年,第 66 页.

吹起审判的号角了，你们快快悔改吧，通过纯正的信仰——东正教获得灵魂的救赎。果戈理的著名戏剧《钦差大臣》在莫斯科上演之后引起了轰动，甚至沙皇都去看了演出。观众一致认为该剧讽刺了沙皇俄国的官场，讽刺了那些官员，演出现场笑声不断。可是果戈理看完演出之后却大失所望甚至很痛苦，因为他认为导演和演员都没懂他的作品，更何况他的观众了。其实，果戈理真正要说的不是俄罗斯当时的官场情况，他是想要全俄罗斯人照镜子。在《钦差大臣》中，果戈理曾经在文中这样写道："你们笑什么？你们是在笑自己！……唉，你们这帮人呀！"[1] 果戈理旨在表明，你们看看你们的生活状态吧，都是不思考永恒而只是忙于现世的庸人。据梅列日科夫斯基所说，在神圣的俄罗斯，庸人就是不思考彼岸世界、不思考神圣，末日来临时会下地狱的"死灵魂"。果戈理把自己看成上帝所拣选的先知，他的使命是向当下的人们发出预言：你们都活在罪中，都活在地狱一般的世界，快快悔改吧，末日来临时可以进入永恒的幸福世界——天国。

启示文学最常用的文学手法就是象征。基督教典籍《圣经》中较有代表性的启示文学——《但以理书》和《启示录》就运用象征笔法来预言末日降临前和降临时的情景，其中到处都是象征性场景和形象。如《旧约·但以理书》中的"四兽异象"。这四兽是狮子、熊、豹和巨兽，他们分别象征着古时的掳掠以色列人到巴比伦、吞灭巴比伦的波斯帝国、亚历山大在世时强大的希腊及罗马的末日。《启示录》中更是充满了象征性的场景，其中所描写的任何景物与形象都是有象征意义的。《启示录》描绘了耶稣基督与他的教会合一的、全世界的基督徒敬拜上帝的象征性场景，其中最著名的就是末日审判时全世界的人接受审判，大地毁灭时的境况（末日审判的象征性描写给神学家、哲学家，特别是文学家无限的遐想）。有了象征才有了认识上帝的工具和媒介。正如法国神学家蒂里希指出"任何关于上帝的具体断言都必然是象征性的。因为具体的断言

---

〔1〕 果戈理. 钦差大臣［M］. 白嗣宏译. 安徽文艺出版社，1999 年，第 144 页.

是用有限经验的片断去谈论上帝"[1]。象征成为一种不可或缺的沟通有限和无限的桥梁，是一种带有神秘色彩的特殊表达。

果戈理在创作中也大量地运用象征手法，如短篇小说《一个青年画家的肖像》《鼻子》《狂人日记》《外套》，戏剧《钦差大臣》等，特别是他的代表作《死魂灵》更是着重运用了象征笔法。果戈理特别喜爱中世纪诗人但丁，也特别推崇他在《神曲》中营造的地狱、炼狱、天堂的三界神话。他按照《神曲》的模式设计了小说《死魂灵》。他与但丁一样，相信在天堂和地狱之间有一个炼狱，所以他构思的《死魂灵》有三部：第一部写"地狱"的世界，第二部写"炼狱"的世界，第三部写灵魂复活后的"天堂"世界。他的责任就是在上帝的启示下，帮助那些与上帝隔绝的罪人经过炼狱的洗涤净化，末日审判时都能进入天堂。但是可惜，果戈理只是审丑的天才，他只写成功了第一部，也就是我们常说的小说《死魂灵》，第二部他因为自己不满意，几易其稿还是烧毁了，现只留残稿，而"天堂"篇还未着手写作家就去世了。

果戈理是带着特殊的使命进入文学领域的，他的《死魂灵》第一部就是带着神秘主义色彩的神圣使命创作出来的，正像他自己说的那样"我是主创造的，主没有向我隐瞒我的使命……我的事情——是心灵和人生的永久事业"[2]。果戈理的小说是关乎俄罗斯灵魂的，是关乎末日审判时俄罗斯的兄弟都能进入天堂的，对于果戈理甚至俄罗斯的知识分子来说，如果有一个弟兄在地狱里，他都不会感到天堂的幸福，所以果戈理带着末日来临前的焦虑创作了他的作品，特别是《死魂灵》第一部，更是表现了他的救赎思想。在《死魂灵》中，果戈理用象征的手法描写了一个魔鬼充斥人间、游走人间的世界。乞乞科夫是一个带着人类无法弃绝庸俗缺点的魔鬼形象，他遇到的那些地主也都是魔鬼，他们是邪恶品质的化身，比如梭巴凯维奇的呆滞、贪婪、奸诈、笨拙和诺兹德廖夫的嗜赌、欺骗、无赖以及泼留希金被金钱腐蚀后已经失去了人的特点。在

〔1〕 蒂里希. 蒂里希选集［M］. 何光沪选编. 上海三联书店，1999 年，115 – 117 页.
〔2〕 果戈理. 与友人书简选［M］. 任光宣译. 安徽文艺出版社，1999 年，第 120 页.

这里活人的世界变成了死灵魂的世界。果戈理描写的这个"死魂灵"充斥其间的世界——就是地狱的象征，在这里的人物没有一个是活的灵魂，都是地狱里的魔鬼。他以先知的身份带着迫切的心情向整个俄罗斯大地呼吁：末日将近，僵死的灵魂们快快通过东正教获得拯救，灵魂得以复活，末日审判时，我们俄罗斯的兄弟都能进入天堂。

象征是果戈理作品中隐在的表现手法，目的是表达他的救赎思想。正像俄罗斯宗教神学家叶夫多基莫夫所说："果戈理一生都致力于礼赞至美，但是像圣安东尼一样，他只看到面对他的野猪嘴脸，一个紧接一个的行走的魔鬼，历史的大门已准备着向令人可畏的信使敞开，这位信使使人们听到了突然响彻世界的号筒声：愤怒之日，伟大之日。"[1] 果戈理带着上帝的使命进入文学创作，他用象征的手法描写了一个地狱的世界，目的是警醒处于僵死状态的灵魂，使他们在末日号角吹响之前通过信仰东正教获得拯救。

启示文学虽然是《圣经》中较晚出现的文类，但其中的末日审判观念深深地影响着俄罗斯。这种带有神秘色彩的末日情结对知识分子的影响特别大，使他们天生就有选民观念和救赎使命。果戈理是第一个真正把东正教文化引入俄罗斯文学的作家，并使这种带有浓厚宗教色彩的文学逐渐发展为一种传统。"在我理解艺术的意义和目的之前，我的全部身心都已感觉到，它应该是神圣的。几乎就是从我们第一次见面的这个时候起，它已成为我生命中主要的和首要的东西，其他的一切都是第二位的。"是的，对于果戈理来说，文学与艺术只是实现他救赎使命的目的和手段。果戈理作品中表现出来的这些特点，使他的作品有浓厚的启示文学色彩。果戈理把东正教的诸多因素引入文学，影响了一代又一代的俄罗斯作家，甚至在 20 世纪的布尔加科夫身上，我们也能看到果戈理的影子。

本研究共有四个部分：

---

[1]　叶夫多基莫夫. 俄罗斯思想中的基督［M］. 杨德友译. 学林出版社，1999 年，第 70 页.

第一部分是对国内外果戈理研究状况的考察。

第二部分对本书用到的概念加以界定。象征是启示录文学中最主要的文学手法，具有独特的特点。在俄罗斯文学中，是果戈理最早把圣经中的末日审判观念引入文学领域的，也正是俄罗斯独特的文化土壤促使果戈理的创作具有如此强烈的宗教色彩。

第三部分通过分析果戈理的宗教思想观念，来阐明果戈理的创作动机。作为文学家的果戈理，在末日将临的焦虑下，本着"爱弟兄""救灵魂"的救世使命进行创作。

第四部分通过分析果戈理作品中的人物和情节来看作品中的象征性。果戈理把现实世界看作地狱的象征，表现了现实世界的庸俗与无聊，把现实世界中具有庸俗气质的人看作魔鬼的象征；作品中的漫游情节既是个人生命历程的象征，又是俄罗斯出路的象征。果戈理不仅是为了展现世界的恶，更是让人知恶、悔改，能成为"复活的灵魂"，进入上帝之国。

果戈理一生期盼着人间天国的实现，并认为自己是上帝所特别拣选的人，他以作家的职业来实现他的救赎计划。要奔向天堂，首先要看清自己生活的现状，所以他描写了一个"死魂灵"充斥其间的地狱世界，俄罗斯学者叶夫多基莫夫把果戈理看成一个宗教神学家，并这样评价他，"果戈理是位天才的精神分析家，他分析了人类的种种苦难和活的灵魂向死灵魂的蜕变"。19世纪的俄罗斯笼罩在末日的恐惧之中，有着虔诚宗教信仰的果戈理看到自己的同胞都有如行走的"死魂灵"，"历史的大门已准备着向令人可畏的信使敞开，这位信使使人们听到了突然响彻世界的号筒声：愤怒之日，伟大之日"[1]。于是果戈理想在末日的号角之前叫醒自己的俄罗斯弟兄，快快悔改成为复活的灵魂，这便是他创作的伟大动力。

---

[1] 叶夫多基莫夫. 俄罗斯思想中的基督 [M]. 杨德友译. 学林出版社，1999年，第69页.

第二章　果戈理研究现状

尼古拉·瓦西里耶维奇·果戈理（1809—1852）是俄国"黄金时代"与普希金齐名的文学家，与普希金一同奠定了俄国文学的基础，在普希金逝世后，果戈理无疑是俄罗斯"文坛的盟主，诗人的魁首"。如冈察洛夫 1879 年在《迟做总比不做好》中所说的："俄罗斯文学如果离开普希金和果戈理，目前还无处可去，普希金－果戈理学派直到如今还继续存在，我们这些小说家不过是对他们遗留下来的材料加一加工而已。"[1] 果戈理的现实主义创作原则及对日常生活的描写，他独特的讽刺艺术，对人物的性格、精神气质的塑造，"小人物"与被侮辱的人的主题创作，小说叙述手法等，在俄国后来的许多作家中得到继承和发展，影响了谢德林、冈察洛夫、屠格涅夫、托尔斯泰、陀斯妥耶夫斯基、契诃夫及 20 世纪作家布尔加科夫和索尔仁尼琴等人的创作[2]。特别是果戈理把"东正教文化"引入思想界，"是将俄国文学引上宗教之路的伟大作家"[3]，这一特点也为后世作家特别是白银时代的作家所继承，其中以苏联时代著名的文学家梅列日科夫斯基、阿赫玛托娃及索尔仁尼琴为代表，我们甚

---

〔1〕 转引自胡日佳. 俄国文学与西方——审美叙事模式比较研究［M］. 学林出版社，1999 年，第 211 页.

〔2〕 参见米·赫拉普钦科. 尼古拉·果戈理［M］. 刘逢祺、张捷译. 上海译文出版社，2001年，第 11 页.

〔3〕 金亚娜. 充盈的虚无——俄罗斯文学中的宗教意识［M］. 人民文学出版社，2003 年，第 22 页.

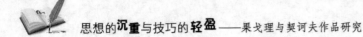
至可以在著名美籍俄裔作家纳博科夫[1]和现代主义作家乔伊斯[2]身上看到果戈理的影子。许多文学家更是继承了果戈理魔幻的创作手法，如俄罗斯白银时代的作品《大师与玛格丽特》《狗心》《不祥的蛋》等，有的评论家直接就拿果戈理和拉美的魔幻现实主义作比较，认为在马尔克斯的作品中可以找到与果戈理作品的相通之处；在生态环境恶化的今天，有的评论家看到了果戈理早期作品中美好的自然生态观念；有的评论家甚至从《涅瓦大街》中看到现代城市的影子。凡此种种，对果戈理的研究还有很大的空间。

果戈理一生短暂，但一直坚持创作。1830年，果戈理发表了小说《圣约翰节前夜》。之后出版了根据乌克兰民间传说写成的《狄康卡近乡夜话》第一部和第二部。1835年，果戈理出版了《彼得堡故事》和《米尔格拉德》，其中有著名的《旧式地主》《塔拉斯布尔巴》《涅瓦大街》《肖像》《狂人日记》和《鼻子》等短篇小说。这两部集子是果戈理创作成熟的标志，在俄国批判现实主义文学的形成中，占有重要位置。同时，他开始写作《死灵魂》第一部，后来又写第二部（但现在见到的第二部只是残稿）。此外，果戈理还写出了广受好评的《钦差大臣》《婚事》等戏剧作品。

如何评价果戈理的著作及其创作思想，在俄罗斯一直争论不休。19世纪的评论基本上都沿袭了别林斯基对果戈理的评价，认为果戈理是一位伟大的批判现实主义的作家，晚年因精神危机不幸陷入了宗教神秘主义误区，并对《与友人书简选》持批评态度。到了20世纪的一二十年代，对果戈理的评论又达到了一个高潮。19世纪末20世纪初，俄国文学"白银时代"的评论家大多反对别林斯基和车尔尼雪夫斯基对果戈理的传统评价，他们（特别是象征主义作家，其中以梅列日科夫斯基为代表）特别强调果戈理作品中的奇特想象和怪诞因素，并认为，果戈理是用文

---

〔1〕 刘佳林.纳博科夫研究及翻译述评［J］.外国文学评论，2004（2），70－81页.

〔2〕 何光明.简论乔伊斯《尤利西斯》对果戈理小说的继承与创新［J］.陕西师大继续教育学报，2000（1），73－74页.

学来呈现他的宗教情怀，进而完成他的宗教使命的，否定了果戈理创作的现实意义。其代表性论著如洛扎诺夫《陀思妥耶夫斯基〈论宗教大法官的传说〉，附两篇关于果戈理的专论》，梅列日科夫斯基的《果戈理：创作、生平与宗教》，布留索夫《燃烧成灰的人》等。另外，20世纪初在俄国盛行一时的形式主义也把果戈理纳入他们的研究视野内，如艾亨巴乌姆的文章《果戈理的〈外套〉是如何写成的》是反映形式主义流派美学观点的一篇重要论著。另外，巴赫金把果戈理与拉伯雷比较，用他的狂欢理论解读果戈理，虽然是把果戈理、拉伯雷多元化了，但是在多元化解读果戈理的过程中，也给人们展示了一个新的图景。

值得一提的是，"白银时代"和以后的一些思想家特别是俄国流亡作家继续从他的思想上来解读果戈理，发掘他作品中的宗教哲学思想。如别尔嘉耶夫1946年发表的《俄罗斯思想》认为果戈理"不是象征主义者，也不是讽刺作家，他是幻想家，他描绘的不是现实的人们，而是最原始的恶的灵魂，认为果戈理不仅属于文学史，而且属于俄国宗教史和宗教—社会探索史"[1]。别尔嘉耶夫和布尔加科夫共同的学生叶夫多基莫夫在《俄罗斯思想中的基督》中认为，果戈理是俄罗斯启示录文学的开创者，这一观点是对果戈理的宗教思想和文学研究的一个总结。把作为文学家和思想家的果戈理统一起来，给了果戈理中肯的评价。

与上述观点相反的是柯罗连柯和列夫·托尔斯泰在1909年发表的纪念果戈理诞辰一百周年的文章，他们继承了从别林斯基以来的批判现实主义传统，如柯罗连科的长篇论文《幽默大师的悲剧》。苏维埃时期，对果戈理的解读大多采取马克思主义的社会学批评方法。到了20世纪末，随着"白银时代"宗教哲学、评论家著作的大批出版开禁，对果戈理的评价又趋于多元化，并逐渐成为争论的一个焦点。

果戈理是在20世纪初被介绍到中国的，在中国对果戈理的研究大概分三个时期：20世纪初到20世纪40年代是第一阶段——译介阶段；20

---

[1] 别尔嘉耶夫. 俄罗斯思想 ［M］. 雷永生、邱守娟译. 生活·读书·新知三联书店，1995年，第79页.

世纪 50 年代到 70 年代是单一化解读模式；进入 20 世纪 80 年代以后进入了多元化解读时期。

第一时期：译介阶段。

在 20 世纪初的中国，"最先提及果戈理之名的当属梁启超，讲果戈理的《死魂灵》写的是'隶农之苦状'"[1]。而最早推崇果戈理的是鲁迅[2]。1921 年耿济之最早写了较为系统介绍果戈理的文章。20 年代的译著不多，多见于现实主义作品。三四十年代果戈理的主要作品都被翻译过来了，一些外国学者评论果戈理的文章也被翻译出来。如 1937 年出版的魏列萨耶夫著的《果戈理是怎样写作的》（文化生活出版社，孟十还译）。但国内学者对果戈理的评论廖若星辰。

第二时期：单一化解读时期。

解放后，20 世纪 50—70 年代译文的数量和质量较以前有所增加，20 世纪 50 年代还出现过一个研究果戈理的高潮。在中国的报刊杂志上，据不完全统计，出现了近 100 篇评介果戈理的文章，大部分是中国人写的。这一阶段大多采用马克思主义的社会学批评方法，评论比较单一。

第三时期：多元化解读时期。

进入 20 世纪 80 年代，出现了研究果戈理的新局面。有了评论专著，如钱中文的《果戈理及其讽刺艺术》（上海文艺出版社，1980 年），龙飞、孔延庚编著的《讽刺大师果戈理》（商务印书馆，1984 年）等。进入 21 世纪，一些国外评论家的果戈理评论也被翻译过来，如俄罗斯象征主义诗人梅列日科夫斯基的《果戈理与鬼》（华夏出版社，耿海英译，2013 年），纳博科夫的《俄罗斯文学讲稿》（上海三联书店，丁俊、王建开译，2015 年），这一时期评论文章也多了起来，出现了繁荣的局面，也有很多高校的硕士和博士把果戈理作为自己毕业论文的研究选题。

这一阶段对果戈理的评论，大多属于思想文化研究。国内学者提到

〔1〕 参见申丹 王邦维总主编. 新中国 60 年外国文学研究（第一卷下）外国文学小说研究〔C〕. 章燕 赵桂莲执行主编. 北京大学出版社，2015 年，第 11 页.
〔2〕 王志耕. 果戈理在中国的八十年历程〔J〕. 外国文学研究，1990（2），第 94 页.

果戈理首先肯定的是其现实主义创作方法及他在俄罗斯文学史上的地位。果戈理和普希金确实是俄罗斯文学上现实主义创作的积极推动者，在国内曾一度是研究的主要方向，国内高校的教科书也把这一点作为果戈理作品的主要标志；延续国内果戈理研究的另一大潮流就是对果戈理讽刺艺术的探讨，关于果戈理的讽刺艺术，在 20 世纪 20 年代已有"笑中之泪"的提法。关于他的讽刺艺术的研究，不仅有评论文章还有评论专著。代表性的评论文章有：《从轻松的幽默到毁灭性的讽刺——谈果戈理的创作》（王小璜，河南师范大学学报，1999 年 2 期），《讽刺小品 怪诞杰构——果戈理〈鼻子〉的符号学解读》（裴善明，《名作欣赏》2003 年 12 期）等。评论专著有：《用痛苦的语言嘲笑》（秋诗，陕西人民出版社，1988 年），《幽默大师果戈理》（〔法〕亨利·特罗亚，赵惠民译，世界知识出版社，2002 年）等。

近三十年的评论文章中，对作品内容进行阐释的文章很多。文章多是对果戈理小说作品主题的解读（从这方面研究其长篇小说《死魂灵》的文章多些），并以此为出发点来研究小说的艺术特色、作者的思想体系和思想倾向。短篇小说大多对《狂人日记》及《狄康卡近乡夜话》的主题、人物及艺术特色进行分析。《论果戈理创作的艺术特色》（王远泽，《湖南师范学院学报》，1981 年 2 期）一文从作品情节、环境、人物性格的真实性、戏剧性的讽刺手法及个性化的语言来分析果戈理作品的艺术特色，这也代表了国内学者研究果戈理作品的着眼点。

由于精神分析等学派的影响，俄罗斯大批宗教哲学著作被翻译过来，评论界开始从果戈理的个人的精神气质来研究其作品、研究他和笔下人物的关系。比较有代表性的有《身背十字架的道路——果戈理晚期作品及其思想探索》（汪海霞，博士论文，2004 年）。文章认为果戈理的作品是其道德和宗教观念的体现，表明了果戈理的社会改造思想，他的创作和自身的精神气质紧密相连。果戈理小说特别是短篇小说中呈现出的魔幻色彩，也引起评论界的注意，研究者对果戈理作品呈现出来的怪诞因素进行研究，并把它和他的宗教信仰联系起来。代表性的评论有：《论果

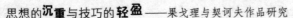

戈理创作中的宗教观念》（任光宣，《外国文学评论》1994 年 4 期）。《俄罗斯神秘主义认识论及其对文学的影响——俄罗斯文化背景研究之一》（金亚娜，《外语学刊》，2001 年 3 期）也谈到了果戈理。任光宣和金亚娜在果戈理宗教信仰方面的研究在国内是有代表性的。于明清从神秘主义的角度来认识果戈理，并且把文学家的果戈理和宗教思想家的果戈理结合起来看，认为果戈理始终在寻找上帝之城，认为宗教作为一种普遍的人文现象备受关注的今天，贯穿果戈理整个生命的强烈的宗教信仰必须成为我们研究的焦点。

目前国内研究果戈理的另一热点是比较研究。其中有作家间的比较（最多的是和鲁迅的比较），也有与乔伊斯、卡夫卡、契诃夫、普希金某篇作品的比较。现在国内的比较研究已经趋向多元化，不仅从人物塑造、作家气质，而且还从果戈理作品中挖掘出了许多现代因素：如与乔伊斯、卡夫卡的比较，与魔幻现实主义的比较等。

20 世纪 80 年代后，中国学者受西方评论家的影响，开始在果戈理作品中寻找象征主义因素。特别是受到俄国象征主义作家、评论家和一些白银时代苏俄的流亡作家影响，关于果戈理作品中的象征意蕴，只有评论文章，没有专门的论著。代表性文章有：《象征及其在果戈理作品中的审美映射》（加弗列尔·夏比罗著，王果爱、龚善举译，《十堰大学学报》，1992 年），《果戈理创作中的象征透视》（加弗列尔·夏比罗著，王果爱、龚善举译，郧阳师范高等专科学校学报，1993 年），《〈狂人日记〉的艺术创新》（史志谨、文广会，《陕西青年干部管理学院学报》，2004 年），这几篇文章都是从图象学的角度对果戈理作品进行分析的。

以上是笔者所掌握的果戈理研究的国内外研究状况，从以上的分析可以看出果戈理被介绍到中国已有近一百年的历史，也有了对果戈理象征的研究。据笔者不完全统计，国内对果戈理作品象征意蕴的研究处于探索阶段，评论文章远没有对他作品现实主义因素的探究多，对他的宗教观念还只是处于神秘主义认同阶段，还未能把果戈理复杂的内心世界与他开创的俄罗斯启示录文学结合到一起，基于此，笔者希望能在前人

的基础上，立足于启示录文学传统，从象征的角度来理解果戈理。把果戈理的文学创作和他的宗教使命结合起来，就可以探究出果戈理后期何以走入"神秘主义"。许多评论家对果戈理的作品特别是晚期作品评价不高，认为他陷入了宗教神秘主义，没看到他作品中始终清晰地浸透着启示录精神和末世论情怀，这都和他先知式的创作有关。作为文学家的果戈理，在末日将临的焦虑下，始终本着"爱弟兄""救灵魂"的救世使命进行创作。果戈理把文学创作当作俄罗斯民族得救的途径，是上帝借着他的笔在实行救赎的使命。所以单独强调他作品中的现实主义因素或者非现实主义因素都是不全面的，他作品中的世界乃是浸透着象征意蕴的现实世界，引领俄罗斯这个"第三罗马"走上救赎之路。

第三章　启示文学与象征

启示文学是圣经中的一个文类，犹太拉比和神学家们认为这些文字是在上帝的启示下由先知写的，有其独特性。本章主要介绍启示文学的特征及其重要的文学手法。象征的内涵和分类，并简单介绍俄罗斯启示文学的形成情况。

第一节　启示文学的特征及象征的内涵

启示文学是圣经中比较特殊的文类，其中不仅充满了神秘的象征，而且表达了末世论主题，内容是先知在上帝启示下所讲说的神秘预言，象征则是启示文学最常用的文学手法。

一、启示文学及特征

（一）什么是启示文学

启示文学是《圣经·旧约》中最晚出现的文类，发展、繁盛于公元前 2 世纪至公元 2 世纪。一般所说的"启示文学"（Apocalypse）即源出希腊文"启示"一词 Apokalupsis，原意是"以神谕方式揭开隐藏的真理"，原本是希腊文的形容词，由 kalyptein（隐藏）和 apo（显露）组成，意即将隐藏的显露出来，这两种词源意义正构成了启示文学的基本特质[1]。可见 apokalupsis 词义本身表明了启示文学的基本特征，即象征性与神秘性。中国文化研究学者认为，启示主要指作者用象征的手法来描绘离奇的异象，在"传达上帝启示"的名义下隐蔽地宣传作者的政治见解和主张[2]。但基督教《圣经》的神学家们认为，这些启示文学都是在上帝的启示下写成的，表达了上帝对人类的启示——惩戒与救赎。圣经中最为典型的启示文学作品是新约中的《启示录》，另有旧约中的《但以理书》和《次经》《伪经》《死海古卷》中散见的其他启示文学作品。《旧约》中最重要的启示文学作品是《但以理书》[3]。圣经记载，公元前586年，尼布甲尼撒二世摧毁耶路撒冷时把许多以色列人掳至巴比伦，但以理是囚徒中的一员，在巴比伦获选入宫侍奉皇帝，此间书写了《但以理书》。此书共十二章，分为两部分，前六章写但以理的一生——在巴比伦及波斯宫廷为维护信仰而斗争的事迹，后六章写但以理所见的异象，表达了末日审判观念和对救世主（弥赛亚）的期盼。但以理以奇异的形象和画面暗示真实的历史事件，预言以色列人必能克服一切困难，最终获得上帝的眷顾与救赎。

《圣经》中启示文学的代表作是《新约·启示录》，在学者们看来《启示录》是"一卷基督教的预言书，是启示文学，是具有高度象征性的作品，采用了书信的形式，主要涉及神百姓的苦难（受苦）、对他们的救赎和神对罗马帝国的愤怒（审判）"[4]。作者是《新约·约翰福音》的作者使徒约翰，他开篇即言："我约翰就是你们的弟兄，和你们在耶稣的患难、国度、忍耐里一同有份，为神的道，并为给耶稣作的见证，曾在名叫拔摩的海岛上。当主日，我被圣灵感动，听见在我后面有大声音如吹

---

〔1〕 赵宁. 先知书、启示文学解读［M］. 宗教文化出版社，2004年，第280页.

〔2〕 梁工主编. 基督教文学［C］. 宗教文化出版社，2001年，第21页.

〔3〕《圣经·但以理书》.（和合本，灵修版）. 国际圣经协会（香港），1999年. 以下圣经引文皆出自此版本，不再另外注明.

〔4〕 菲·斯图尔特. 圣经导读（下）［M］. 魏启源等译. 北京大学出版社，2005年，第402页.

号，说：'你所看见的，当写在书上，达于以弗所、士每拿、别迦摩、推雅推喇、撒狄、非拉铁非、老底嘉那七个教会。'"（启示录：1章9—10节），《圣经》中对《启示录》的作者记述只有这些，没有更详细的记载。写作时间大约为公元95年，正值罗马皇帝图密善残酷迫害基督徒。为了勉励倍受患难的信徒持守信仰，作者描绘出即将到来的末日灾难和大决战，给信徒以警告和盼望，说明一切罪恶势力必定失败，基督教信仰终将胜利的前景。

《启示录》共22章。约翰先解释他如何从神那里领受启示（1章），然后记下了耶稣写给亚西亚等七个教会的信（2—3章），对教会进行鼓励和警戒。自第4章起，一幕幕奇异、壮观、惊心动魄的异象呈现在约翰眼前。这一连串的异象描绘了将会涌现的邪恶，直到敌基督再出现（4—18章）。三位一体的神坐在宝座上，手持被七印封严的书卷，受到天上会众的敬拜。第6章至18章详述上帝审判的异象：七印相继揭开，各种灾难降临于世；十四万四千名以色列人额上受印，无数人从各国各族而来；七号角依次吹响，灾难再度降临；天上出现了七头十角大龙和头戴十二冠冕的妇人，龙要吃妇人之子，天使米迦勒将龙击败；两只兽从海中和地上出来，与圣徒征战；天使宣布收割庄稼（这里的庄稼象征上帝的选民），并将收取的葡萄丢在上帝愤怒的大酒榨中（圣经常用酒榨来象征神的震怒和对罪恶的审判）；七位天使把盛满上帝大怒的七碗倒在地上，使各种灾难再次降临，象征上帝对地上生命最后和最全面的审判；敌基督大淫妇骑在朱红色兽上，喝醉了圣徒的血；代表罪恶势力的巴比伦大城倾倒了，地上的君王和客商都来为它哭泣。约翰接着详细叙述万王之王——基督的胜利、羔羊的婚宴、大审判和新耶路撒冷的来临（19：1—22：5）。最后约翰以基督再来的应许做结束（22：6—21），并发出了历代基督徒的回应祷告："阿们！主耶稣啊，我愿你来！"（22：20）

使徒约翰开篇就说明《启示录》是他在海岛上受了启示而写的，而非他的独立创作。他在上帝的启示下将天上的奥秘写下来，以故事为构架，其中多有异象。那些异象引导读者进入超越现实的末日审判之时地上和天上的情况，而且力图使读者相信这就是末日审判的情形，并说明上帝的最后审判是普世性的，没有一个人能够逃脱，对上帝忠心的人将会受到奖赏，相反，违背上帝命令的人将会受到永久的惩罚。这使读者特别是基督徒在当时的困苦中大得鼓励。警醒当代人务必要持守基督的真道，并且鼓励基督徒对未来——天国充满盼望，这也是启示文学创作的主要目的。

（二）启示文学的特征

从《圣经》的启示文学《但以理书》和《启示录》中我们可以看到，启示文学有高度的象征性，其中各种离奇的异象具有神秘色彩，在主题内容上表达了末世论观念与救赎思想，作者大多是"传达上帝旨意"的先知。

1. 象征性

启示文学最突出的特征是擅长运用象征手法。在启示文学中，作者描写了一个奇异的幻想世界，其中到处是象征性的形象和场景。这一特点从《但以理书》第 7 章的"四兽异象"可见一斑。

> 我夜里见异象，看见天的四风陡起，刮在大海之上。有四个大兽从海中上来，形状各有不同，头一个像狮子，有鹰的翅膀。我正观看的时候，兽的翅膀被拔去，兽从地上得立起来，用两脚站立，……又有一兽如熊，就是第二兽，旁跨而坐，口齿内衔着三根肋骨，有吩咐这兽的说："起来吞吃多肉。"此后我又观看，又有一兽如豹，背上有鸟的四个翅膀；这兽有四个头，又得了权柄。其后，……见第四兽甚是可怕，极其强壮，大有力量。有大铁牙，吞吃嚼碎，所剩下的用脚践踏。这兽与前三兽大不相同，头有十角……见其中又长起一个小角……有眼，像人的眼，有口说夸大的话。

这里的四兽具有不同的象征意义。具有鹰翅膀的狮子象征巴比伦帝国和它对其他国家的征服；吞吃了狮子的熊象征波斯帝国的统治；熊口中的三根肋骨象征对三个主要王国的征服；豹象征希腊王国，豹的翅膀象征亚历山大大帝在四年中迅速征服当时世界上大多数文明国家，豹的四头表示亚历山大死后希腊王朝分裂后的四个国家；第四头巨兽预示罗马末日的情形，这第四兽头上的角象征在上帝建立其永久国度之前世上的十个君王。《启示录》中，约翰记载他看到的异象，"你所看见的那十角就是君王"（启示录17：12）。那只小角象征了一个未来人类的统治者或敌基督。紧接着但以理看见了小角被杀，其余的兽虽留了性命，但权柄被夺去"直到所定的时候和日期"，在这里也预言了基督教的末世审判。

在《启示录》中更是充满了象征场景，书中的自然现象、动物、植物都是有象征性的。如第一章中就出现了复活升天的基督与教会同在的象征场景。

> ……看见七个金灯台。灯台中间有一位好像人子，身穿长衣，直垂到脚，胸前束着金带。他的头发皆白，如白羊毛，如雪，眼目如同火焰，脚好像在炉中锻炼光明的铜，声音如同众水的声音。他手拿着七星，从他口中出来一把两刃的剑，面貌如同烈日放光。（启示录1：12—16）

"'人子'原指'人之子'，后来转喻犹太人盼望的救主弥赛亚。耶稣传道后常以'人子'自谓（如称'人子'来，并不是要受人的服侍，乃是要服侍人的……）示意他就是众人盼望的弥撒亚。"[1] 他的白发表示他的智慧和神性；他如同火焰的眼睛象征他要审判一切罪恶；金带束胸象征他是大祭司——人和神沟通的中介，要到神的面前，为那些信靠他的人求得上帝的宽恕；他口中的剑象征他的信息充满大能与威力。这

---

〔1〕 梁工主编. 基督教文学〔C〕. 宗教文化出版社，2001年，第22页.

里的"七个金灯台"象征亚西亚的七个教会，耶稣站在他们中间，象征着无论教会面临怎样的环境，耶稣都会和他们在一起，会以全然的爱和大能保护他们。

又如《启示录》的第四章出现了全世界敬拜上帝的象征场景：

> ……见有一个宝座安置在天上，又有一位坐在宝座上。……宝座的周围又有二十四个座位，其上坐着二十四位长老，身穿白衣，头上戴着金冠冕。有闪电、声音、雷轰从宝座中发出。又有七盏火灯在宝座前点着，这七灯就是神的七灵。宝座前好像一个玻璃海，如同水晶。
>
> 宝座中和宝座周围有四个活物，前后遍体都满了眼睛。第一个活物像狮子，第二个像牛犊，第三个脸面像人，第四个像飞鹰。四活物……昼夜不住地说："圣哉！圣哉！圣哉！主神是昔在、今在、以后永在的全能者！"
>
> 每逢四活物将荣耀、尊贵、感谢归给那坐在宝座上、活到永永远远者的时候，那二十四位长老就俯伏在坐宝座的面前，敬拜那活到永永远远的，又把他们的冠冕放在宝座前，说："我们的主，我们的神，你是佩得荣耀、尊贵、权柄的，因为你创造了万物，并且万物是你的旨意被创造而有的。(启示录4：2—11)

这是约翰在异象中被提到天上看到的场景，文中的"二十四位长老""身穿白衣"象征着他们的圣洁，是属乎天国的。《旧约》里以色列有十二个支派，《新约》里耶稣有十二位使徒，所以二十四位长老代表神在所有时代里救赎的所有人——包括旧约时代和新约时代的人。他们的敬拜象征着一切属神的人都在敬拜上帝。这里出现的"闪电"和"雷轰"也有象征意义，它们在《圣经》里与一些特殊事件有关，如在《旧约·出埃及记》中，上帝在西奈山上把与以色列民立约的"摩西十诫"颁给以色列民时，伴有闪电、雷轰，这一现象象征着上帝的威严；宝座前好似动物外表形状的"四活物"象征上帝不同的属性：狮子象征威严和大能，牛犊象征信实可靠，人象征智慧，鹰象征权柄。又如在《启示录》中提到上帝在审判时使"众水的三分之一变为茵陈，因水变苦，就死了许多人"。这里的"茵陈"是一种含有苦味的植物，这里象征神审判的苦涩。

象征是启示文学中最常见的表达方式。象征是启示文学中上帝之光以隐喻的方式向人类传达信息的一种方式，是上帝向自己的子民启示真理的途径，启示文学中的象征具有沟通或协调的力量，也是上帝的子民认识他的一种工具和媒介，它连接着现实世界与超验的彼岸世界。对于基督徒来说"象征是根据真理而造就的，真理则是根据象征而为人所知"。帕斯卡尔认为，"大自然就是神恩的影子，看得见的奇迹，即是看得见的东西的影子"[1]。法国思想家、数学家、神学家蒂里希指出"任何关于上帝的具体断言都必然是象征性的。因为具体的断言是用有限经验的片断去谈论上帝。"[2] 正是因为象征可以用有限的语言来表现无限的上帝，才使我们对启示文学中上帝的属性和末日审判有了一些了解。

2. 末日论思想

末世论的英文"eschatology"，源自希腊文"eschaton"，意思是"结局"或与"结局"有关的事。因此，基督教的末世论所讨论的主要问题是关于世界历史的终结，尤其是上帝介入人类历史的终结以及在终结之时，基督徒相信会发生的四件事：（1）耶稣基督第二次降临世界；（2）全人类的复活与审判；（3）天堂；（4）地狱[3]。

无论是《但以理书》，还是《启示录》，都预示了上帝对全地的最后审判——末日审判，而且"整个新约的基本神学架构是以末世论为主体

〔1〕帕斯卡尔. 思想录［M］. 何兆武译. 商务印书馆，1997年，第313页.
〔2〕蒂里希. 蒂里希选集［C］. 何光沪选编. 上海三联书店，1999年，1175－1178页.
〔3〕许志伟. 基督教神学思想导论［M］. 中国社会科学出版社，2001年，第306页.

的架构的"[1]。《但以理书》中预言了世界末日审判的情形：

> 我观看，见有宝座设立，上头坐着亘古常在者，他的衣服洁白如雪，头发如纯净的羊毛，宝座乃火焰，其轮乃烈火。从他面前有火，像河发出，侍奉他的有千千，在他面前侍立的有万万。他坐着要行审判，案卷都展开了。
>
> 我在夜间的异象中观看，见有一位像人子的，驾着天云而来，被领到亘古常在者面前；得了权柄、荣耀、国度，使各方、各国、各族的人都侍奉他。他的权柄是永远的，不能废去，他的国必不败坏。（但以理书：7：9—10，13）

这里的"亘古常在者"指基督教中全能的神——上帝，此处预言上帝展开了"案卷"，在"所定的日期和时候"——末日之时亲自实行审判。

> 那时，保佑你本国之民的天使长米迦勒必站起来，并且有大灾难，从有国以来直到此时，没有这样的。你本国的民中，凡名录在册上的，必得拯救。睡在尘埃中的，必有多人复苏，其中有得永生的，有受羞辱的，永远被憎恶的。智慧人必发光，如同天上的光；……但以理啊，你要隐藏这话，封闭这书，直到末时。（但以理书：12：1—4）

这里提到了末世审判时将发生的事情，但是审判的具体情景被"隐藏"和"封闭"了。《启示录》则更直接、更详细地描述了末世审判的情形。约翰叙述了耶稣写给七个教会的信以后，"见天上有门开了"，并听见"吹号的声音"，随即被提到天上。

---

[1] 菲、斯图尔特.《圣经导读》（上）［M］.魏启源等译.北京大学出版社，2005 年，第 119 页.

我看见坐宝座的右手中有书卷，里外都写着字，用七印封严了……又看见宝座与四活物并长老之中，有羔羊站立……从坐宝座的右手里拿了书卷……

我看见羔羊揭开七印中的第一印的时候，就听见四活物中的一个活物，声音如雷，说："你来！"我就观看，见有一匹白马；骑在马上的拿着弓，并有冠冕赐给他。他便出来，胜了又胜。揭开第二印的时候，我听见第二个活物说："你来！"就另有一匹马出来，是红的，有权柄给了那匹骑马的，可以从地上夺去太平，使人彼此相杀，又有一把大刀赐给他。揭开第三印的时候，我听见第三个活物说："你来！"我就观看，见有一匹黑马；骑在马上的，手里拿着天平。我听见在四活物中似乎有声音说："一钱银子买一升麦子，一钱银子买三升大麦，油和酒不可糟蹋。"揭开第四印的时候，我听见第四个活物说："你来！"我就观看，见有一匹灰色马；骑在马上的，名字叫作死，阴府也随着他。有权柄赐给他们，可以用刀剑、饥荒、瘟疫、野兽，杀害地上四分之一的人。……揭开第六印的时候，我又看见地大震动，日头变黑像毛布，满月变红像血；天上的星辰坠落于地，如同无花果树被大风摇动，落下未熟的果子一样。天就挪移，好像书卷被卷起来；山岭、海岛都被挪移，离开本位。（启示录：5—6章）

这里叙述了象征着耶稣基督的羔羊从全能的上帝手中接过书卷，并在末日审判之时揭开书卷的头四印时，每揭开一印便有一匹马出来，这四匹白、红、黑、灰马代表神向人类的罪恶和反叛的审判，是那要来的最后审判的预示；第五印揭开是"为神的道并为之作见证被杀之人的灵魂"请求救世主做公正的审判；第六印时，"看见地大震动……天就挪移，好像书卷被卷起来"。区别于前五印的审判，第六印的审判是具有普世性的末日大审判。

随后，有"四位天使""拿着永生神的印"在上帝子民的额上印了属上帝子民的印记。接着，"羔羊"揭开了第七印。"我看见那站在神面前的七位天使，有七支号角赐给他们"，那七位天使吹响了七只号，人类经受了大灾难：雹子、火、烧着的大星落在三分之一地上、海中；"日月星的三分之一黑暗了"；蝗虫从"无底坑"中上来使不信的人受苦数月，人痛苦得求死都不能，"那些日子，人要求死，决不得死；愿意死，死却远避他们"。又有预备好了的四个使者杀了人的三分之一。第七号吹响后，出现大异象：怀孕的妇人被大龙追杀；孩子被提到上帝的宝座前；大龙和米迦勒征战被摔在地上，龙在地上逼迫妇人并和妇人其他的儿女征战；从海中、陆地上来的兽从龙得权柄能力与圣徒征战，地上被邪恶充满；耶稣在云端"收割"庄稼——象征着主耶稣拣选他的子民回天国，天使把收取的"葡萄""丢在神愤怒的大酒榨中"。七号之后，七位天使拿起"盛神大怒的七碗倒在地上"，代表上帝对地上最后和最全面的审判：天地都毁坏；象征着所有仇视上帝体系的"大淫妇"被审判；基督最后胜利；随后基督临世一千年与他的选民一同作王，最后带领义人进入新天新地。恶人永远与上帝隔绝——生活在地狱里。

末世审判是启示文学重要的内容和主题。正如西方学者所说，"《启示录》最重要的价值是'末世论'（eschatology）神学命题"[1]。从启示文学中可以看到基督教中奇幻般的末日审判情形，它预示着世界的终结和人类最终的归宿，义人与恶人将各得其所。

3. 神秘性

基督教的神学家们认为，启示作品是受上帝启示而作的，目的是揭开隐蔽的真理。在叙述和描写中充满了奇异的幻想和想象。《但以理书》后半部分（7—12 章）所记述的是但以理所见的异象，描述了在我们的现实世界难以看到的情境：

---

〔1〕 梁工主编. 西方圣经批评引论 [C]. 商务印书馆, 2006 年, 第 394 页.

我夜里见异象，看见天的四风陡起，刮在大海上。有四个
大兽从海中上来，形状各有不同，头一个像狮子，有鹰的翅膀。
我正观看的时候，兽的翅膀被拔去，兽从地上得立起来，用两
脚站立，像人一样，又得了人心。又有一兽如熊，就是第二兽，
旁跨而坐，口齿内衔着三根肋骨，有吩咐这兽的说："起来吞吃
多肉。"此后我又观看，又有一兽如豹，背上有鸟的四个翅膀；
这兽有四个头，又得了权柄。其后，我在夜间的异象中观看，
见第四兽甚是可怕，极其强壮，大有力量。有大铁牙，吞吃嚼
碎，所剩下的用脚践踏。这兽与前三兽大不相同，头有十角。

（但以理书：7：7）

　　《但以理书》中描绘了地上这不可见的四个大兽，带有强烈的神秘色
彩，给后世的解经家和学者们以无限的想象和猜想的空间。四个野兽之
后"有亘古常在者展开案卷要实行审判；天使向但以理解释异象；救主
耶稣基督亲自与但以理说话预言人类的历史结局，人类的历史在上帝的
最后审判中终结，并且有新耶路撒冷——新天新地降临世界"，那里"神
要亲自与他们同在，作他们的神。神要擦去他们一切的眼泪。不再有死
亡，也不再要悲哀、哭号、疼痛"，这正是人类终极的盼望。但这个盼望
是神秘的，"但那日子、那时辰，没有人知道，连天上的使者也不知道，
子也不知道，惟有父知道"（马太福音：24：36）。

　　启示文学常用数字和色彩增强作品的神秘意味。作者最常用的是
"七"。《但以理书》中天使米迦勒对犹太国有七十乘七的预言。《启示
录》中数字的使用最具代表性：约翰给七个教会写信、羔羊揭开七印、
天使吹响七号和倾倒七碗等。"七"在圣经中是完全的数字，创世纪中上
帝用六天创造万物，第七天休息，说明至此已经圆满。在描述新耶路撒
冷时，用的数字是十二和十二的倍数：

　　我被圣灵感动，天使就带我到一座高大的山，将那由神那里从天而降的圣城耶路撒冷指示我……有高大的城墙，有十二个门，门上有十二位天使，门上又写着以色列十二支派的名字。东边有三门，北边有三门，南边有三门，西边有三门。城墙有十二根基，根基上有羔羊十二使徒的名字。（启示录：21：10－14）

　　从《启示录》中可以看出圣城耶路撒冷城墙有十二根基，上面有十二使徒的名字，他们分别用十二种宝石装饰；全城有十二个城门，门上有以色列十二支派的名字。这里，十二使徒和十二支派象征《旧约》和《新约》里所有得救的人；城墙厚一百四十四肘，长、宽、高都是一样共有四千里（原文为一万二千斯他町），圣城象征要容纳神所有的子民。此外，还有"兽数六六六"、基督作王"一千年"等数字，都具有象征的神秘性。

　　启示文学中，不同色彩常有不同的象征含义。作者最常用的是白色，以白色象征圣洁，如"圣洁的羔羊"、二十四位长老"身穿白衣"、"天上的众军骑着白马，穿着细麻衣，又白又洁"、上帝坐在"白色大宝座"上等。与此对照，黑色代表灾难，灰色代表死亡，红色用来象征血腥、恐怖、淫荡和罪恶，描述战争、恶龙、大淫妇和怪兽等情形时使用。

　　4. 预言性

　　启示文学的作者在文中交代，他所写的不是自己的创作，而是在神的指示下记述的，这些记述不仅是神示的，而且是不可添加和删减的，这在《启示录》第一章和最后一章都有交代，作者言明该书的预言性，而且预言的内容都是神圣不可更改的。

　　耶稣基督的启示，就是神赐给他，叫他将必要快成的事指示他的众仆人。他就差遣使者晓谕他的仆人约翰。约翰便将神的道和耶稣基督的见证，凡自己所看见的都证明出来。念这书

上预言的和那些听见又遵守其中所记载的，都是有福的，因为
日期近了。（启示录：1：1—3）

我向一切听见这书上预言的作见证，若有人在这预言上加
添什么，神必将写在这书上的灾祸加在他身上；这书上的预言，
若有人删去什么，神必从这书上所写的生命树和圣城删去他的
份。（启示录：22：18—19）

启示文学的作者大多是先知，先知在社会中的作用就是"传达上帝
的旨意"。先知是上帝所拣选的，他的工作就是代上帝发言——"我（上
帝）差遣你到谁那里去，你都要去；我吩咐你什么话，你都要说！"（耶
利米书：1：7）先知是上帝的仆人，是受上帝选派的，先知的一个重要
的职责是在上帝的启示下说预言。"天使对我说：'你必指着多民、多国、
多方、多王再说预言。'"（启示录10：11），"说预言"主要不是指预测
未来的事，主要是说出神的启示，其内容通常是将来的审判或救恩，预
言的目的是警戒当代人，往往只针对当时的环境及需要而发言，但这种
预言既关注现实又指向未来，具有双重语言目的，这是圣经预言的独特
之处。

但以理就曾以自己和三个朋友的实际经历向被掳至巴比伦的以色列
人做了榜样，警戒本族人只要信靠他们的上帝就什么也不怕，哪怕是狮
子的洞穴和烈火燃烧的砖窑里；并且预言巴比伦、波斯、希腊和罗马都
将灭亡，最后耶路撒冷必会重建，以色列人最终会得救。

约翰受耶稣基督的启示，写信给七个教会。表扬他们的长处，并警
戒他们所犯的错，最后告诉受罗马帝国残酷迫害的众教会，现在所受的
苦是短暂的，并指出："看哪，我必快来！凡遵守这书上预言的有福了！"
（启示录22：7）可见，但以理与约翰的预言既是针对信徒当时所经历的
环境的一种说明，又是对未来事件的宣告。

二、象征的内涵及类别

一位宗教文化学者认为，"《圣经》是布满象征意义的一本书"[1]。作为启示文学重要表现手法的象征，在这里不仅指个别象征性的符号，更是理解最高真理——上帝的一种方式。

象征（symbol）在古希腊语中指"拼凑""类比"，据英国学者西蒙斯介绍，戈伯莱·达尔维拉伯爵在其《象征的迁移》中说过："象征原先被希腊人用来指'一块书板的两个半块，他们互相各取半块，作为好客的信物。'后来它被用来指那些参与神秘活动的人借以互相秘密认识的一种标志、谜语或仪式。"[2] 从古希腊到今天，对于"象征"以及"象征"有关问题的研究从来都未停止过，在宗教和诗学领域这种研究尤为活跃。

象征的概念从古希腊演变到现在，漫长的历史使象征的定义变得丰富多样，并不能用一句话来简单概括。它可以分为广义的象征和狭义的象征：广义的象征指一种包含着特定内涵的、带有很强的约定俗成或者说公共性的符号，就像韦勒克所说，是"某一事物代表、表示别的事物"[3]。《韦氏英语大词典》说："象征系用以代表或暗示某种事物，出之于理性的关联、联想、约定俗成或偶然而非故意的相似；特别是以一种看得见的符号来表现看不见的事物，有如一种意念、一种品质，或如一个国家或一个教会之整体，一种表征：例如，狮子是勇敢的象征，十字架为基督的象征。"[4] 这表明广义的象征是一种具有意义关系的符号，并带有约定俗成性。

狭义象征的基本含义是：象征是人们认识世界的一种方式，是人们精神世界和灵魂之间互动的媒介。象征具有神奇的整合或协调的力量，

---

〔1〕 莫运平. 基督教文化与西方文学［M］. 中央编译出版社，2007 年，第 28 页.

〔2〕 西蒙斯. 印象与评论：法国作家［M］. 杨恒达等编. 象征主义·意象派［C］. 中国人民大学出版社，1989 年，第 94 页.

〔3〕 韦勒克、沃伦. 文学理论［M］. 刘向愚等译. 江苏教育出版社，2005 年，第 203 页.

〔4〕 韦氏英语大词典［Z］. 转引自姚一苇. 艺术的奥秘［M］. 台湾开明书店，1985 年，140－141 页.

可以把分裂引向统一，把经验整合成秩序，引导人们对超验的彼岸世界进行认识。"在真正的象征中，即在我们可以称之为'象征'的东西中，无论清晰与否，直接与否，总是有'无限'的某种体现和揭示；'无限'被混合于'有限'，以有形的面目出现，好像是可以达到的。"[1] 象征的这种含义在中世纪很受推崇，后来被20世纪前后的象征主义诗人所借鉴。

在中世纪，占主导地位的是基督教文学，认为美和万物都是上帝的创造物，"永恒真实"或者说"至高的存在"是人无法直接看到的，因此只能通过神启式的象征来展现。同样，美作为上帝的创造物之一和一般的象征物一样，是有限通往无限的桥梁，是上帝神迹的展示。奥古斯丁受柏拉图的影响，学会"在物质世界之外寻找真理"，明白上帝是超越物质世界的一切事物的根源，他因此认为上帝的美是世界美的根源，上帝就是美本身，是至高无上的，凌驾于精神美之上，而精神美又高于物质美。在奥古斯丁这里，物质美——可感的美只是手段而非目的，即它是一种象征。他在《上帝之城》中对"上帝之城"和"世俗之城"[2] 进行划分，"上帝之城过去确实有过与之相似的某种影像和预言，它们是上帝之城的象征，而不是它在特定时间内在尘世的代表。这个影像也被称作圣城，因其象征性而得名，它并不直接显示那将要到来的那个实在。"[3] 奥古斯丁对两座城市的划分表达了他的观点：上帝之城是永恒的幸福，也认为教会是不可见的上帝之城的象征；而世俗之城是恶人所在的地狱，又是指现实的世界。这种具有神秘主义色彩的观念直接影响了果戈理，他把世界看成地狱的象征。

---

〔1〕 西蒙斯. 印象与评论：法国作家 [M]. 杨恒达等编. 象征主义·意象派 [C]. 中国人民大学出版社，1989年，第94页.

〔2〕 "上帝之城"的说法不是奥古斯丁的首创，是《圣经》上提到的。经上说："上帝之城啊，有荣耀的事乃指着你说的。""上帝本为大，在我们上帝的城中，在他的圣山上，该受大赞美。锡安山，大君王的城，在北面居高华美，为全地所喜悦。""我们在万军之主的城中，就是在我们上帝的城中，所看见的正如我们所听见的。上帝必竖立这城，直到永远。"（《诗篇》：87：3；48：1，2，8）

〔3〕 奥古斯丁. 上帝之城 [M]. 王晓朝译. 人民出版社，2006年，中译本序20–21页.

　　"象征主义"作为一种创作思潮兴起于 19 世纪末的法国，后来扩展至英国、俄罗斯，并成为一种国际性的文学流派。中世纪和法国象征主义时代，是象征范畴的发展最为重要的两个时期。如果说前者在神学的意义上特别的发展、规定了象征的、超验的、形而上学的维度，后者则把象征看作是艺术尤其是诗歌的最基本的原则。在这两个阶段，象征被引向人的精神领域，而且象征不仅仅是一种方法，更是一种观念，一种原则，是比方法更为重要的对待世界的一种态度，理解世界的一种方式。俄罗斯白银时代作家安德烈·别雷说，所谓象征"是两个世界之间的联系，是另一个世界在这个世界上的标记。象征主义作家相信有另一个世界。"[1] 巴尔蒙特说："象征派诗人通过用自己复杂的感受再造物质性而统治这个世界，并且洞悉这个世界的奥秘。"[2] 把象征看成认识世界、洞悉世界奥秘的手段，这是象征主义作家重视象征的原因。

　　象征主义者认为，世界万物深藏着深奥神秘的意义，那才是世界的本质。诗歌不应该再现表象的世界，而应去寻求"彼岸的真与美"，去创造独立于现实世界之外的自足的艺术世界；世界万物之间，物质与精神世界之间有着内在的感应关系，诗人的任务就是揭示这种感应关系，去寻找思想对应物；诗人能够洞悉人生和世界的底蕴，赋予世界以意义。"在大自然所提供的形象中，艺术家听到永恒的召唤：大自然对他而言是现实的、真实的象征的化身……艺术家在大自然所提供的形式中再现永恒，致力于形式——这是艺术的意义所在"[3]；文学的表现手法不应是描绘和解说而应是象征、暗示。"象征"是"无与伦比的艺术表现方式"[4]，是"用来描述任何间接地通过媒介说明一种事物而避免直接谈到它的方式"，它"不仅是用一个事物去代替另一个"，"而是用具体可感

〔1〕　顾蕴璞. 俄罗斯白银时代诗选［Z］. 花城出版社，2000 年，第 544 页.
〔2〕　顾蕴璞. 俄罗斯白银时代诗选［Z］. 花城出版社，2000 年，第 541 页.
〔3〕　别雷. 象征主义［M］. 杨恒达等编. 象征主义·意象派［C］. 中国人民大学出版社，1989 年，第 205 页.
〔4〕　别雷. 象征主义［M］. 杨恒达等编. 象征主义·意象派［C］. 中国人民大学出版社，1989 年，89－90 页.

的意向表达抽象的思想和感情"[1]。音乐是诗歌的属性，也是诗歌的魅力所在，可以增强诗歌、戏剧等文学形式的含蓄性、暗示性，加强与人类精神世界及神秘世界的联系；诗人唯有在梦幻般的状态中进行象征思维，才能把握"暗示的魔法"，创造象征的意境，从而使有限与无限结合，感性世界与超验世界融合。"象征"成了人们认识世界，把握世界的独特视角和观念，是沟通有限和无限的媒介。这也正是果戈理在创作中体现的观念。他从现实出发，基于对上帝之国的向往，用象征的手法把现实世界与彼岸世界连接起来，但果戈理描写的世界不像奥古斯丁对现实的赞美来体现上帝的美，而是用上帝之国的幸福来反衬世俗世界的恶。

象征的类型多种多样，不同的角度有不同的类别。从性质所处的领域看，有宗教象征、艺术象征、心理象征等；从象征的指向来看，有主观情感的象征和超验性客观理念的象征两种基本类型。这种分法类似于叶芝概括的两种基本的象征形式：表达个人感情的象征和理性的象征，理性的象征是指表达观念，或混杂着感情的超验、神秘世界的观念性象征[2]；从象征被理解的范围来看有公共性象征和私人性象征，又可以分别叫做"惯用性象征"和"创造性象征"[3]。公共性象征是指在某种特定的文化区域或传统中约定俗成且人们都能理解的符号形式。如：十字架是基督的象征，玫瑰花是爱情的象征，这种象征性符号是公共性的。但是这种公共性象征也有区域性，如：龙在西方是魔鬼的象征，而在中国却是吉祥的象征。白色在西方是圣洁的象征，所以新娘子的礼服都是白色的，但是在中国婚礼上，礼服一定要用红色的。私人性象征是指具有明显个人创造性的有深意的象征，因此这种象征理解起来大多晦涩朦胧。正如韦勒克所说，"个人象征"暗示一个系统，因此我们必须像密码员破译一种陌生的密码一样去揭开它[4]。这种象征大量地存在于文学作

〔1〕 柳扬编译．花非花：象征主义诗学［C］．旅游教育出版社，1991年，第2页．
〔2〕 王先霈、王又平主编．文学批评术语词典［Z］．上海文艺出版社，1999年，第205页．
〔3〕 别雷．象征主义［M］．杨恒达等编．象征主义·意象派［C］．中国人民大学出版社，1989年，74–75页．
〔4〕 韦勒克、沃伦．文学理论［M］．刘向愚等译．江苏教育出版社，2005年，第205页．

品中，尤其为 20 世纪作家所青睐，是一种不可取代的艺术手法和原则。

果戈理的作品既有公共性象征又有私人性象征。果戈理在《狄康卡近郊夜话》中把讲故事的人说成是养蜂人。果戈理在序言中以养蜂人自居并自嘲道："这又是什么稀罕玩意儿：《狄康卡近郊夜话》! 怎么叫《夜话》呢？又来个养蜂人闹出这本书。天哪，拔了那么多鹅毛做笔，费了那么多破布做纸，还不够吗？大小人物各式坏蛋，墨水弄脏手的还少吗？谁想到一个养蜂的也上了瘾跟他们跑。倒也是，出产量那么多印刷纸，一下子真还想不出往上填什么好。"[1] 养蜂人红毛潘柯说："我的蜂蜜更不用说是远近村子的头一份。蜜一端进来，满屋喷香，简直无法形容。纯净得好比泪珠，好比耳环上贵重的水晶。"[2] 这里"蜂蜜"象征着作品，而养蜂人就是作者的象征。《死魂灵》中的乞乞科夫每当把自己介绍给一位新结识的人时，常把自己的生命比作暴风雨中的一条船，甚至是一条破船，"把人的命运比作海上暴风雨中的航船，这在象征作品中屡见不鲜"[3]。

果戈理作品的象征不仅有公共性象征，还有表达果戈理独特观念的私人性象征，并带有神秘色彩。果戈理在《死魂灵》第一部中写出了现实俄罗斯全部的苦难和罪恶，用象征手法把现实世界描绘成了一个人间地狱，生活在其中的主人公乞乞科夫以及形形色色的地主、官僚都是生活在其中的魔鬼。"在描写省长府上的舞会的著名段落中，乞乞科夫（《死魂灵》的主要人物）似乎有鬼魂附体，他用脚画出各种人物，然后'用小腿作了一个急速的动作，那小腿突然显出尾巴的形状……'读者马上会问，他的脚是不是魔鬼的脚。死魂灵收购人乞乞科夫这种著名的天真虽然奇异，但是他的职业却与撒旦的行径极其相似。"[4] 在这里，乞乞科夫成了魔鬼的象征。把生活在现实社会中的人——上帝的创造物——看成魔鬼的象征，是带有果戈理特点的个人性象征。

〔1〕 果戈理. 狄康卡近郊夜话 [M]. 白春仁译. 安徽文艺出版社, 1999 年, 第 3 页.

〔2〕 果戈理. 狄康卡近郊夜话 [M]. 白春仁译. 安徽文艺出版社, 1999 年, 第 6 页.

〔3〕 加弗列尔·夏比罗. 象征及其在果戈理作品中的审美映射 [J]. 王果爱、龚善举译. 十堰大学学报（哲学版）, 1992（3）, 第 64 页.

〔4〕 叶夫多基莫夫. 俄罗斯思想中的基督 [M]. 杨德友译. 学林出版社, 1999 年, 第 66 页.

第二节　启示文学在俄罗斯

古代俄罗斯人是东斯拉夫人的一支，公元 9 世纪以前一直处于原始氏族社会，从原始氏族社会过渡到早期封建社会时，正逢基督教东部教会要在斯拉夫地区传教。公元 9 世纪中期，拜占庭皇帝派传教士到斯拉夫地区传教。传教士在希腊文的基础上创造出斯拉夫文字，把福音书译成斯拉夫文，这一举动，为日后全民接受基督教以及宗教文学的发展打下了基础。公元 10 世纪，基辅大公弗拉基米尔希望在全国范围内统一宗教思想，并派遣使者前往各国去寻找真正的信仰。大公不喜欢割礼和禁酒故而反感犹太教和伊斯兰教，奉命出去考察的使节们对君士坦丁堡却十分中意，他们受到了东部教会牧首的盛情款待，参观了金碧辉煌的圣索非亚教堂，记述说"世间难以见到同样的辉煌……华美绝伦，上帝在那里和人同在"[1]。弗拉基米尔深为"地上天国"感动，在 988 年命令全罗斯的人[2]受洗，使基督教成为古罗斯的国教，尊崇上帝为唯一真神，并且进行一系列社会改革，禁止死刑，救济老弱病残及穷人。从此，俄罗斯一直受这一观点影响，崇尚"与基督一道，整个天堂都降临世上"的宗教理想。

领受洗礼之后，俄罗斯人民称自己为"神圣罗斯"，它指的是，"俄国是世界上真正东正教信仰的唯一捍卫者，西欧文明是对东正教的损害和叛离，由于俄罗斯人是最虔诚、最坚定的民族而成为被上帝拣选的民族，被赋予使命与力量来拯救人类，是各民族的弥赛亚，当人类出现危

---

〔1〕 转引自〔俄〕叶夫多基莫夫. 俄罗斯思想中的基督〔M〕. 杨德友译. 学林出版社，1999年，第27页.

〔2〕 罗斯（Русь），为 9 世纪东斯拉夫人在第聂伯河中游建立的早期国家的名称，特指古俄的各封建国。15 世纪末叶各封建国以莫斯科大公国为首实现统一，之后始称为俄罗斯（Рссйя）

机的时候，弥赛亚民族将起到擎天柱的作用"[1]。俄罗斯人认为自己是世间最大的罪人，另一方面由于他们的圣洁理想，他们又毫无疑问地只属于天国。俄国宗教学者指出，"在1050年，基辅都主教伊拉里昂在他的著名的'律法与恩宠'的讲道中，就把俄罗斯人民当作正教人民，号召他们积极参与普遍的拯救史"[2]。这种拯救世界的民族使命感在1453年君士坦丁堡陷落后得到了进一步的加强。在俄罗斯人看来，拜占庭的灭亡是因为希腊人对西方教会的投降、对上帝不虔诚而受到的惩罚，在这种背景下出现了"第三罗马"的观念。1510年，修士菲洛泰上书沙皇称俄罗斯为"第三罗马"，而且不会有第四罗马，俄罗斯人民是上帝的选民，受上帝的启示，在末日来到之前，俄罗斯人民要拯救整个世界。虽然第三罗马的末日预言被打破，但是这种普世拯救的使命感和上帝选民的观念深深地印在了俄罗斯民族的心里，成为这个民族宗教精神的一部分，也是俄罗斯的民族之魂，这些观念自然也渗透到了肩负民族使命的俄罗斯知识分子心里。20世纪白银时代思想家别尔嘉耶夫就明确说过"俄罗斯面临着伟大的世界性任务……俄罗斯注定赋有某种伟大的使命，俄罗斯是个特殊的国家，它不同于世界上任何国家。俄罗斯民族的思想界感到，俄罗斯是神选的，是赋有神性的。这种情况起自莫斯科是第三罗马的古老观念，经斯拉夫主义，而绵延至陀思妥耶夫斯基、弗拉基米尔·索洛维约夫，再到现代的斯拉夫主义……其中也反映了某种真正民族的东西、真正俄罗斯的东西。倘若一个人并非生来就赋有重任的话，她不可能一辈子都在体验某种特殊的、伟大的使命，并且在精神振奋的时候强烈地意识到它。这不仅在生物学上是不可能的，而且在整个民族的生活中也是不可能的。"[3] 有道是，英美人喜谈体育运动，法国人喜谈

〔1〕 梁坤. 末世与救赎：二十世纪俄罗斯文学主题的宗教文化阐释［M］. 中国人民大学出版社，2007年，第128页.

〔2〕 转引自［俄］叶夫多基莫夫. 俄罗斯思想中的基督［M］. 杨德友译. 学林出版社，1999年，第12页.

〔3〕 别尔嘉耶夫. 俄罗斯灵魂——别尔嘉耶夫文选［M］，陆肇明、东方珏译. 学林出版社，1995年，3-4页.

女人，俄国人则爱谈宗教和上帝的奥秘，因而俄国人有"上帝使者""上帝追求者"之感。俄国人特有的虔敬感、同情感、羞涩感带有强烈的宗教气息，他们注重敬拜甚于讲道，对上帝和神性真理怀有热切的思慕，对不幸与受苦者怀有深深的同情与宽恕，对不公正的待遇逆来顺受以及对神圣象征和神秘主义怀着忠诚[1]。用理性难以理解俄罗斯，正如丘特切夫的诗所写到的：

俄罗斯并非理智可以悟解
普通的尺度对之无法衡量
它具有的是特殊的性格——
唯一适用于俄罗斯的是信仰。

俄罗斯民族是带有深深的神圣使命感的，这种宗教情怀不仅是 19 世纪作家所着重表达的，直至 20 世纪也是俄罗斯知识分子的一种情怀。

俄罗斯民族不仅有这种选民观念，与之相关，还把自己看作是接受启示的人。著名宗教哲学家别尔嘉耶夫提出，俄罗斯民族是"终极的民族"，俄罗斯人是"启示学者"，"在俄罗斯作家和思想家那里，《启示录》始终起着很大的作用"[2]。这主要表现在人们对彼岸世界的追求和对弥赛亚及天国的期待方面。20 世纪俄罗斯"新精神哲学"倡导者叶夫多基莫夫引用别尔嘉耶夫的观点，同样认为"俄罗斯人的理念，从来不是一种文明的理念，一种作为历史中公物的理念，它是关于最终的和普遍的拯救、关于世界和生存的形变的理念。生命的价值不在末尾之中，而是在终极之中，在启示的末世之中，俄罗斯人或者与上帝同在，或者反对上帝，但是永远不能没有上帝"[3]。圣经中的《启示录》不仅深深

〔1〕 舍斯托夫.深渊里的求告［M］，方珊、方达琳、王利刚选编.山东友谊出版社，1995 年，总序.

〔2〕 别尔嘉耶夫.俄罗斯思想［M］，雷永生等译.三联书店，1995 年，5－6 页，190－191 页，245－246 页.

〔3〕 叶夫多基莫夫.俄罗斯思想中的基督［M］.杨德友译.学林出版社，1999 年，第 31 页.

地影响了俄罗斯的宗教精神，而且深深地印在了每一个俄罗斯知识分子的心里，末日的恐惧与焦虑极大地影响了作家的创作。

俄罗斯知识分子作为民族的一部分，救世思想和选民观念是与生俱来的。俄国知识分子精神的视野，永远都瞻望着未来或回望着过去，而对当下和此在，则抱着一种激烈的批判态度。过去的"黄金时代"和未来的"理想王国"是俄国知识分子用以反观和批判现实所赖以为据的参照值。在社会动荡、人民生活痛苦的时候，他们就会让自己肩负使命，寻找使俄罗斯走出困境、使上帝之国降临人间之路。19世纪初期，是亚历山大一世混乱而动荡的时代，俄罗斯军队踏遍欧洲，共济会[1]的神秘学说蔓延在俄罗斯上空。俄罗斯出现了一种对于世界迫近的终结期待——末日将临的恐惧与期盼。恰达耶夫作为哲学家提出了一个大胆的问题：上帝期待俄罗斯的是什么？这是一个带有俄罗斯民族特征的，具有强烈普世情结的问题。为了回应上帝的这一召唤，恰达耶夫认为俄罗斯选择的目标是达到人类的最终归宿。要实现这一目标，不是通过祖国，而是通过来自上帝的真理。知识分子应该为寻找这一真理而努力。果戈理的挚友生活在罗马的画家亚历山大·伊万诺夫在末日临近审判将临的信念催促下，在神圣使命的激励下，画了著名的《基督降临人间》，预言末日审判和基督的第二次降临，安慰末日来临前躁动不安的人们，画家的这一画作与果戈理作品产生了很好的共鸣，并形成末日审批与人类救赎主题的互文性。

事实上，无论是民族的大环境，还是个人生活的小圈子，弥漫其间的宗教情绪对果戈理的一生都产生了极大的影响。就连果戈理父亲和母亲的婚姻都充满了神秘的宗教色彩，果戈理的父亲——瓦西里·阿法纳西耶奇·果戈理的婚姻是和他的两次梦境相关的。在他还是一个少年

---

〔1〕 18世纪初产生于英国的宗教道德运动，现在是世界上最大的秘密团体。在许多国家的资产阶级和贵族中传播。共济会常被认为是基督教组织，带有许多宗教色彩，其纲领强调道德、慈善以及遵守当地法律。会员必须是相信上帝存在并坚信灵魂不灭的成年男子。一般来说，在使用拉丁语族语言的各国中，共济会吸引着自由思想家及反对教权的人士，18到19世纪初共济会的影响最大。反动的和进步的社会运动均与共济会保持联系。

的时候，在梦中看见了圣母，圣母告诉他以后的命运，并指出脚边的小女孩就是他未来的妻子，后来在他去临近小镇的一户人家时，认出了只有七个月大的女孩就是圣母在梦境中指点的妻子，于是果戈理的父亲就天天去小女孩家陪她玩。十三年之后，他又梦到了一个神秘的女性，她"身着白色连衣裙头戴金光四射的皇冠少女，她美艳绝伦，用手指了指左侧而说道：'这就是你的未婚妻！'她扭头往那一侧瞥了一眼，便看见一个穿白色小连衣裙的小女孩，她坐在一张小桌子旁边做活呢，她的脸上有着同样的一些特征"[1]。圣母再次指示他的妻子就是他整天陪伴的那个长大了的小女孩。由于圣母的指引，果戈理的母亲在 14 岁时就结婚了，虽然丈夫比她大十几岁。在果戈理母亲的回忆当中，也是把自己的婚姻看作是神示的结果。这些可以在果戈理曾经在给朋友谢·阿克萨科夫[2]的信中得到印证。

果戈理从小就在末日和死亡的阴影下成长。1825 年，果戈理读高中的时候，父亲就在预感死亡来临的等待中去世；也是这一年，尼古拉皇帝去世，十二月党人起义失败，整个博尔塔瓦笼罩在末日的恐惧当中。末日的恐惧和民族使命感深深影响着果戈理，如学者所言，"这位天才，但病态而敏感的作家以死人的眼光审视世界，他将自己的作品和灵魂置于启示之火内燃烧"[3]。果戈理以文学家的身份在文学中表现出救世使命和启示情怀，在一定意义上讲，这使他的作品更近于启示文学。比如他的作品中充满了很强的象征性，表达了强烈的末世论思想和浓郁的神秘色彩。果戈理深受末世论思想的影响。童年时，母亲给果戈理讲述了末日审判中恶人受到的痛苦和义人享受到的幸福[4]，这使果戈理从小就对

---

〔1〕 维·魏列萨耶夫. 生活中的果戈理［M］. 周启超、吴晓都译. 安徽文艺出版社，1999 年，第 11 页。

〔2〕 谢·阿克萨科夫（1791－1859），俄罗斯诗人、翻译家、作家、戏剧爱好者与朗诵演员，在 19 世纪 40 年代著有《钓鱼笔记》《狩猎笔记》《家庭纪事》等，在莫斯科郊外有庄园，果戈理经常去那里做客。

〔3〕 叶夫多基莫夫. 俄罗斯思想中的基督［M］. 杨德友译. 学林出版社，1999 年，第 43 页.

〔4〕 维·魏列萨耶夫. 生活中的果戈理［M］. 周启超、吴晓都译. 安徽文艺出版社，1999 年，第 16 页.

恶、地狱和天堂等观念产生了深刻的印象。正如研究者所言，"果戈理独具对恶和丑的特殊敏感和极强的批判能力。他在以《钦差大臣》《死魂灵》为代表的一系列作品中……揭露了这种丑和恶，……他看到了赫列斯塔科夫们、乞乞科夫们，诺兹得廖夫们的丑恶之处，而不仅仅是它的外部表现"[1]。在果戈理看来：上帝是公义、圣洁的，而有丑恶之处的这些人是有罪的，是与上帝隔绝的，与上帝隔绝的他们是一群"死魂灵"。而充满死魂灵的世界就成了地狱世界的象征。果戈理用象征手法营造的这个地狱世界是上帝末日审判时地狱的一个映照，也是末日时上帝之国——天堂的一种反衬。在创作中，果戈理幻想在世界响起号筒声之前，告诉"死魂灵"们——"神的国近了，你们当悔改"，他渴望呼告说，生活在地狱的人啊，悔改吧，好进入上帝的国度——天国。

果戈理的创作中有神秘的象征。他对创作的认识也具神秘色彩，他认为自己的创作是上帝赋予他的一项使命，是一项神圣的事业：

> ……我心里每日每时地越来越光明，越来越庄严了；我只能说我的来来去去，我的与世隔绝都是不无目的和意义的；从他们身上我的心灵教育无形之中就完成了；我变得远比留在我神圣的朋友们记忆中的印象要好；我那激情的泪水如今流得更经常，更庄严；我心中有一个难以言喻的深刻信念，虽然我现在站在我要上的阶梯的最下面几层，但是上天的力量能够帮助我爬上它的顶端。以后还要付出许多劳动，还有很长的道路，还要经受许多精神的锻炼！我的心灵应该比高山上的雪更清洁，比天空更明朗，只有那时我才能够有力量建功立业，开创伟大的事业，只有那时才能够解开我的存在之谜[2]。

---

〔1〕 金亚娜. 俄国文化研究论集 ［M］. 黑龙江教育出版社，1994 年，第 131 页.
〔2〕 果戈理. 果戈理书信集 ［M］. 李毓榛译. 安徽文艺出版社，1999 年，248 页.

"梯子"是指通向上帝之国的道路[1]。这是果戈理在 1842 年 6 月写给茹科夫斯基的信，这时的他已经写完了《死魂灵》的第一部，认为自己已经登上了通往天国的阶梯，创作就是他完成上帝使命、进入上帝之国的阶梯，也是上帝赐予的神圣使命。

继果戈理以后，这样一种文化末世论观点得以在文学中表现，这一主题也很快变为传统。

第三节　本章小结

启示文学虽然是《圣经》中较晚出现的文类，但其中包含的末日审判观念激励并警醒着一代又一代的基督徒，特别是基督教分裂成天主教和东正教后。启示文学中的末日审判观念深深地影响着俄罗斯，使俄罗斯人具有一种选民观念和浓厚的弥赛亚意识。这种带有神秘色彩的末日情结对知识分子的影响特别大，使他们天生就有一种弥赛亚观念和救赎使命。果戈理是第一个把东正教文化引入俄罗斯文学的作家，并使俄罗斯文学染上了浓厚的宗教色彩。

启示文学最常用的手法是象征，基督徒认为上帝是不可言说的无限，是用语言无法描述的。人们只能用有限表现无限，用可见之物来描绘不可见的彼岸世界，这种表现的媒介和方式就是"象征"。象征不仅是一种象征性符号，更是连通有限和无限的媒介，是认识彼岸世界或者上帝的工具，具有沟通和整合的功能。从神学占主导的中世纪到 19 世纪末 20 世

---

[1] 《旧约·创世记》记载，雅各夜晚在旷野住宿，梦见有一个梯子，连接着地和天，有神的使者在梯子上下去上来，上帝站在梯子之上，上帝给雅各祝福，"我是耶和华你祖亚伯拉罕的神，也是以撒的神，我要将你现在所躺卧之地赐给你和你的后裔。你的后裔必像地上的尘沙那样多，必像东西南北开展，地上万族必因你和你的后裔得福。我也与你同在，你无论往那里去，我必保佑你，领你归回这地，总不离弃你，直到我成全了向你所应许的。"雅各认为所躺卧之地"乃是神的殿，也是天的门"，是圣地，是上帝亲自降临之地，是上帝应许之地。

纪初的象征主义，象征都被看作是认识世界和超验世界最好的手段和工具。尽管果戈理本人从未说过他的作品具有象征性，他却有意地运用象征来沟通现实世界和彼岸世界，把现实世界看成是上帝末日审判时地狱世界的象征。面对地狱般的现实世界，果戈理带着沉重的使命感进行他的创作，所以他作品中的思想显得如此凝重。

第四章　果戈理的宗教思想

奥古斯丁用上帝创造的美好事物来证明上帝的存在，并认为上帝用人的智慧是无法认识的，只能通过神启式的象征来认识上帝，象征是沟通有限和无限的桥梁。对于基督徒来说，"大自然就是神恩的影子，看得见的奇迹即是看不见东西的影子"[1]，上帝创造了美好的世界，但是因为人类始祖亚当犯罪以后，恶就入了这个世界，这个世界就变得不完满了。上帝派遣人类的救赎主——弥赛亚耶稣来拯救世界，因他一人的死使全人类得到救赎，但是仍不悔改的人必将受到上帝的审判，就是上帝对人类的末日大审判。为了使人类知罪悔改，上帝兴起许多先知告诫同时期的人，通过耶稣基督和上帝和好，在末日审判时进入上帝的永恒国度——天堂，终不悔改的人将被上帝打入黑暗哀哭之地——地狱。俄罗斯文学自产生以来就和东正教思想纠缠在一起，救赎的宗教使命也渗透到文学作品中来。文学创作的主体——作者也带着神圣的使命感进行创作，有的作家也以先知的勇气和气魄进行创作，在19世纪初俄罗斯文学的肇始阶段尤以果戈理的创作最为明显。

果戈理出生在宗教氛围极为浓郁的乌克兰，宗教在他的家庭中占有重要地位。他的祖父本是乡村神父，祖母和父母亲也都是虔诚的信徒。他的第一个老师是神学校的学生，除了识字、算术，他教给果戈理的最多知识就是东正教神学。上学后，神学依然是果戈理的主要课程之一。

---

[1]　帕斯卡尔. 思想录［M］. 何兆武译. 商务印书馆，1997年，第313页.

在这种氛围下成长起来的果戈理从小就笃信东正教的教义，相信末世审判、天堂、地狱、罪孽、惩罚等观念。这种从童年开始就不断沉积、发展的信仰对作家的性格、气质、身心健康状况都产生了深远的影响，也必然影响到他赖以实现自己宗教理想的事业——写作[1]。东正教信仰在果戈理那里根深蒂固，信仰不仅引导他的生活，而且是他创作的动因与目的。果戈理的写作不是为了开辟一个文学新领域，而是为了实现他的救世目的。从果戈理的作品、书信集和文论中我们可以清楚地看到他是基于这样的观念进行创作的。他的宗教思想观念在作品中是通过象征来实现。果戈理用象征把上帝之国与现实世界联系起来，并且通过对照引人"向善"。果戈理把"爱"和末日审判的思想渗透到创作中，并且带着沉重的救世使命向读者发出警告与预言。本章主要分析果戈理以"爱"为出发点、带着末世的焦虑和沉重的使命进行创作的救赎式的思想观念。

第一节　始于爱与终于爱

"爱"是基督教信仰的核心，是基督教的主旨和灵魂，如《约翰一书》所言，"神就是爱"，耶稣基督就是爱的具体化身。基督教的道德原则是：信、望、爱，即信心、盼望、仁爱，在这三个原则中，爱是最大的，是统摄一切观念的核心与总纲。圣徒保罗论述了什么是爱及信、望、爱的关系，并且强调"爱"是最重要的核心思想。

> 我现今把最奇妙的道指示你们。
> 我若能说万人的方言，并天使的话语，却没有爱，我就成了鸣的锣、响的钹一般。我若有先知的讲道之能，也明白各样的奥秘、各样的知识，而且有全备的信，叫我能够移山，却没

---

[1]　金亚娜．充盈的虚无——俄罗斯文学中的宗教意识 [M]．人民文学出版社，2003 年，第16 页．

有爱，我就算不得什么。我若将所有的周济穷人，又舍己身叫人焚烧，却没有爱，仍然与我无益。

　　爱是恒久忍耐，又有恩慈。爱是不嫉妒。爱是不自夸，不张狂。不作害羞的事。不求自己的益处。不轻易发怒。不计算人的恶。不喜欢不义。只喜欢真理。凡事包容。凡事相信。凡事盼望。凡事忍耐。爱是永不止息。先知讲道之能，终必归于无有。说方言之能，终必停止。知识也终必归于无有。我们现在所知道的有限，先知所讲的也有限。等那完全的来到，这有限的必归于无有了……如今常存的有信，有望，有爱；这三样，其中最大的是爱。（哥林多前书13：1—10，13）

爱是人类最伟大的情操，是上帝的本质属性。信心是对上帝救恩理解的基础和内容，盼望是基督徒生活的重心和态度，而爱则是行动，是联络"全德的"。有了爱，才有信和望。没有爱，也就没有发自内心的、真诚的信心和盼望。爱也是神与人的中介，通过爱，基督教把人与上帝、人与人联系在一起，失去了爱，人类也就失去了与上帝的联系。人类所有的能力有一天终必"归于无有"，只有"爱"可以保留到永恒。

基督教的爱源于上帝，是建立在人人平等的基础上的，是不需要任何回报的博爱，它可以分为神之爱和人之爱两个层次。神之爱包括上帝之爱与基督之爱。上帝之爱表现为创造和救赎：他创造了天地万物和人类，并派自己的爱子耶稣道成肉身，钉上十字架代人受过，以显示对人类的爱。如《歌罗西书》所说：

　　他救了我们脱离黑暗的权势，把我们迁到他爱子的国里。我们在爱子里得蒙救赎，罪过得以赦免。爱子是那不能看见之神的像，是首生的，在一切被造的以先。因为万有都是靠他造的，无论是天上的、地上的、能看见的、不能看见的，或是有位的、主治的、执政的、掌权的……既然借着他在十字架上所

流的血成就了和平，便借着他叫万有，无论是地上的、天上的，都与自己和好了。你们从前与神隔绝，因着恶行，心里与他为敌。但如今他借着基督的肉身受死，叫你们与自己和好，都成了圣洁，没有瑕疵，无可责备……（歌罗西书1：13—22）

基督之爱是上帝之爱的具体体现，为了使人类得到救赎，使犯罪的人类重新与上帝和好，基督道成肉身，代替人的罪被钉死在十字架上，实现了对全人类的救赎。这样的"爱"在很多文学作品中得到体现，如安徒生童话《海的女儿》中的小美人鱼，她为了自己所爱的人情愿牺牲自己的生命，小美人鱼用自己的行动诠释了什么是基督式的爱。英国小说家C. S. 路易斯（C. S. Lewis）的经典奇幻小说《纳尼亚传奇》（The Chronicles of Narnia）讲述的也是爱与被爱的故事，为英美儿童文学中的经典之作，在20世纪50年代陆续出版后，随即掀起世界范围内的儿童文学的阅读狂潮。即便到了21世纪，其魅力随着《纳尼亚传奇》系列电影的发行和上映有增无减。除去小说本身的富于想象力不说，《纳尼亚传奇》不仅仅是奇幻小说，它更承载了基督教丰富的、关于爱的教义。C. S. 路易斯以易为儿童读者接受的方式，潜移默化地向他们传递了基督教中爱的教义。在《纳尼亚传奇》系列小说中的《狮王、妖婆和大衣柜》尤为突出。帕万斯家的四个孩子为了躲避战乱来到乡下，在乡下住宅的大衣柜里他们来到了纳尼亚王国，可是两男孩中的弟弟彼得为了能吃到土耳其软糖而出卖了自己的兄弟姐妹，当彼得知道自己错了并悔改的时候，冰雪女王——女巫的首领却要领走彼得并使其成为俘虏，狮王——曾经是纳尼亚王国的主宰——阿斯兰为了营救彼得自己主动代替彼得去死，狮王阿斯兰最后被群魔处死。纳尼亚的军队在冰雪女王的攻击下溃败下来，在战争的关键时刻，阿斯兰复活并告诉苏珊和露西，有个更古老、更高深的魔法，"一个自愿送死的牺牲者，本身没有背叛行为，却被当作一个叛徒而被杀害，石桌就要崩裂，死亡就会起反作用"[1]。而且随着阿斯兰的复活所有被冰雪女王石化的动物、巨人都复活了，他立即带领大家打败了冰雪女王和她的魔鬼军队。小说中的阿斯兰是基督的象征，他对纳尼亚王国及四兄妹的爱就是充满神性的爱，是以自我牺牲为核心的。

法国作家雨果的长篇小说《悲惨世界》，除了悲惨与革命的主题外，还有一个更重要的主题，那就是爱如何传递。雨果写后边这个主题甚至比前边那个还要好，这也是雨果作品的魅力所在。在小说中，雨果把人心中存在的上帝之爱称为"良心"。雨果这样写道：

> 上帝永远存在人的心里，这是真正的良心，它不为虚假的良心所左右，它禁止火星熄灭，它命令光要记住太阳，当心灵遇到虚假的绝对时，它指示心灵要认识真正的绝对，人性必胜，人心不灭，这一光辉的现象，可能是我们内心最壮丽的奇迹[2]。

小说名字虽然是《悲惨世界》，但是小说的主题不是"悲惨"，而是对成就他人幸福之爱的颂歌，雨果刻意描写的是善良和爱如何被唤醒与传递的过程。

人之爱，包括爱上帝和爱人如己两个方面，这是基督教信仰的核心。当人问耶稣诫命中哪一条最大时，耶稣回答道："你要尽心、尽性、尽意爱主你的神。这是诫命中的第一，且是最大的。其次也相仿，就是要爱人如己。这两条诫命是律法和先知一切道理的总纲。"（马太福音 22：37—40）人类应该爱神，因为上帝和基督是造物主和救世主，人类的一切都是从上帝那里来的。只有爱上帝的人，才可能获得永生。其次，要爱人如己，这是爱上帝在尘世的体现。

〔1〕 刘易斯. 狮王、妖婆和大衣柜［M］，陈良廷、刘文澜译. 上海译文出版社，1991 年，第 125 页.

〔2〕 雨果. 悲惨世界（五）［M］，李丹、方于译. 人民文学出版社，1984 年，第 1634 页.

　　上帝的爱是博爱，是无条件的爱，是无偿的。上帝无偿地创造了一切，并且为了人类的幸福欢乐，差遣自己独生的爱子来到人间，替全人类的罪牺牲自己。这是上帝之爱的实质，是不求回报的爱。人不仅要全心全意地爱上帝，而且要以这样的爱爱一切人：爱自己的弟兄和仇敌。"爱神的，也当爱弟兄，这是我们从神所受的命令。"（约翰一书4：21）上帝让他的子民不仅要爱自己的弟兄还要爱那些不可爱的人——自己的仇敌。

　　　　只是我告诉你们这听道的人，你们的仇敌要爱他，恨你们的要待他好。咒诅你们的要为他祝福，凌辱你们的要为他祷告。有人打你的这边的脸，连那边的脸也由他打。有人夺你的外衣，连里衣也由他拿去。凡求你的，就给他。有人夺你的东西去，不用再要回来。你们愿意人怎样待你们，你们也要怎样待人。你们若单爱那爱你们的人，有什么可酬谢的呢？就是罪人也爱那爱他们的人。你们若善待那善待你们的人，有什么可酬谢的呢？就是罪人也借给罪人，要如数收回。你们倒要爱仇敌，也要善待他们，并要借给人不指望还，你们的赏赐就必大了，你们也必作至高者的儿子，因为他恩待那忘恩的和作恶的。你们要慈悲，像你们的父慈悲一样。（路加福音6：27—36）

　　上帝要求他的子民以耶稣为榜样爱自己的弟兄和仇敌。

　　"爱"在果戈理的宗教情感中也有同样重要的地位。他认为，爱是万能的力量，是通向上帝的唯一道路，这种爱是基督式的爱。在果戈理看来，上帝对人类的爱是无法测量的。他认为，"上帝对人的爱是无边无际，无穷无尽，永无止境的"[1]，也是永恒不变的。果戈理渴望以上帝赐予他的具有伟大力量的爱去爱所有人。他在撰写《死魂灵》第二部时的

---

〔1〕　果戈理. 果戈理书信集〔M〕. 李毓榛译. 安徽文艺出版社，1999年，第250页.

笔记中写道:"主啊,让我去爱更多的人吧!让我在自己的记忆里收集他们身上一切美好的东西,更好地回想起所有的亲人,受到爱心力量鼓舞之后,才能有能力去描绘他们。"[1] 很明显,果戈理的爱不是抽象的、概念化的,而是对亲人、对全人类的爱。"我爱你们的那种爱无法用语言表达,这种爱是上帝赐予我的,为此我就像得到一件最好的恩赐而感激他,因为这种爱在我痛苦的时候让我感到高兴和安慰。为了这种爱,我请求你们用心灵倾听我的这部《诀别的故事》。我发誓:这个作品不是我的杜撰和虚构,而是从我的心灵中自然而然地流出来的,我的心灵是上帝亲自用种种考验和痛苦培育的,而它的声音来自我们俄罗斯民族的内在力,俄罗斯民族对我们来说是共同的,因此凭着这点,我是你们所有人的最亲的亲戚"[2]。这种爱来自上帝,上帝之爱在他身上折射出具体的爱,并且给他安慰和鼓励,果戈理也希望这种爱给他人带来益处。这种爱更能让人离开罪恶,能激发人身上美好的东西。基于东正教的教义,果戈理也同样认为不仅要爱那些可爱的人,也要爱那些不可爱的人。在《死魂灵》第二部中,乞乞科夫给将军讲了一个"你就得爱我们黑不溜秋的模样,我们白白净净的模样人人都会爱"的故事,在这里传达了果戈理的一个观念:爱不可爱的人,爱那些有罪的人。而这正是耶稣在山上圣训中告诉门徒关于爱人的真理表达——"你们若单爱那爱你们的人,有什么赏赐呢?就是税吏不也是这样行吗?你们若单请你弟兄的安,比人有什么长处呢?就是外邦人不也是这样行吗?所以你们要完全,像你们的天父一样。"(马太福音5:46—48)。作为上帝的子民就应该爱那些不可爱的人,爱那些不完全的人。

《圣经·创世记》中说,人是按上帝的形象造的,所以每个人心中都有神的性情,就是都有一颗向善的心,但因亚当一人犯罪使罪入了世界,在这个世界上因始祖的罪而使整个人类生而有罪。正如《圣经》所说,"没有义人,连一个也没有;没有明白的,没有寻求神的;都是偏离正

〔1〕 任光宣.俄国文学与宗教〔M〕.世界图书出版社,1995年,268-270页.
〔2〕 果戈理.与友人书简选〔M〕.任光宣译.安徽文艺出版社,1999年,第10页.

路，一同变为无用。没有行善的，连一个也没有"。（罗马书3：10—12）基督教中所说的"罪"不仅仅是指触犯了律法，更确切地说是人类的始祖亚当、夏娃违背了与上帝的约定，违背了人与上帝所立的"约"，违背了上帝所吩咐的话，偏离了正确的道路。"约"在这表明了人和上帝的关系，也表明背约之人就是上帝眼中的罪人。作为上帝的受造物和违背约定的人，身上兼有善、恶的因素，有向善和作恶的本性。上帝不愿意看到人背约——犯罪而永远生活在罪中，他派遣自己的独生儿子耶稣来到世间担当了世人的罪，使人和上帝和好，使耶稣为世人作了一个榜样——爱那些有罪的人，爱那些陷在罪中不能自拔的人，通过这种上帝赐予的"爱"使人能够回到善中来。

人人身上都有恶的因素。纯洁无恶的人是不存在的。基于这种认识世界的观念，果戈理塑造了一系列文学形象，展示出他对人性中恶的认识。《伊万·库巴尔日的前夜》中的彼得和《肖像》中的恰尔特科夫都受了魔鬼的诱惑，魔鬼利用了他们贪图钱财的弱点和缺少钱财的烦恼，设计了一连串"好运"陷阱，他们禁不起诱惑就是因为他们身上存在着恶的因素。

彼得一心想弄到钱，好娶东家的女儿为妻。彼得是绝代美人碧多卡家的长工，深深爱着碧多卡，但是身为孤儿的他，虽然得到了姑娘的爱，但因贫穷不能得到姑娘父亲的准许。后来他得知姑娘将嫁给一个波兰贵族，在失望、痛苦之余，接受了魔鬼的条件——在伊万·库巴尔日[1]前夜采到真厥的花，这样他就可以得到金币，但是采金子时，必须有人血的祭奠才可以挖到地下的金子。为了心爱的姑娘必须得到金币，彼得杀死了被妖婆带来的碧多卡六岁的弟弟。彼得虽然得到了金币，和心上人结了婚，可他却永远丧失了记忆，永远失去了纯洁的情感与真正的幸福，一年后就死了。因对不义之财的追求和贪恋，他不仅害了自己也害了与

---

[1] 伊万·库巴尔日，民间节日，在俄历6月24日，根据民间传说，在这一日前夕午夜时分一种叫"蕨"的植物会开出火红色的花儿。谁要是摘下那花儿，而且能勇敢地面对那时出现在他面前的种种幽灵而不畏缩，谁就一定会寻得财宝。

他最不想伤害的人。

恰尔特科夫是个有天分的、前途无量的画家，他的绘画作品有时像闪电一般清晰地表现出敏锐的观察力、想象力和贴近大自然的激情。他曾忘我地投身于艺术中，但在创作过程中，他的教授看出来他内心的浮躁，曾告诫过他："你要当心哟，老弟……你有天分；如果你把它毁了，那可是罪过呀。而你缺乏耐心。如果有什么东西吸引了你，你喜欢上了什么东西了，——你就会迷恋上它，其他一切在你看来就都成了糟粕，一钱不值，你连看都不看一眼。你要当心哟，千万不要做追求时髦的画家。你现在作品中的色调已开始变得太鲜艳夺目了。你的画不严守一定的风格，而有时根本不合要求，线条看不清楚，你已经在追求时髦的明暗配置，追求引人注目的东西。你要当心哟……你会为金钱而画起时髦的画和肖像；而那样的话，天才可就发挥不出来，就毁了。要有耐心。每一个作品都要好好地琢磨，把花里胡哨的东西丢掉吧，——让别人去赚那种钱好啦。属于你的东西，早晚还将是你的。"但是他的内心和画作却表现出追求时髦的影子，他"缺乏耐心"，"已经在追求时髦的明暗配置，追求引人注目的东西"。他有时系"一条极考究的围巾"，戴"派头十足的帽子"，想"大吃一通，好好打扮打扮"，"到什么地方显示一下自己的青春年少"，也为一个外国来的画家"转瞬间便为自己挣了一大笔钱"而"非常气恼"，特别是在"他饥寒交迫、没钱购买颜料、纠缠不休的房东一天十来趟地催讨房租那会儿"，他觉得自己的忍耐超出了限度，认为自己也可以"像他们（时髦画家）那样大把大把地赚钱"[1]。恰尔特科夫在睡梦中，看见高利贷者从画像中出来，查点他的金币，他禁不住诱惑，藏起了滚到他脚边的一千个金币，令人惊讶的是，当恰尔特科夫从睡梦中醒来，发现果真从相框中掉出了一千个金币。得到金币的他从此成为一个时髦画家，最后成为一个艺术的破坏者，并悲惨地死去。

彼得和恰尔特科夫都有一个很美好的愿望，一个是为了得到爱情，

---

〔1〕 果戈理. 彼得堡故事极其他［M］. 刘开华译. 安徽文艺出版社，1999 年，107－108 页.

一个是为了成为艺术家。但是因为缺少金钱，彼得将失去爱情，恰尔特科夫连房租都交不起、饭也吃不上，更不能安心创作。他们为了实现自己最初的美好愿望，都接受了魔鬼的帮助，受了诱惑，结果却是悲惨地死去。人身上善与恶是共存的，而且处于不断的斗争中。人有恶的本性，人靠着自己很难战胜魔鬼，而魔鬼利用人的弱点进行诱惑，彼得在杀恋人弟弟之前也挣扎过，但最后还是杀死无辜的小男孩，以期得到"美好"的爱情。在这里可以看到果戈理对善恶之争的理解——人无法靠着自己获得拯救，人靠着自己也无法战胜自身的恶，唯一的拯救途径就是依靠上帝，依靠上帝的慈爱与恩典。果戈理的伟大天才的继承者陀思妥耶夫斯基更是喜欢讨论善与恶的问题，并把这一问题置于哲学思维和心理学领域思考。

人是按上帝的形象造的，每个人心中都有神的性情，就是都有一颗向善的心。虽然人因为犯罪都有恶的因素，但是也有善的一面。恶人悔改也是上帝所喜悦的。"……我指着我的永生起誓，我断不喜悦恶人死亡；惟喜悦恶人转离所行的道而活……恶人转离他的恶，行正直与合理的事，就必因此存活。"（以西结书33：10，19）耶稣在世传道时也说过"康健的人用不着医生，有病的人才用得着。我来本不是召义人，乃是召罪人。"（马可福音2：17）恶人也是有机会成为义人的，因为他的性情中有善的一面。果戈理指出人们本性中的恶时，仍坚信人无论多么丑恶，他本性中还有善的一面。他相信在上帝的启示之下，人仍可以进入上帝的乐园。他认为一部好的作品不但要表现出人的恶行，还要去挖掘人的灵魂里善的复苏。于是，《死魂灵》第二部里出现了柯斯坦若格洛和穆拉佐夫等一系列正面人物形象。果戈理深信圣经中关于上帝造人的描写，人虽然犯罪作恶，但人性中仍然存留善的种子，作家的任务就是指引人们从"地狱"走出来，经过"炼狱"进入"天堂"，在作品中呈现出完整的人性。

基督教教义认为，人心是向善的，但因肉体的软弱常常犯罪得罪上帝。人身上的善与恶处在不断的斗争中，而心灵是善恶斗争的场所，就连使徒保罗也曾受过内心善恶争战之苦：

> 我们原晓得律法是属乎灵的，但我是属乎肉体的，是已经
> 卖给罪了。因为我所作的，我自己不明白。我所愿意的，我并
> 不作；我所恨恶的，我倒去做。若我所作的，是我所不愿意的，
> 我就应承律法是善的。既是这样，就不是我作的，乃是住在我
> 里头的罪做的。我也知道在我里头，就是我的肉体之中，没有
> 良善。因为立志为善由得我，只是行出来由不得我。故此，我
> 所愿意的善，我反不作；我所不愿意的恶，我倒去作。若我去
> 作所不愿意作的，就不是我作的，乃是住在我里头的罪作的。
> 我觉得有个律，就是我愿意为善的时候，便有恶与我同
> 在。……我真是苦啊！谁能救我脱离这取死的身体呢？感谢神！
> 靠着我们的主耶稣基督就能脱离了。这样看来，我内心顺服神
> 的律，我肉体却顺服罪的律了。（罗马书7：14—25）

保罗能战胜恶是靠着耶稣，而"神就是爱"，实质上保罗是靠着神赐予人的博爱而战胜了"罪"，战胜了身上的恶。爱能使善战胜恶，因为爱能遮盖一切的罪，爱能使人更像上帝的独生儿子——耶稣，所以爱使人的心灵呈现出更多的善。果戈理作为虔诚的东正教徒，对这一点深信不疑，他认为爱具有伟大的力量。在《肖像》中，画家用笔将魔鬼的形象精确地勾勒在画布上后，他就充当了魔鬼的工具，心灵为恶所占据。为了除去心中的恶，画家以巨大的牺牲和艰苦的劳动来洗刷自己的灵魂。最后，他选择了耶稣诞生作为绘画题材。耶稣降生是上帝爱人类的具体表现，这神圣的爱拯救了画家的心灵，洗涤了他心中的恶，使整幅画像"体现出一种和谐的力和雄壮的美，给人留下异乎寻常的印象。所有的修士都跪到了新的圣像画面前，十分感动"。最终，是上帝的爱拯救了这个画家，他在心灵和肉体上都充满了神性的光辉，"从他的脸上看不出丝毫疲惫的痕迹，他满面春风，容光焕发。像雪一样白的胡须和银白色的轻

飘飘的细发，优美如画般地披散在胸前和黑色长袍的褶子上，一直垂到用来束他那粗布道袍的腰带上……"画家不仅自己获得了救赎，还劝诫同行们"为艺术而牺牲一切吧，满怀激情地去爱它吧。不是用充满世俗欲念的激情，而是用恬静、高尚的激情；没有这样的激情，人就不能摆脱尘寰，就不能发出美妙的、令人快慰的声音，因为崇高的艺术创作正是为了抚慰人心、所有人友好相处而降临人间的。它不可能引起人们的抱怨，而是如同悦耳的祈祷一样永远追随着上帝……。"[1]

在果戈理这里，爱是他创作的基点，是洗除罪恶、使人向善的动力。人若回应上帝的爱，悔改后可以重新和上帝和好。正因为对同胞深切的爱，果戈理才最大限度地展现了人身上所有的恶，并让所有的人看到俄罗斯充满恶的现实，这充满恶的世界正是启示文学中先知所面临的世界，正是一个无爱、无宽恕、充满了仇恨和黑暗的地狱的象征。果戈理希望通过对一个恶的世界的真实呈现，让人们生出对光明的善的上帝之城的仰望与渴慕。

第二节　末世的焦虑和救世的渴望

果戈理一生都生活在死亡的恐惧之下。别林斯基批评他的《与友人书简选》时，就曾指责果戈理屈从于对死亡、魔鬼和地狱的恐惧。"死亡"一直是历代作家关心的话题，知道"死"才知道如何"活"，果戈理非常喜欢《圣经·新约》中耶稣关于麦子的比喻："我（耶稣）实实在在地告诉你们：一粒麦子不落在地里死了，仍旧是一粒；若是死了，就结出许多子粒来。爱惜自己生命的，就失丧生命；在这世上恨恶自己生命的，就要保守生命到永生。"（约翰福音 12：24—25）一粒麦子死在地里才会结出许多籽粒来，这就是向死而生的精神。果戈理虽然害怕死

---

〔1〕　果戈理. 彼得堡故事及其他［M］. 刘开华译. 安徽文艺出版社，1999 年，166 – 167 页.

亡，但是他知道死亡不是终结，因为有最后的末日审判：那时靠着信仰称义的人将进入上帝的永恒国度——天堂，而恶人则将被打入与上帝的慈爱隔绝的绝望之地——地狱。果戈理出于对祖国和弟兄的爱，不愿意有一个俄罗斯的兄弟在地狱中，认为自己担负着重大的救世的使命，认为自己有责任以俄罗斯教师的身份告诫当代人，如何在耶稣第二次来临之时进入天堂。果戈理的这种使命感类似于上帝拣选的先知，在上帝的启示下，传达上帝的旨意，使人警醒悔改，并对基督耶稣的第二次到来充满期望。果戈理的作品对末世论主题的引入和大量象征手法的运用，使他的作品整体上近似于启示文学。

一、末世的焦虑

"日期满了，神的国近了"，耶稣在福音书中的宣告，是指末日将临，末日审判将至，警醒人们快快归向上帝。18世纪末19世纪初的俄罗斯正处于末日论的焦虑与阴影下，这个时代的果戈理也坚信末日将至，审判即将来临。果戈理曾经在给母亲发信中讲述童年时期末日审判观念对他的影响：

> 我记得：我的童年中并没有什么特别强烈的感受，我看一切都跟看那些为了满足我而特备的东西一样……我以没有激情的目光看取一切；我上教堂是因为人家吩咐我去，或者带我去……我划十字是因为看见大家全都在划十字。但是有一回，——如今我对这事依然记忆犹新，——我请求您给讲述末日审判的情形，而您给我，一个孩子，讲得那么好，那么明白，那么感人地讲述了人们由于善行而期待的那些幸福，那么惊人那么可怕地描绘了那些罪人永恒的痛苦，这情形震撼了我，在我身上唤起了全部的同情心，这情形后来在我的身心播下了并

催生出那些最崇高的思想。[1]

　　末日审判的恐惧与期待一直留在了他的心里，并渗透到他的创作中。在末日审判中，罪人将被打入地狱，永远与上帝的慈爱隔绝，义人升入天国得永生，永远享受上帝的慈爱。天堂的幸福和地狱的痛苦这明显对比，深深地震撼了儿时的果戈理，并且影响其一生。

　　天堂和地狱观是基督教的重要内容。《圣经》中记载，在末日，基督耶稣将会第二次来临，死人复活之后就是末世的审判。审判是普世性的，包括死人与活人。人在审判中面临两种结局：或是永生，或受永刑，不义的人"要往永刑里去，那些义人要往永生里去"（马太福音25：46），承受永刑的地方就是《圣经》里所说的地狱，安享永生的地方就是天堂。在《圣经》里，"天"或天堂具有多种涵义，它可以代表大自然的天空，亦可以指称上帝本身，例如天国与上帝的国在《圣经》里是同义词。耶稣教门徒的祈祷文，开头第一句就说"我们在天上的父"，也就是说，义人得享永生的天堂，就是指上帝所居之地，是基督的上升之处，也是信徒永远与上帝在一起、享有上帝的福音以及亲见上帝的地方。与天堂相比，地狱就是不义之人要前往受永刑的地方，也是在审判中被定罪之人的归宿。地狱真正可怕的地方是它直接代表着与上帝的隔绝，在地狱里，与人相伴的是永恒的孤独、疏离与绝望，没有爱，没有宽恕，没有和平。

　　死亡是每个人都要面对的，但在果戈理的观念里，就如《希伯来书》所言，"按着定命，人人都有一死，死后且有审判。"（9：27）死亡不是结束，死之后有一个最后的审判，所以，人在世的时候一定要在上帝的指引下生活，并在上帝的引领下走进天堂。果戈理一生都在寻找"雅各之梯"，直到弥留之际，他还在高喊快把梯子拿来。《死魂灵》第一部结尾处，乞乞科夫收买死魂灵的事情败露后仓皇出逃，出城时遇见一个出殡的队伍，正预示了人人都有一死，难逃上帝末日审判的主题。在《可

---

〔1〕 维·魏列萨耶夫. 生活中的果戈理［M］. 周启超、吴晓都译. 安徽文艺出版社，1999年，第16页.

怕的复仇》中，巫师是恶势力的代表，他先后杀死了自己的女婿、女儿，还杀害了倾听他死前忏悔的牧师，巫师身上没有一点善的因素，简直就是个魔鬼，但是他也难逃末日的最后审判，卡吉琳娜对巫师说"父亲，最后审判快来临了！"

果戈理对末日审判的教义深信不疑，他的宗教观类似于但丁的《神曲》，相信天堂和地狱之间有一个炼狱。他相信，他的责任就是在上帝的启示下，帮助那些与上帝隔绝的罪人经过炼狱净化，重新得救进入天堂。对于俄罗斯人或者果戈理来说，他们都不能坦然接受自己在天堂，而他们的弟兄在地狱里的结果，哪怕有一个俄罗斯人在地狱里也不能接受。果戈理的天堂—地狱说清楚地表现在《死魂灵》的构思框架里。《死魂灵》本应有三部"作者无论如何不能和自己的主人公闹翻：他们还有不少路要携手走下去；往后还有两大卷呢——这可不是小事一桩。"[1] 第一部写"地狱"，第二部是"炼狱"，第三部是"天堂"。后两卷将描写处于地狱中的人在上帝的帮助和启示下重新与上帝和好。俄罗斯人民从"地狱"经由"炼狱"的净化进入"天堂"，就是从恶走向善，从黑暗走向光明的道德完善过程。

二、救世的渴望

俄罗斯作家天生具有救世的使命感，正如俄国哲学家别尔嘉耶夫所说，"俄罗斯人很早就具有一种感觉——比意识更敏锐的感觉——这就是：俄罗斯人很早就有这特殊的使命，俄罗斯民族是特殊的民族"[2]。他们认为，俄罗斯注定赋有某种伟大的使命。俄罗斯是一个特殊的国家，它不同于世界上任何国家。俄罗斯民族的思想界感到，俄罗斯是神选的，是赋有神性的。这种情况起自"莫斯科是第三罗马"的古老理念，经斯拉夫主义，而绵延至俄罗斯的作家、哲学家的创作中。细细考量会发现

---

〔1〕 果戈理. 死魂灵〔M〕. 田大畏译. 安徽文艺出版社，1999 年，第 313 页.
〔2〕 别尔嘉耶夫. 俄罗斯思想（修订译本）〔M〕. 雷永生、邱守娟译. 生活·读书·新知三联书店，2004 年，第 33 页.

在这一思想理念中掺杂了许多虚假的事物。然而，其中也反映了某种真正民族的东西、真正俄罗斯的东西。倘若一个人并非生来就赋有重要使命的话，他不可能一辈子都在体验某种特殊的、伟大的使命，并且在精神振奋的时候强烈地意识到它。这不仅在生物学上是不可能的，而且在整个民族生活中也是不可能的。俄罗斯作家带着深深的民族印记，他们不仅关注文学领域，更关心俄罗斯的民族使命，并进行这种革新生活的创新。传记作家说，"早在涅仁的时候，果戈理就向往着一种事业，一种能给国家带来利益的活动"〔1〕。果戈理从少年时代起就有强烈的使命感，并且热情、执着地相信，上帝直接参与并指引着他的生活。在1883年，他写了一篇迎接1834年到来的文章《一八三四》，文中写道：

> 我向你祈祷：我的心灵生活，我的保佑神。噢，在这一时刻，不要躲开我，要使我振奋，在这个对我来说如此诱人的新的一年的整个过程中，都不要离开我……神秘莫测，无法解释的一八三四年！我会在哪里用大著作来说明你的意义呢？……噢！我不知道怎样称呼你，我的保佑神！还在摇篮时代起，你就以你那和谐的歌曲响彻在我耳边，迄今仍在我身上引发如此神奇、不可思议的沉思，爱抚我那无边无际、令人沉醉的幻想……请用你那纯洁的，上天的双眼注视我。我跪下了，跪在你的脚前！噢，不要同我分手！作为我美好的兄弟同我生活在大地上吧，哪怕每天只有两小时。我将完成……我将完成！生命在我身上沸腾。我的劳作将充满灵感！人间不可企及的神明将飘扬在它们上面！我将完成……噢，吻我，祝福我吧！〔2〕

在这一时期的信中，他不止一次地重复说，上帝对他特别保佑。上帝不仅指导着他的写作，而且为他生活中的每一步指明方向。果戈理一

---

〔1〕 佐洛图斯基. 果戈理传［M］. 刘伦振等译. 天津人民出版社, 1982年, 第192页.
〔2〕 果戈理. 果戈理文论集［M］. 彭克巽译. 安徽文艺出版社, 1999年, 第20页.

直深信自己将在上帝的指引下以某种事业流芳百世。这使命感是独特的，带有神秘色彩，它源于对俄罗斯深切的爱，并促使作家坚持不懈地探索俄罗斯的未来之路。

果戈理将自己的写作与上帝紧密地联系在一起，他认为是上帝启示了他的创作，他要以创作的形式完成上帝交给他的特殊任务。在果戈理的书信中，我们可以看出作者的心路历程，看出他一生的执着追求。"……在这一年半的时间里我从那里得到许多，丰富了精神宝库。现在激动我的已经不再是幼稚的想法，不是我过去有限范围的资料，而是崇高的、充满真理、令人震惊的宏大思想……在我临近阁楼的狭窄的住宅里，我的上天来客却给我带来神妙时光！""……我一定要做出平常人不去做的事来。我感觉到我心里有一股狮子般的力量，并且明显地感到我正在从上中学的童年时代过度到青春的年华……"[1] 从果戈理给波戈津的信中可以看出，果戈理把 1835 年 12 月 4 日刚刚完成的《钦差大臣》完全看成是上帝启示的结果，他把"笑"当作武器来洗涤人间的恶，认为这是上帝赋予他的特殊使命。果戈理把他自己看作是那一时代上帝在人间拣选的先知，他的使命是告诫人们：你们都活在罪中，都活在地狱当中。

特殊的救世使命，建立不朽功勋的渴望在果戈理那里燃烧成火热的激情，使健康状况不佳的果戈理写完了《死魂灵》第一部。果戈理以虔诚的宗教精神进行创作，在《就〈死魂灵〉致不同人的四封信》中，果戈理明确表达了自己的创作使命。他带着先知般的热情和气魄，在《死魂灵》第一部中揭露并批判人类无法弃绝的庸俗，展示了世界的罪与恶，让果戈理同时代的人看到了世界的庸俗和生活的无意义也是罪。"大地已燃起一种令人莫解的忧愁；生活变得越来越冷酷；一切事物日渐庸俗和浅薄，唯有巨大的忧愁形象在当众增长，一天天地达到难以衡量的高度。

---

〔1〕 果戈理. 果戈理书信集［M］. 李毓榛译. 安徽文艺出版社，1999 年，第 137 页，第 156 页.

万物毫无生气，处处是坟墓。天啊！你世上的一切变得无聊而可怕了！"[1] 按着他的计划，果戈理又写了《死魂灵》第二部，在第二部中，我们看到了乞乞科夫的回归，看到恶在逐渐远离俄罗斯。看到《俄国地主》中所说的"以基督徒的眼光观看自己的义务"的地主形象。但因为作品没能"像白天一样清楚地给每个人指出通向崇高和美的路"，果戈理自认为在上帝的帮助下焚烧了手稿。他一方面积极要求朋友和家人为他祈祷，一方面写出了一部想让人了解他救世计划的著作——《与友人书简选》。果戈理认为这部书是俄罗斯真正需要的书，是上帝对作者和俄罗斯人的恩赐。我们从《与友人书简选》中可以看到获救后的俄罗斯是一个多么光明、安定的天堂，俄罗斯民族的使命是向全世界推广基督教，使全世界得到拯救。他在专为《与友人书简选》而完成的《光明的复活》一章中写道："无论是亲吻，无论每次如此隆重降临的神圣午夜，无论传遍整个大地的教堂的各种钟声的轰鸣，真仿佛要唤醒我们似的，实际上这一切，是什么意思？在哪里一些特征能明显地流传，那么在那里流传就是不无原因的；钟声在哪里轰鸣，在那里就唤醒人们。那些注定要永存的习俗是不会消亡的。它们在字面上消亡，可在精神上复活。它们在空虚的、风化了的群氓中暂时暗淡、消失下去，但以新的力量在出类拔萃的人士上复活，为了从他们身上得到更强的光去传遍整个世界。在我国的古风中，任何其中含有真正俄国东西并被基督阐述过的种子都不会死亡。它将由诗人们的响亮的心弦、由圣者们的芳唇传播开来，暗淡下去的东西会突然闪烁出光芒——光明的复活节会首先在我国而不是其他人民那里得到应有的庆祝。"[2] 这一时期的果戈理已经和别林斯基发生了著名的论战，别林斯基批评果戈理陷入了宗教迷狂而离开了现实，自此果戈理曾消沉过，但是一直也没有放弃他带有救赎使命式的创作。

---

〔1〕 果戈理. 果戈理书信集［M］. 李毓榛译. 安徽文艺出版社，1999 年，第 137 页，第 274 页.

〔2〕 果戈理. 与友人书简选［M］. 任光宣译. 安徽文艺出版社，1999 年，第 120 页.

第三节　本章小结

果戈理自认为是在上帝的启示下进行创作，把自己看作赋有特殊使命的俄罗斯教师，是上帝所拣选的先知。他在强烈使命感的催促下进行创作，把创作当成自己特殊的使命，这种使命也成为他创作的源泉。"他（作者）在创作自己作品的时候，他正是在履行一种义务，为了这个义务他来到世上，正是为了这个义务才赋予他能力和力量，让作者本人感到并相信，在履行这个义务的时候，他同时也在为自己的国家服务，好像他的确在国家机关供职一样……应时刻牢记你谋求到职位不是为自己的幸福，而是为了许多将遭到不幸的人的幸福，如果高尚之士丢掉自己的职位，那应当忘掉一切个人的不快……"[1] 创作不是目的，是完成使命的途径。带着末世的焦虑，他向俄罗斯人发出预言：末日审判就要来了！果戈理这种对上帝旨意的传达、对当代人的警醒，对末日审判主题的引入，使他的作品带有很强的启示文学色彩。果戈理认为人只有知恶才会向善，人自己是无法战胜内心的恶的，只有在上帝的启示下，通过上帝赐予人的爱才能战胜内心的邪恶，"谁若愿意真诚地为俄罗斯服务，谁就应当对俄罗斯具有一种大概会吞噬一切其他感情的爱，谁就应当多么热爱芸芸众生……"[2] 他最大限度地向人们展现了俄罗斯的恶，把整个现实世界看成地狱的象征，向读者展现了游荡在俄罗斯大地上一个个僵死的灵魂。果戈理用象征沟通了人世和上帝的国度，用地狱的世界对比上帝之城的永恒幸福。

---

〔1〕　果戈理. 与友人书简选〔M〕. 任光宣译. 安徽文艺出版社, 1999 年, 第 274 页.
〔2〕　果戈理. 与友人书简选〔M〕. 任光宣译. 安徽文艺出版社, 1999 年, 第 303 页.

第五章　象征在果戈理作品中的表现

　　果戈理认为自己是在上帝的启示下进行创作的，文学几乎占据了他的整个生命。"在我理解艺术的意义和目的之前，我的全部身心都已感觉到，它应该是神圣的。几乎就是从我们第一次见面的这个时候起，它已成为我生命中主要的和首要的东西，其他的一切都是第二位的。"[1] 但是果戈理不是为了艺术而创作，"我是主创造的，主没有向我隐瞒我的使命。我降生人世，完全不是为了开辟文学领域的一个时代。……我的事情——是心灵和人生的永久事业"[2]。果戈理就像《圣经》里的一个先知，肩负着上帝赋予的特殊使命，受上帝启示创作的作品带上了启示文学的特征——有高度的象征性，与末日审判相连，并带有神秘色彩。

　　"象征"是沟通有限和无限的桥梁，是认识彼岸世界——对果戈理来说是上帝——的手段。"任何关于上帝的具体断言都必然是象征性的。因为具体的断言是用有限经验的片断去谈论上帝。尽管它也包含了这个片断的内容，但它又超越了它。成为关于上帝的具体断言之载体的这个有限实在之片断，同时既被肯定，又被否定。它成了一个象征，因为一个象征性表达就是这么一个表达，它的原本意义被它所指向的东西否定了。然而它也被它所肯定，而且这种肯定赋予了这个象征性表达以指向自身之外的适当基础"，因此，"宗教象征是双面的，它们可以引向它们所象

---

〔1〕 果戈理. 果戈理书信集［M］. 李毓榛译. 安徽文艺出版社，1999 年，第 406 页.
〔2〕 果戈理. 果戈理书信集［M］. 李毓榛译. 安徽文艺出版社，1999 年，第 303 页.

征的无限者，又可以引向它们借以象征无限者的有限者"[1]。象征不仅构架了通往信仰的桥梁，也构架了创作的桥梁。对果戈理来说，寻求上帝与进行创作是同一个过程的不同表现。象征不仅是他认识上帝的媒介，也是他实现创作目的——救世的工具。果戈理的作品"表现了恶势力掌权的、在黑暗控制下的、处于恶之中的世界"[2]，这一世界是末日审判时地狱世界的象征。果戈理用地狱世界来映衬与上帝同在的幸福世界，使人们看到自己的恶并悔改，在愤怒的"号角"吹响之前，通过信仰得救，末日时进入上帝预备的"新天新地"。

本章从人物和情节两个方面来看果戈理作品中象征的表现。在他的作品中，首先向人们展示了一个个带着庸俗气质的、僵死的灵魂，然后人物在先知的警告和上帝的指引下复苏，成为复活的灵魂；作品中的漫游情节体现了人物的个人生命历程，也是民族出路的一种象征。

第一节　魔鬼与复活者

——人物的象征含义

俄国学者叶夫多基莫夫说，"果戈理揭开了生活的僵死面目，……世界弥漫着死亡的气息"。的确，果戈理不仅写出了生活中的丑恶，还写出了生活貌似永恒的庸俗，生活其中的人物都是"死魂灵"的象征，充斥着无面孔的魔鬼。

> 取代上帝真实世界的是一种令人恐怖的滑稽模仿，在一片冰冻的荒原上，一个鼻子在上面徘徊，那鼻子离开了科瓦列夫副官绝不出众的脸面，获得一种自主存在权，一直扩展到四轮

〔1〕　何光沪选编. 蒂里希选集（下）[C], 上海三联书店, 1999 年, 1175 – 1178 页.

〔2〕　弗洛罗夫斯基. 俄罗斯宗教哲学之路 [M]. 吴安迪等译. 上海人民出版社, 2006 年, 第323 页.

敞篷马车的底盘。但是，这鼻子是谁呢？它出现的日期以为深长：3月25日，圣母领报瞻礼。在俄罗斯，这一天是普天同庆的日子。大家都不工作，都前往教堂，在路上，在集市上购买笼中之鸟，把这些有翅膀的囚犯放生，以之强调环宇同乐。鼻子也顺应这一传统，走上通往大教堂之路，它的马车颇有一番凯旋战车气派。它俨然享有世界上全部权力的人物，四处走动……大教堂空无一人，令人意外。上帝也被自己的冒充者挤走。另一个，即骗子鼻子，头戴双角帽，以主人姿态进来，要占领地盘。这是故事的关键。在入口处，有一群老夫人站着，像神秘的修女一样，带着无边蒙面的露出眼睛的软帽，像那鼻子一样，没有容面，而容面不正是反映上帝的形象的吗？透过软帽开口观望的这些老年妇女是谁？这是魔鬼的目光，被设置在他所钟爱之子——反基督的凯旋门入口。

　　……反基督所越过的大堂门槛，标志着历史迈过启示录门槛之时刻。圣母领报瞻礼遭滑稽模仿。这是骗子的福音，他在宣布他自己的"福音"。这些无容貌的隐匿存在充斥空间，把活人的世界改变成死魂灵的世界。[1]

在果戈理的作品中，这种僵死的生活状态主要是通过人物来展现的，现实生活中的人都具有魔鬼的特性。

梅烈日科夫斯基认为，果戈理笔下的魔鬼共有三种：第一种是像《狄康卡近郊夜话》中描写的那种民间传说中的妖魔，如《索罗庆采市集》中广泛利用了乌克兰民间文学中关于从地狱中被逐出的小鬼的传说和关于鬼寻找自己财宝的童话，比如一个寻找红袍的小鬼。第二种是邪恶品质的化身，比如《死魂灵》中梭巴凯维奇的呆滞、贪婪、笨拙和诺兹德廖夫的嗜赌、欺骗、无赖等；第三种就是无法弃绝的人类庸俗。《钦

---

〔1〕　叶夫多基莫夫. 俄罗斯思想中的基督［M］. 杨德友译. 学林出版社, 1999年, 第69页.

差大臣》中的赫列斯塔科夫和《死魂灵》中的乞乞科夫都是这种魔鬼的形象，这种貌似永恒与高深的庸俗是果戈理心目中最可怕的永恒邪恶[1]。梅列日科夫斯基把果戈理笔下的人物看作魔鬼是符合果戈理的创作主旨的。在果戈理早期作品中，经常出现的是传说中的魔鬼，但是从《小品集》之后，果戈理揭开了魔鬼的真面目：每一个活着的带有庸俗气质的人都是魔鬼的象征。笔者依据梅列日科夫斯基的分类原则，把果戈理笔下的魔鬼也分为三类：一类是民间传说中的妖魔；一类是带有邪恶品质人物；另一类是生活在真实世界的带有庸俗气质、不追求永恒真理的乞乞科夫式的人物。前一类是真正的魔鬼形象，后两类属于行走在"人间地狱"的"死灵魂"。

一、传说中的妖魔

在果戈理的诞生地——信奉东正教的小俄罗斯——乌克兰，还保留着多神教的残余。这里曾多次易主，血统混杂，方言混杂，信仰也混杂，既有乌克兰哥萨克的传统观念，又有俄罗斯、波兰文化的影响。东正教的信仰、多神教的残余、茨冈人的魔法、民间世代相传的神话故事给乌克兰的纯朴乡村罩上了一层神秘色彩。这一切赋予果戈理丰富而独特的想象，使"他的许多作品都出现了令人毛骨悚然的、黑暗的、凶恶的魔法力量"[2]。果戈理在《狄康卡近郊夜话》、《米尔戈罗德》和《小品集》中刻画了这些魔鬼形象，这里有引诱人的魔鬼，也有复仇的魔鬼。

魔鬼是恶的化身，每个鬼怪身上都有邪恶的成分。魔鬼抓住人性的弱点，引诱人犯罪。在《中了邪的地方》里，魔鬼引诱了爷爷挖宝物。爷爷在客商面前跳舞时，莫名到了别人的菜园，发现坟头有光，以为里面有金子。爷爷第二天来挖，把"宝物"拿回家，"宝物"却变成了垃

---

〔1〕 金亚娜. 充盈的虚无——俄罗斯文学中的宗教意识〔M〕. 人民文学出版社, 2003 年, 第45 页.

〔2〕 金亚娜. 充盈的虚无——俄罗斯文学中的宗教意识〔M〕. 人民文学出版社, 2003 年, 第8页.

圾。在挖金子的过程中，爷爷看见了鬼脸，听到了各种动物在树上重复他的话。魔鬼引诱爷爷寻找金子并捉弄他。

魔鬼用金钱引诱人并且使人犯罪在《伊万·库巴尔日的前夜》中得到明显的体现。"这个村庄里时常出现一个人，或者说是扮成人的魔鬼。他从哪来，要干什么，谁都不清楚。来了就闲逛，狂欢，突然消失，渺无踪影。过些时一看，又好像自天而降，在街上来回搜寻。"魔鬼以人的形象出现，使人不加提防，但是如果接受了他的好处，那就倒霉了。他"有时缠上姑娘，送好多发带、耳环、项链，戴不过来"，可是到了夜里，"从沼泽就来位头上长角的客人，他见你脖子上有项链，就掐你的脖子，手上戴戒指就咬手，头发扎绸带就揪辫子。这些礼品当时可要了人的命。糟糕的是甩也甩不掉。扔进水里，这妖魔的戒指或是项链还会飘起来，飞回到你手里。"[1] 这个魔鬼利用人们贪图钱财的弱点和缺少钱财的烦恼，引诱彼得杀死自己心上人的弟弟，彼得虽然得到了钱财，娶到了心爱的姑娘，可他却永远丧失了记忆，永远失去了纯洁的情感与真正的幸福，最后在疯狂中被老巫婆所杀，只剩下一堆灰烬留给了他的爱人，他最心爱的姑娘一生在修道院过着苦修的生活，凡是看见她的人都能深深地感受到姑娘身上的悲痛。

《肖像》中那个神秘可怕的高利贷者，人们不知道他来自哪里、属于哪个国家的人，他特别的外表也给人留下可怕的印象。"他穿着宽松的亚洲式的服装，黝黑的脸表明了他是在南方出生的，但他究竟是哪一个国家的人：是印度人，希腊人，还是波斯人，这一点谁也说不准。高高的，几乎是超长的身材，黝黑、瘦削、疲惫的脸及其异常可怕的神色，目光炯炯的大眼睛，浓密、下垂的眉毛，把他与京城所有灰色的居民迥然区别开来。……单单他的相貌中就有那么多奇诡的东西，使任何人都情不自禁地把它当作非人间的怪物……然而，最可怕的、不能不使许多人大为惊骇的是所有那些从他那儿借钱的人的奇怪命运：他们都悲惨地死去

〔1〕 果戈理. 狄康卡近郊夜话［M］. 白春仁译. 安徽文艺出版社，1999 年，第 47 页.

了。"一开始人们只是觉得是猜测或者是流言蜚语，却发生了几个真实的事件，凡是向他借贷的人"几乎都有一个悲惨的结局。在那里，诚实的、滴酒不沾的人变成了酒鬼；在那里，商人雇的伙计偷光了自己主人的东西；在那里，老老实实地赶了多年车的马车夫，为了一个铜币就杀死了乘客"[1]。高利贷者简直就是一个魔鬼。他死后也不放过这些可怜的人，还把自己的灵魂转注到自己的肖像上。这张灌注了魔鬼灵魂的肖像同样使得到它的人遭难。肖像画框掉出的一千金币使一个追求艺术的青年画家恰尔特科夫断送了艺术才华，堕落成一个以金钱为理想、为最高目标的庸俗画家，并最终使年轻的画家走上了死亡之路。

魔鬼不仅引诱人犯罪，还对得罪过他的人进行报复。在《圣诞节前夜》中，铁匠瓦库拉在教堂前厅画了一幅表现末日审判情形的画：圣者彼得从地狱里驱赶小鬼，魂飞魄散的小鬼预感到自己末日来临，满地乱跑，原先被囚的人们，操起鞭子和其他人痛打小鬼。因此铁匠瓦库拉成了小鬼最痛恨的人，为了报复铁匠，小鬼偷走了月亮，使瓦库拉不能去追自己喜爱的姑娘。果戈理早期塑造的小鬼形象还不是那么可怕，而且虔诚的东正教徒还可以凭着自己的力量战胜小鬼，例如这里的瓦库拉不仅没被小鬼愚弄，反而使小鬼成为自己的坐骑帮助自己飞到莫斯科要到了女王的鞋，获得了村子里最漂亮姑娘的青睐，收获了自己的爱情。结婚后瓦库拉画的小鬼还受到了主教的赞扬，也成为当地人靠着对上帝的信仰战胜小鬼的最好标志。

后来果戈理塑造的魔鬼形象带有恐怖色彩，如《可怕的复仇》《维》等。在《维》中，哲学生霍马·布鲁特用咒语打死了害人的女妖。女妖是附近村子里一个富甲一方的百人长的女儿，会使用魔法能使哲学生变成她的坐骑，并且用扫帚抽打他使他跑得更快，中了魔法的哲学生怎么也停不下来。女妖虽然经常以老太婆的形象出现，但是作为百人长的女儿"有着一头蓬乱的柔密的发辫和长长的箭似的睫毛"，有着"两条白

---

〔1〕 果戈理. 彼得堡故事及其他［M］. 刘开华译. 安徽文艺出版社，1999 年，第 151 页.

皙"的胳膊，是个"绝代美女，似乎没有一个人的容貌被塑造得如此鲜明，而且又具有如此和谐的美"。女妖虽然外表美丽，却是一个心肠狠毒的女妖。女妖被哲学生打了之后没几天就死了，她临终时留下遗言：要哲学生在她死后为她做三个晚上的安魂祷告和祈祷，其实是女妖想杀死布鲁特。她的尸体停在一个废弃的小教堂里，每到晚上就只有哲学生布鲁特和女妖的尸体在教堂里，女妖每个晚上都从棺材里出来寻找为他祷告的哲学生，企图杀死他，但是哲学生布鲁特前两天都用念除妖的咒语保护了自己。女妖见自己不能杀死哲学生布鲁特，就召唤来许多小妖，并请来了妖界最大的妖怪——维，维是"一个矮小壮实、走路笨拙的人。他浑身都是黑土，蒙上了土的胳膊和两腿如坚硬的筋脉显露的树根一般。他艰难地跌跌撞撞地向前挪动着。长长的眼皮一直垂到地面上"[1]。维浑身是土，但是脸和手都是铁铸的，他魔法强大，最后帮助女妖报了仇，在第三个晚上杀死了哲学生霍马·布鲁特。《维》里的妖怪对伤害他的人进行了疯狂的报复，甚至伤害那些没有得罪过他的人，他们是神秘而可怕的。

在果戈理的作品中，魔鬼和妖怪不是虚无缥缈的幻象，有时和人同处一个空间，经常以人的面目出现。《索罗庆采市集》的小鬼是因为常到酒店喝酒典当了自己的"红袍"；《伊万·库巴尔日的前夜》里的巴萨留克经常来到"村子里"来引诱人，仿佛一个来村子里做客的人；《可怕的复仇》中邪恶的巫师现原形时虽然"脸突然变大，鼻子长得很大，耷拉到一边，棕色眼睛变成了绿色，嘴唇发青，下巴颏颤抖缩成了细箭头，口里露出獠牙，脑袋后出现了罗锅"，但是他平时是以一个哥萨克人岳父的身份出现的，有女儿和外孙女。这些具有某种超自然力量的魔鬼以人的面貌出现，与人同处一个空间，这在某种程度上预示了果戈理以后的作品中出现的带着面具的魔鬼——日常生活中的魔鬼。

---

〔1〕 果戈理. 米尔戈罗德〔M〕. 陈建华译. 安徽文艺出版社，1999 年，221 页，237 页，260 页。

二、有邪恶品质的僵死灵魂

果戈理把生活中有邪恶和庸俗品质的人都看成是僵死的灵魂、是魔鬼的象征。"哪怕是有一个人大声说句话才好哇！简直就像所有人都死绝了，仿佛在俄国确实居住的不是活人，而是一些死魂灵。"[1] 这是果戈理在《死魂灵》发表后，因听不到读者对作品的评价而说的话，这句话也确切地说明了他作品中人物的重要特征：每个人几乎都是僵死的灵魂，因为他们身上带有的邪恶品质。在《死灵魂》中，果戈理对五个地主的描写就是这类带有邪恶品质"死魂灵"的缩写。

果戈理在描绘《死魂灵》地主的形象时，是通过"漫游"者乞乞科夫登门拜访的方式，向读者一一展现出来的。第一个出现的地主是马尼洛夫，这个人貌似文明高雅，实则庸俗不堪。如果刚同马尼洛夫初一见面，谁都会认为这是一个"可爱而出色的人"，但稍等一会，你"就什么话也不能说了，再过一会"，便会在心里想道"呸，这是什么东西呀！"于是你可能会厌恶地离开他，否则"就立刻觉得无聊得要命"。

马尼洛夫是什么性格，或许只有上帝说得出来。有一类人，人称平平常常，不好不坏；像谚语说的，既不是城里的波格丹，也不是乡下的谢利凡。也许该把马尼洛夫归入他们一类吧。他长得仪表堂堂；相貌不乏可爱之处，但是可爱里面似乎加进了过多的糖分；他的言谈举止中有一种竭力讨好对方、跟人套近乎的东西。他微笑的样子很招人喜欢，头发淡黄，眼睛淡蓝。跟他谈了一分钟，你不能不说："一个多么可爱、多么善良的人！"谈了两分钟你就什么也说不出来，到了三分钟你就会说："鬼知道是个什么东西！"并且会远远走开，要是不走开，你就会感到一种要命的无聊。从他嘴里听不到一句活生生的哪怕是

---

〔1〕 果戈理. 与友人书简选［M］. 任光宣译. 安徽文艺出版社，1999 年，第107 页.

狂妄自大的话，而不管从什么人嘴里，只要你触及了让他来劲的事情，都是能听到这类话的。每一个人都有来劲的事……但是马尼洛夫却什么也没有。他在家里很少说话，大部分时间都在冥思梦想，但是他在想什么，也许大概只有上帝才知道的。田产不能说是他在经营，他甚至从来没有到地里去过，家业像是在自生自灭……有时候他站在门口台阶上，望着院子和池塘说，要是从房子这儿挖一条地道，或者在池塘上修一座石桥，桥面两边开铺子，商人们在里头出售农民需要的各种小商品，那该多好。这时候他的眼睛就变得特别甜蜜，脸上就出现了最心满意足的表情；不过，所有这类计划说完就到此为止了。他的书房里永远摆着一本什么小书，书签插在第十四页，他常读这本书，已有两年之久。在他的宅子里，永远有什么东西是残缺不全的：客厅里摆着一套很讲究的家具，蒙着极漂亮的锦缎，那料子准是很不便宜的；但是两把安乐椅却没蒙锦缎，仅仅绷着一层席子；不过好多年以来，主人每次总是这么告诉客人："请您不要坐这两把椅子，它们还没完工。"[1]

他的太太也和他一样，整个生活就是在空虚无聊中度过，他们看起来"是所谓幸福的一对"，可是太太和他除了"漫长的接吻和小礼品外"，家里的事情她什么也不过问。

比如，为什么厨房的菜做得那么糟，简直一塌糊涂？为什么储藏室里几乎空空如也？为什么女管家手脚不干净？为什么仆人身上肮脏不堪，个个是个酒鬼？为什么下人们整体睡得昏天黑地，醒来又不干正经事？但这完全属于低俗的事情，而马尼洛夫太太受的可是高雅的教育。[2]

---

〔1〕 果戈理. 死魂灵〔M〕. 田大畏译. 安徽文艺出版社，1999年，第36页.
〔2〕 果戈理. 死魂灵〔M〕. 田大畏译. 安徽文艺出版社，1999年，第37页.

马尼洛夫太太所谓的"高雅教育"无非是从小就学了法语、钢琴和家政编制这三门课程，这与马尼洛夫空虚、无聊的生活非常相配。马尼洛夫表面上热情和彬彬有礼，只不过是掩饰他心灵空虚的一块薄薄的纱幕。他的言谈、神态和举动，无不表露出多情善感、游手好闲、惯于梦想的性格特征。

在《死魂灵》的第三章中，乞乞科夫因为雷雨天走错路无意中拜访了女地主柯罗博奇卡。她一出场作者就对她吝啬的女地主形象进行了细致的刻画。

> 她是一个上了岁数的女人，戴着一顶匆忙戴上的睡帽，围着一条法兰绒披肩，属于那样一类小家小业的女地主，她们总是歪着脑袋抹着眼泪抱怨收成不好，受了多大的损失，但是同时她们一点点地把钱攒起来，藏进分别搁在五斗橱各个抽屉里的花粗布小口袋里。一只小口袋装的全是一卢布银币，另一只是五十戈比的，第三只是二十五戈比，虽然从外表上看，柜子里除了几件内衣、睡袍、几个线团，以及一件拆开的女罩袍之外，似乎没有什么别的；那件女罩袍是准备改成连衣裙的，如果旧连衣裙在烤过节吃的葱肉馅饼的时候不知怎么的烧坏了，或者自己磨破了。但是连衣裙不会烧坏的，也不会自己磨破的；老太婆可节俭着呢，女罩袍注定要长久地拆着搁在这儿，然后跟各种破烂一起根据正式遗嘱落到远房姊妹的侄女手里。[1]

从上述文字可以看出柯罗博奇卡生活节俭到可怕的地步，连一件连衣裙都不舍得换，哪怕是用一件别的衣服改制一件都舍不得，她的那些旧衣服甚至被当成遗产留给关系很远的亲人；金钱更是柯罗博奇卡们不

---

〔1〕 果戈理. 死魂灵 〔M〕. 田大畏译. 安徽文艺出版社，1999 年，第 61 页.

可碰触的东西，她们把钱分别藏在不同的地方，并且虚伪地向人"抱怨自己收成不好，受了多大的损失"。乞乞科夫第一次来到柯罗博奇卡家是一个大雨之夜，且浑身湿透，她只是听了他是"贵族"时才同意开门让他们进院休息，并且说"上帝怎么在这个时候叫您来啦！乱哄哄的，狂风暴雪的……走了一路本该吃点什么吧，可是深更半夜的，没法做呀"[1]。面对陌生人，她是一顿饭都不舍得的。后来柯罗博奇卡把乞乞科夫当成民选官和粮食收购商，还很可惜"那么便宜就把蜂蜜卖给买卖人了"，当知道乞乞科夫要从她那里买死去的农奴时疑神疑鬼，"她看这件事倒真像是有利，可就是太新鲜了，太稀罕了；因此十分担心，怕这个收购商使着什么法儿哄她；上帝知道他是从哪儿来的，而且还是深更半夜里"。柯罗博奇卡觉得死去的农奴一点用处也没有，还得每年向国家交一百五十多卢布的税，可是，卖给乞乞科夫又觉得有什么不对劲，所以连连追问乞乞科夫买死农奴做什么，并且担心自己卖低了价钱"说真的，我担心，这是头一回，别让我吃了什么亏。也许，我的老爷子，你在糊弄我，他们，那个……他们值得更多点"。不论乞乞科夫怎么劝说，她总是怕自己卖低了价钱，她觉得"还是再等等看，万一有买卖人来呢，我也好比比价"。就连见多识广的乞乞科夫都被她的呆板、固执和愚蠢弄得汗水涟涟。

"瞧她这个木脑壳！"乞乞科夫心里说，他开始忍耐不住了，"请你去对付她吧！该死的老太婆把我的汗都急出来了！"这时他从衣兜里掏出手帕，开始擦额头上当真冒出来的汗水。不过乞乞科夫可不必生这个气；有的备受尊敬的人，甚至是管国家大事的人，事实上却是一个十足的柯罗博奇卡。脑子里认定了什么，你拿什么也扳不动它；不管向他摆出多少像大白天一样明显的论据，他一听到总是回头就跑，就像橡皮球碰到墙壁就

〔1〕 果戈理. 死魂灵〔M〕. 田大畏译. 安徽文艺出版社，1999年，第61页.

弹回来一样。乞乞科夫擦完了汗，决定试试能不能从另外一个什么方面开导开导她。[1]

乞乞科夫又想了好几个办法也没能劝说柯罗博奇卡卖死农奴给他，后来乞乞科夫终于失去了耐心，生气并谎说自己是为公家采办的官员，柯罗博奇卡为了能把自己的粮食和牲口肉卖个好价钱最终才同意把死农奴卖给乞乞科夫，这时的乞乞科夫已经"浑身是汗，跟掉进河里一样；他全身上下，从衬衫到袜子，全都是湿的"[2]。

与玛尼罗夫相比，柯罗博奇卡的生活显得那么枯燥而单调。她缺乏具有高等文化修养的要求，却有着非常幼稚可笑的"朴素"（引文中可以看出）。她住在偏远的地方，过着与世隔绝的生活，附近的大地主她都没有听说过，附近认识的地主都是拥有二三十个农奴的小地主。她作为一个地主有发财的念头，力求从一切事物中获得利益。她不谙世事，态度冷漠、庸俗、呆板、固执、愚蠢，在和乞乞科夫商量死农奴价格时，把乞乞科夫"折磨得够呛"。在这里，果戈理深刻地揭露出她贪婪而又愚蠢的自私心理。封建的孤僻和愚蠢的商人心理决定了柯罗博奇卡的精神生活极端缺乏和灵魂的堕落。在她身上，使我们看到了思想僵化了的没有精神的"死魂灵"形象[3]，那么是什么使柯罗博奇卡和马尼洛夫们变得这样呢？他们是不是也有过美好的时光呢？果戈理在接下来的段落里发表了一大段感慨！

但是为什么要在柯罗博奇卡身上花这么长时间？柯罗博奇卡也好，马尼洛夫也好，管家务的生活也好，不管家务的生活也好，——都只应一笔带过！不然的话，世界上可有这么一种

---

〔1〕 果戈理. 死魂灵〔M〕. 田大畏译. 安徽文艺出版社, 1999年, 第72页.
〔2〕 果戈理. 死魂灵〔M〕. 田大畏译. 安徽文艺出版社, 1999年, 第75页.
〔3〕 韦桂喜. "一个比一个更无耻"——果戈理作品《死魂灵》的地主形象分析〔J〕. 大众文艺（理论）, 2008（7）, 第33页.

奇怪的规律：如果你在快乐事物面前停滞太久，快乐的转眼间会变成悲哀的，那时你的脑海中会产生天知道什么样的念头。也许你甚至会想，算了吧，柯罗博奇卡在人类趋向完美的无穷阶梯上站得当真这样低吗？把她和她的姊妹隔开的那道鸿沟当真是这样宽吗？她的姊妹身居贵族府邸，宅内有香气扑鼻的铸铁楼梯、闪亮的铜质器件、红木家具和地毯，她手里拿着一本没有读完的书，烦闷地等待着谈吐机智的社交界朋友们来访，那时她将获得炫示智慧、发表背熟了的见解的用武之地。按照新鲜事物流行的常规，这些见解将能风靡全城一礼拜之久。这些见解无关乎她府邸里和由于对经营的无知而混乱破败的田庄上的事务，而是关于法国正酝酿着一场怎样的政变，当今时兴的天主教有了什么新的趋势。但这也一笔带过吧，一笔带过吧！为什么要谈这些？但是在无所用心、快活的、无忧无虑的时刻，为什么又会突然闪过一道神奇的光[1]：笑容尚未从你的脸上褪尽，周围还是同一些人，而你却已变成了另外一个人，你的脸已经被另一种光照亮……[2]

是什么使柯罗博奇卡们的生活缺少了光——上帝的真理之光？果戈理此处的议论是为了在《死魂灵》的第二部、第三部中，让这些拥有邪恶品质的"死魂灵"能够再次与真理之光相遇，成为"复活的灵魂"留下了伏笔。

果戈理在设计《死魂灵》中的地主时说到"我的主人公一个跟着一

---

〔1〕 果戈理基于俄罗斯东正教的宗教背景，对"光"是特别看重的，认为光是上帝的真理之光，是可以启迪人的灵魂，虽然东正教作为基督教的分支在教义上和其他两大教派有很大分歧，但是对光的理解是一致的，《圣经·约翰福音》中曾经对"光"进行过详细论说过，如8章12节这样说过："我是世界的光。跟从我的，就不在黑暗里走，必要得着生命的光。"果戈理在离开柯罗博奇卡时发表的这段议论，一方面为她们变成这样感到惋惜，也为他创作《死魂灵》第二部、第三部留下了伏笔，因为他将在后两部中写出柯罗博奇卡们在上帝的真理之"光"中复活，甚至看不出一点生命迹象的普柳什金也复活了。
〔2〕 果戈理. 死魂灵［M］. 田大畏译. 安徽文艺出版社，1999年，第79页.

个出现，一个比一个更无耻"[1]。接下来出现的诺兹德廖夫则跟柯罗博奇卡截然相反，他身上的恶劣品性更多，他撒谎成癖，嗜赌成性，赶集、酗酒、狂赌、闹事、玩马、逗狗等，是他生活的全部内容。具有这些邪恶品质的诺兹德廖夫是魔鬼的化身。

> 诺兹德廖夫……这样的人物，每个人都会遇到过不少。他们被称为活跃分子，在童年，在初等学校里，就有好哥儿们的名声，同时也常常被揍得鼻青脸肿。在他们脸上永远能看到一种开朗的、直爽的、豪放的特征。他们是自来熟，一眨眼工夫，就用"你"字跟你说话了。交朋友，好像要跟你好一辈子；可是几乎总会出这种事：刚交上的朋友当天晚上在友好的酒席上就会跟他们干起仗来。他们永远是话篓子、酒坛子、逞强好胜，名闻遐迩。诺兹德廖夫三十五岁时还跟十八岁、二十岁时一模一样地专爱东游西逛。结婚丝毫没能改变他，何况他的妻子早早地就归了天，留下两个他绝不需要的娃娃。孩子反正有一个长得挺顺眼的小保姆看着。他在家里一天也待不住。他的灵敏的鼻子闻到几十俄里以外有集市，集市上正举行着各种聚会和舞会：一眨眼功夫他已经到了那里，已经在绿呢牌桌上跟人争吵，惹是生非了，因为他跟所有这类人一样，牌瘾还特别大。他玩牌，我们从第一章里已经知道，心术不那么正经，手脚不那么干净，懂得很多搞鬼的办法和其他各种花招，因此玩牌的游戏往往以另一种游戏结束：人们或是用皮靴猛踢他一顿，或是在他的浓密的非常漂亮的连鬓胡子上搞鬼，以至于有时候回家连鬓胡子只剩下一边，而且还相当稀疏。……最奇怪的是一种只有在俄国才能发生的事：过了一段时间之后，他就又和揍过他的朋友们凑在一起了，就像什么事也没出过一样，他，像

---

〔1〕 卡普斯金. 十九世纪俄罗斯文学史［M］. 北京大学俄语系文学教研室译. 高等教育出版社，1958 年，第 345 页.

常言所说的，毫不介意，他们也照样毫不介意。

诺兹德廖夫在某一方面是个故事性人物。任何一个集会，凡有他参加，少不了有故事，总是要闹出件什么事的：或是宪兵们把他架出会场，或是朋友们不得不把他推出去。如果不出这种事，也会发生点什么别人绝不会干的事：或是在小吃部里灌得只剩下会傻笑，或是谎话说得大大地露了马脚，最后弄得自己都下不来台。他会完全没有必要地说一堆瞎话：……有些人有一种给身旁的人使坏的强烈愿望，有时候这毫无来由。……诺兹德廖夫也具有这种奇怪的欲望。谁跟他混得越熟，他越要糟蹋谁：他会给您散布一些异想天开的谣言，搅乱您的婚姻或者交易，同时却压根不认为自己是您的敌人；相反，如果他有机会再碰上您，又会友好之至……诺兹德廖夫在许多方面是个多面性的人物。[1]

从以上材料可以看出，诺兹德廖夫过着随心所欲的放荡生活，他生活的全部重心都是为自己的寻欢作乐寻找出口，他失去了作为人最起码的尊严，可以随意毫无理由、毫无目的地撒谎，甚至连人间最珍贵的亲情在他那里都显得多余，婚姻给他带来的两个娃娃是"他绝不需要的"。他"完全失去了人格，他不但不尊重别人，也不尊重自己，他失去了任何做人的原则，就像一只狗一样，只懂得寻欢作乐，到处惹是生非，时而对人乱咬，时而对人俯首摇尾"[2]。也许有人会说像诺兹德廖夫这样的人很少，生活中不常见。但是果戈理向人们证明"诺兹德廖夫还会久久地留在世界上。他在我们当中仍然到处可见，也许只是穿着另一件长袍；但是人们是肤浅而缺少洞察力的，他们觉得穿上另外一件长袍的人就是另外一个人了"。具有这些邪恶品质的诺兹德廖夫有着人的形象和魔鬼的

〔1〕 果戈理. 死魂灵〔M〕. 田大畏译. 安徽文艺出版社，1999 年，93 - 97 页.
〔2〕 韦桂喜."一个比一个更无耻"——果戈理作品《死魂灵》的地主形象分析〔J〕. 大众文艺（理论），2008（7），第 33 页.

内心，这样的人就在我们身边，几乎随处可见。

聪明、狡黠的乞乞科夫在诺兹德廖夫那里一个死魂灵也没买到，还差点被诺兹德廖夫痛揍一顿，仓皇逃跑的他来到了梭巴凯维奇的村庄。读者借着乞乞科夫的目光看到了梭巴凯维奇村庄的模样"……地主为保证建筑物的牢固性看来真是煞费了苦心。盖马厩、木棚、厨房，使用的都是认定百年不坏的又重又粗的原木。农民的木屋造得也极好：没有刨平的外墙，没有雕花和其他的装饰，但是一切做得严丝合缝，规规矩矩。连井口都是用结实的椴木做的，那是只有建造磨坊或者船舶的时候才使用的。总而言之，他眼前见看到的一切，全是稳稳当当，端端正正的，都有一副牢靠而笨拙的模样。……房间里不管什么东西全是高度结实和粗壮的，并且和这座宅子的主人有着某种奇怪的相似；客厅的一角摆着一张核桃木做的长着四条极为丑陋的粗腿的大肚子写字台：活活是一支狗熊！桌子，圈椅，靠背椅，无不给人以极大的重压感，令人忐忑不安，——总而言之，每一样东西，每一把椅子，好像都在说：'我也是梭巴凯维奇！'或者'我也很像梭巴凯维奇！'"[1]

梭巴凯维奇的村庄的建筑、屋内的陈设都像他一样，而他的模样也像他的名字一样，是个"熊"——一个非常笨重粗野的熊。

乞乞科夫第一次看见梭巴凯维奇时印象十分深刻，"乞乞科夫斜眼看了一下梭巴凯维奇，这一次他觉得他极像一只中等个头的熊。他身上的燕尾服也和熊皮一模一样，这就变得更像了。"梭巴凯维奇的"袖口长，裤腿长，步子歪歪斜斜，时常要踩别人的脚"他经常提醒身边的人自己会踩到对方的脚，如果身边的人一不小心被踩到了，就会"痛得嘴里嘘……嘘……地叫起来，用一条腿在地上蹦"。他的外形笨拙如熊，就连他的脸部也粗糙模糊，果戈理是这样描写梭巴凯维奇的脸的。

大家知道，世界上有好多的脸，造化在制作它们的时候没

---

〔1〕 果戈理. 死魂灵［M］. 田大畏译. 安徽文艺出版社，1999年，123－126页.

有花工夫思考，没有使用任何小型的工具，如小锉小钻之类，只管抡起大斧猛劈，一斧子下去就出来个鼻子，再一斧子就是两片嘴唇，用大钻头捅出两只眼，不刮不刨，说了声"活了!"梭巴凯维奇就有这样一副十分结实的构造奇妙的面相：他把它更多是保持在朝下而不是朝上的姿态，并且从来是不转动脖子的，由于脖子不转，他眼睛很少看着谈话对方，经常不是望着炉角就是望着房门。[1]

人的面部表情是最丰富的，人与人之间的交流也是心与心之间的沟通，如果一个人在和另一个人交谈而不看对方的眼睛的话，那么这个人失去了作为人心灵沟通最基本的能力。他在听乞乞科夫要买"不存在的魂灵"时，"……低头听着，脸上没有显出过任何一点像是表情的东西。似乎这个身体躯壳里面根本没有灵魂，或者有，但是根本不在它应该待的地方，而是像长生不死的'科谢伊'的灵魂那样，藏到了群山后面，罩上了厚厚的外壳，不管它的深处有什么波动，都绝对不会在表面造成任何震荡"[2]。梭巴凯维奇的"躯体里面根本没有灵魂"。灵魂是人称为人的标志，《创世记》中说上帝赋予人"灵"使之成为有灵的活人，一个没有灵魂的人就是一个魔鬼。

梭巴凯维奇把充实口腹当作他的第一件要事，他的生活信条就是吃，"吃一个饱，直到心满意足"。他吃东西的方式像个动物：他"要吃猪肉——就上整猪，吃羊肉——来全羊，吃鹅肉——来整只的! ……宁愿吃两道菜，但是要吃够想要的量。……他把一半的羊排骨拨进了自己的盘子，全部报销，把每一根骨头都啃干净，嘬干净。"吃过午饭的梭巴凯维奇只能"瘫坐在圈椅里"，他"就只能呼哧呼哧地喘着粗气，嘴里发出模糊不清的声音，不时地朝嘴划十字并且用手捂住嘴巴"。他不讲文明，不讲人性，把动物性的低级享受——吃，当作人生的目的。

---

〔1〕 果戈理. 死魂灵 ［M］. 田大畏译. 安徽文艺出版社, 1999 年, 第 124 页.

〔2〕 果戈理. 死魂灵 ［M］. 田大畏译. 安徽文艺出版社, 1999 年, 第 134 页.

梭巴凯维奇的灵魂里没有一点善良的因素，在他眼里，"活着的那些灵魂"都是苍蝇"不是人"，在他的眼里，他身边的人"全是骗子，全城都是这类货；骗子骑着骗子，后头赶着他们的也是骗子。全都是些出卖耶稣的犹大。只有一个还算是正经人：检察长；不过那个人，说实在的，是一头蠢猪"。在梭巴凯维奇的眼里，除了他自己之外所有的人都是坏人，由于他本人是一个极端的利己主义者，所以他把别人都看作头号的强盗、骗子、恶棍与坏蛋。梭巴凯维奇伺机攫取、贪婪狠毒像只狼。在与乞乞科夫商谈出卖"死魂灵"时，他又把死的农奴当活的讨价还价，将女农奴顶替男农奴卖钱。梭巴凯维奇和乞乞科夫讨价还价的场景，活现出一幅血腥交易的狰狞面貌，但梭巴凯维奇就像谈一桩粮食生意，并想把死人的名单卖很高的价钱，简直是个"拳头"——贪得无厌的人。

乞乞科夫是从梭巴凯维奇那里知道了有一个地主叫普柳什金，他"有八百个魂灵，可是过得、吃得还比不上"梭巴凯维奇家"放牲口的"。家里的农奴"死的没数，跟苍蝇一样"。乞乞科夫带着欣喜来到了普柳什金的村庄，当他来到普柳什金村庄的时候，没想到农舍都破败不堪，"他在村里所有的建筑上都见到一种特别的衰朽模样：农舍的原木又黑又旧；许多房顶像筛子一样满是窟窿；有点只剩下朝天的马头和两边像肋条一样的椽子……农舍的窗户没有玻璃，有的用破布或者破衣裳堵着；房顶下的带栏杆的小阳台黑朽歪斜，以致不堪入目……"农舍后面有很多庄家垛，但庄家垛"看来已经堆放了很久；庄家垛的颜色像没烧好的旧砖头，垛顶上长着杂草了，贴边竟然长出了灌木丛"。村庄主人"古怪的城堡是长条形的，长得出奇，像一个衰老的残废人躺在那里"。村庄里的一切都没有生命的气息，"唯一给这偌大的村装带来一些清新感觉的，唯一因其赋有诗情的荒芜而饶具画意的，是屋后的一片古老的花园"。但是它也榛莽丛生，荒芜颓败了。"这里的一切都在告诉你，这份产业的规模曾经是很大的，如今萧条了。一点也看不出这里有活人居住的迹象。"[1]

---

〔1〕 果戈理. 死魂灵［M］. 田大畏译. 安徽文艺出版社，1999 年，152 – 154 页.

普柳什金的出场是十分令人震撼的，拥有一千多个农奴的地主一定是个衣食富足、生活舒适的人。可是我们看到的普柳什金是这样的：

> 他很久也识别不出那个人是男是女。那个人身上穿着一件完全无法确定为何物的东西，很像是女人的长罩袍，头上戴着一顶乡下仆妇们戴的那种圆帽，只是嗓音他觉得对于一个女人说来稍嫌粗哑了些。"哦，是个女的！"他心里想，但马上又说："哦，不是！"他更仔细地观察了一下，终于说："当然，是个女的！"那个人也很认真地看他。……"进屋去！"管家婆说完就转过身去，把背朝着他，背上沾满了面粉，下摆豁开了好长一道口子。[1]

"普柳什金是乞乞科夫所看见的地主中最特殊的人物。他既是一个凶狠毒辣的吸血鬼，又是一个贪得无厌的吝啬狂，人性的毁灭在他身上达到了极限。"[2] 作为大村庄的地主，普柳什金的穿着竟然比乡下的仆妇还寒酸，甚至穿着女仆不要的衣服让人看不出性别，"无论用什么方法，费多大劲，你都搞不清楚他的睡袍是拿什么拼凑的：袖子和大襟油光锃亮，像做皮靴用的软革；后身的下摆不是两片，而是四片，还耷拉着一团团的棉花。缠在脖子上的也是一种叫人弄不清的东西：长筒袜？吊带袜？肚兜？反正绝对不是领带。总之，如果乞乞科夫在哪座教堂门口遇见他这种打扮，大概会给他一个铜板。"能让人辨别出他身份特别的是腰上挂的钥匙和骂人的"那些相当脏的词儿"。与普柳什金糟糕的穿着相配，他的屋子更是破烂不堪。乞乞科夫是跟随"管家婆"来到老爷的屋里，他被"眼前乱糟糟的景象吓傻了"，乞乞科夫赶着他的三套马车走遍了俄罗斯的土地，什么样的人没见过、什么样的事情没经历过，但是被这个地

---

〔1〕 果戈理. 死魂灵 [M]. 田大畏译. 安徽文艺出版社，1999 年，154 – 155 页.

〔2〕 王远泽.《死魂灵》人物谈 [J]. 广西民族学院学报（社会科学版），2008（2），第 89 页.

主家屋里的境况"吓傻了"。"仿佛是这幢房子里正在洗地板,把全部家具暂时都堆到这里来了"。屋里没有一件完好的家具和物品,每样东西几乎都沾满灰尘。桌子上堆满了任何人任何时候也不会需要的东西,就是这样还有"更粗陋一些的,不配放在桌子上的东西,都堆在墙角。这一堆里究竟是什么,难以断定,因为灰尘积得太厚,谁要碰一碰,手就会变得像手套。从堆里露出来的东西,最明显的是一片断了把的木锨和一个旧靴底。"看了这些东西使人"绝对不会说这间屋里住着一个活人"。乞乞科夫这里的一切都没有生命的气息,他身边的一切物品都和他没有"灵魂"的躯体相称。

"积储财物,是他唯一生活目的和最大的人生乐趣。他为全部精力和思想感情都集中在积储财物的事情上;积储财物也是他考虑和处理一切问题的出发点。"[1] 普柳什金只是为了积累而积累,积累成了他生活的唯一目的。

这个地主有一千多个农奴,你找找,看还有谁家有这么多没磨的、磨过的、还垛着粮食,谁家的贮藏室、谷仓和烘干房里堆积着这么多麻布、呢料、生熟羊皮、风干鱼、各类蔬菜。如果有人走进他堆满各种木料和从未用过的各种器皿的作坊院瞧瞧,——他会觉得,该不是到了莫斯科的木器市场了吧?⋯⋯你会奇怪,普柳什金要这么多这类东西有什么用呢?就是有两处他目前这样的庄园,这些东西,他一辈子也是用不了的,——但是他觉得这些太少了。由于不满足于已有的东西,他每天在自己村里走街串巷,不管是木板桥,独木桥,都要往底下望一望,无论碰上什么:一个旧鞋底、一块女人扔的破布、一根铁钉、一个破瓦罐,都要捡回家,放进乞乞科夫在房内一

---

〔1〕 王远泽.《死魂灵》人物谈〔J〕.广西民族学院学报(社会科学版),2008(2),第89页.

角见到的那一堆。……他走过之后，当真就不用扫街了。[1]

家里堆积如山的财物不能使他感到满足，经历了家庭变故的普柳什金变得更加"多疑而悭吝"了，"最后，留在身边的小女儿死了，老头子一个人成了财产的保护者、保管者和所有者。孤独的生活给悭吝提供了丰盛的食物，而谁都知道悭吝是一只饥饿的狼[2]，吞噬得越多，越感到不足"。在这个"人类情感本来就不深"的人身上，人类的美好情感每天都在变浅一点，直到最后连自己的子女也不再过问，"从此再也不想知道世界上还有没有这个人"，自己"也变成了人类身上的一块破片"[3]。在他身上再也找不出人类的美好情感了。和他有生意来往的人都说"这个主儿是个魔鬼，而不是人"。普柳什金成为吝啬鬼的代名词，成为《死魂灵》里最无耻的地主形象。

除了《死魂灵》第一部里的五个地主，第二部里的法律顾问更是人类种种邪恶品行的汇集和化身。"那是一位经验异常丰富的法律顾问。他已经当了十五年被告人，但因为善于应付，他的律师资格怎么也取消不了。谁都知道，他干的那些勾当，已经够永久流放六次了。他事事都有嫌疑，事事都取不到明显的和查实的证据。""六"在圣经中是个表示不完整、不好的数字，《启示录》中敌基督的名字就是"六六六"。律法师足够"流放六次"表明，他的行为简直是魔鬼的行径。他就像个"魔法师"，为了掩盖乞乞科夫偷改富婆遗嘱的罪行，他把案子搅乱，"把它搅成一团乱麻，谁也闹不明白是怎么回事。……把他们全牵进来——省长，副省长，警察局长，司库——全攀扯进来。谁都还没来得及细看，他已

〔1〕 果戈理. 死魂灵［M］. 田大畏译. 安徽文艺出版社，1999 年，157 – 158 页.
〔2〕 "狼"这个形象在但丁《神曲》的《地狱篇》中有所描写。当但丁"走到人生的中途"，迷失在"幽暗的森林里"，在山脚下遇到了三只猛兽——豹、狮子和母狼，它们象征着淫欲、强权、人性的贪婪。"母狼""仿佛在消瘦中带有全部的欲望……她的本性凶恶而贪婪，以致从来无法满足自己的贪欲；当她进食，她会比以前更饿"。果戈理此处对普柳什金的描写正是借用了"狼"这个意象。
〔3〕 果戈理. 死魂灵［M］. 田大畏译. 安徽文艺出版社，1999 年，159 – 160 页.

经把所有人的头都搞昏了"。他不仅搅浑了案件，而且把省里的官员弄得人心惶惶。"法律顾问在民事的战场上创造了奇迹：他从侧面让省长知道检察长在告他的密；让宪兵长官知道还有一个更秘密的官员在告他的密；让秘密派驻的官员知道还有一个更秘密的官员在告他的密；他把所有的人弄得都只好求他出主意。结果成了一场混战。"官员们互相告密，甚至弄出一些诸如情妇、私生子等无中生有的事。"种种丑闻秽史和乞乞科夫的故事，和死魂灵，掺和到了一起，搅作了一团，以至无论如何也弄不明白这堆鸡毛蒜皮中，哪些鸡毛蒜皮是最主要的情节：两者似乎都同等重要。"[1] 送到总督那里的案卷，差点把做摘要的官员弄疯，总督也看不懂。法律顾问搅乱了乞乞科夫串改遗嘱的整个案件，搅得市里官员无不胆战心惊无心顾及乞乞科夫的案件。这里的法律顾问同打破上帝和谐秩序的魔鬼极为相似，都是以破坏和维护一己私欲为目的的。

三、生活中带有庸俗品质的僵死灵魂

俄国宗教哲学家弗洛罗夫斯基说，果戈理是在死亡的标记下看世界。尽管他未指出果戈理写作的真正目的是展现恶的同时引人们向善，但这句话的确帮助我们更清晰地看到果戈理向人们展现的世界确实是一个死魂灵充斥其中的地狱世界。

梅列日柯夫斯基曾对果戈理笔下人物的评价说："上帝是无限、是万物的始和终；魔鬼既否定上帝，因此，它也否定无限、否定一切始和终；魔鬼是冒充无始无终、已开始而未完结的现象；魔鬼是本体的中庸存在，它否定一切深和高，永远是平庸、永远是庸俗。果戈理创作的唯一对象就是这种意义上的魔鬼，……他洞察出来的'人类的不朽庸俗'，绝对的、永恒的、世界性的邪恶；——这是在永恒观念之下的庸俗，'貌似永恒的庸俗'。"[2] 这种认识是极为深刻的。果戈理自己曾经这样描述自己

〔1〕 果戈理. 死魂灵［M］. 田大畏译. 安徽文艺出版社，1999 年，430－457 页.
〔2〕 袁晚禾、陈殿兴编. 果戈理评论集［C］. 复旦大学出版社，1993 年，第 300 页.

的创作特征：

> 人们对我谈论了很多，分析了我的某些方面，却没有指出我的主要特征。唯独普希金抓到了。他经常对我说，还没有任何一个作家有才能把生活的庸俗现象展现得这样淋漓尽致，把庸俗人的庸俗描写得这样有力，以便让那种被肉眼忽略的琐事显著地呈现在大家的面前。这就是我的主要特征，它属于我一个人，并且确实是其他作家所没有的。后来，这种特征由于与某种状况结合在一起，更加强烈地深入到我内心之中。……这个特征在《死魂灵》里表现得相当有力。《死魂灵》让俄罗斯感到惊恐并且在俄国国内引起了一场轩然大波，这并非因为她揭示了社会的某些创伤和内在的沉疴，甚至也不是因为她展示了邪恶逞凶、善良受苦这样一些惊人的画面。一点也不是。我的主人公们根本不是恶棍；我只要给他们中间每个人哪怕增添一个美好的特征，读者大概就会容忍他们所有人的不是。不过，万物的庸俗加在一起就破坏了读者们。吓坏了他们的还有一点，那就是我的主人公们一个挨着一个，一个比一个更庸俗，没有一个令人快慰的现象，可怜的读者甚至没有地方稍稍休息一下或者喘一口气，况且在通读全书后似乎觉得，真好像从某个令人窒息的地窖里爬到了人世。……俄国人的鄙俗比他的一切缺点和毛病更让他感到可怕。多么出色的现象！多么美妙的恐惧！谁对鄙俗的东西有如此强烈的反感，谁身上大概就蕴藏着与鄙俗相对立的一切。[1]

是的，正像果戈理自己说的那样，他经过早期《狄康卡近郊夜话》描写传说中的魔鬼阶段，把笔触转向了现实中的人，而且着重描写人的

---

[1] 果戈理. 与友人书简选［M］. 任光宣译. 安徽文艺出版社，1999 年，第 113 页.

"庸俗"，笔下的人物都是"庸俗之辈"，果戈理向他的同胞们展示了俄国人的"鄙俗"，带有庸俗特点的人成了"死魂灵"的象征，并且严厉地告诫他的同胞，谁不喜欢他的这个创作特点，"谁身上大概就蕴藏着与鄙俗相对立的一切"。

在他早期创作《米尔戈罗德》时，就已经显示出了这个特点，其中一篇短片小说《旧式地主》就是他创作的转折点。小说中有一对慈祥的老夫妇，生活在一个牧歌式情调的农庄里，过着宁静、简朴的生活，他们恩爱有加，热情好客。老头很少留意农事，妻子担当了"管理庄园的全部担子"，就是"不断地打开和关上储藏室的门，不停地腌、晒和煮那些难以计数的水果和蔬菜"。但是他们非常不善于管理自己的田产，对一点点盗空他们家产的主管、管家和村长，夫妻两个人毫无察觉，就连大片的百年橡树被砍伐都能被管家蒙混过关。"两位老人都有旧式地主的传统习惯，非常喜欢吃。"吃是他们最大的爱好，三餐和睡觉之前也要吃好多东西，就连谈论的话题也离不开吃，最常说的一句话就是该吃点什么了。一天的时间就在吃饭和睡觉中过去了，生活没有一点变化和波澜。表面看，果戈理描写了田园式的牧歌生活，"作者好像实在描写一对旧式地主之温情脉脉、相敬如宾、彼此眷恋、互相报之以爱情、友情，然而，这一切均属'印象'"。读者看到的田园牧歌式生活"实则是看到了一道灰蒙蒙死沉沉毫无生气的人生风景"。原来，一切是习惯使然，是"持久的、缓慢的、几乎是无感觉的习惯的力量"[1] 在支配着旧式地主的生活。在这当中，我们透过"消解"了的"印象"看到了人生的"真相"——庸俗。从《旧式地主》开始，果戈理从乌克兰浪漫的乡村走向了猥琐无聊、令人窒息的庸俗王国，"作家的艺术视界已然从明快的乡村转入浑噩的城镇；作家的叙事视角也发生了转换——果戈理已不再假托一个讲故事人来完成作家对诗意生活的呈现，而是走上前台，以艺术家主体姿态直面毫无诗意可言、人性被扭曲殆尽的、灰蒙蒙死沉沉的寄生虫生活内

---

〔1〕 果戈理. 米尔戈罗德 [M]. 陈建华译. 安徽文艺出版社，1999年，第39页.

幕……以日常生活中最平凡最微小的细节来解剖形形色色的'死魂灵'之鄙俗，迫使人们噙着那饱含着忧郁与感动的泪水而笑——果戈理之最突出的才禀，在这里已初露端倪。《米尔戈罗德》的开篇《旧式地主》乃是这种'显微'与'解剖'的一只序曲。"[1] 这时的果戈理，在描写两位"旧式地主"生存意义的失落时，是渗透着怜悯之情的。

在《伊万·伊万诺维奇与伊万·尼基福罗维奇吵架的故事》中，作家讲述了两个地主之间发生的一场官司。伊万·伊万诺维奇是个"非常出色的人"，他家有一幢非常好的房子；他爱吃甜瓜，并且把吃剩的瓜子包好写上吃的日期；许多市里的官员都和他有来往，他每周都去教堂，并且询问教堂前饥饿的儿童和老人，虽然只是问问并不给予帮助。邻居伊万·尼基福罗维奇也"是一个非常好的人"。他们是一对世上少有的好朋友。就是这两个好人，因为一句称呼对方为"公鹅"的话打起了官司。无论别人怎么劝说都不能和好，而且互相谩骂、诋毁。官司打了十几年，几乎耗尽了两个人的全部家产。最后都满头白发、老态龙钟了，案子也没能判决。在这里，两个庸人的生活已经没有了"旧式地主"的朴实古风，果戈理的笔锋完全转向了现实生活，"先生们，生活在这片土地上是何等的无聊啊！"是啊，"庸俗的世界"上"庸俗的人生"可以把人性蜕变到何等地步！从这两个人身上，我们看到了魔鬼的特征——庸俗。《吵架的故事》发表后就受到了好评，普希金和别林斯基都给予了很高的评价，别林斯基认为《吵架的故事》是《米尔戈罗德》中"最出色的作品之一"，是这个故事系列中"最为惊人的"。"的确，它迫使我们极热情地关注伊万·伊万诺维奇与伊万·尼基福罗维奇的吵架，迫使我们对这两个堪称是对人类之生活生生的诋毁之疯癫卑劣、愚蠢笑得流泪——这令人惊讶；可是接着就迫使我们去可怜这一对白痴，由衷地可怜他们；迫使我们带着某种深深的怅惘与他们分手，迫使我们冲着自个儿发出悲叹：'这世上可真是沉闷啊，诸位！'你瞧，这才是那种出神入化、堪称为创

---

〔1〕　果戈理. 米尔戈罗德 [M]. 陈建华译. 安徽文艺出版社，1999 年，第 338 页.

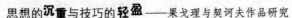

作的艺术。"[1] 此后，果戈理开始从对庸俗生活的表象描述转入对庸俗本质的深刻思考与剖析上来，从对个别人庸俗事迹的描写转入对群体庸俗状态的揭示上。

　　果戈理的代表作《死魂灵》和《钦差大臣》中的主人公乞乞科夫和赫列斯塔科夫都是这种庸俗的化身，是果戈理笔下特有的"非驴非马，鬼知道他是什么玩意儿"的人物。这类人"不是美男子，但相貌也不丑，不太胖，也不太瘦；不能说老，可也不能说是太年轻"；官衔不高也不低；乞乞科夫乘坐的马车也"是单身的中校们、陆军上尉们、家有百十来个农奴的地主们，一句话，即所有被称作中等绅士的人们乘坐的"[2]。他们的一切都是不高不低的，也就是说他们就像我们身边的人一样，普通而不特别。

　　赫列斯塔科夫并不是太聪明和太有美德，但也绝不是太傻、太恶。他只有最普通的头脑、最普通的"良心"，这是一种很一般、很轻松的"上流社会的良心"，是一种没有道德感的"良心"，从不关心他生活以外的任何事情。他的生活就是"享受"，"活在世上，就是要享受一番"，到哪里都是吃喝玩乐。在彼得堡供职时，"不务正业：本该去上班，他却去逛大街玩，去赌牌"。离开彼得堡回父亲庄园的路上，每经过一个地方都吩咐仆人奥西普给他找一个最好的房间，要一份最好的午餐。和过往的人交朋友，打牌"输了个净光"。他"衣着十分时髦"，言谈、思想、感情也是时髦的。有着"彼得堡"人的骄傲，"他属于那个看起来与其他年轻人毫无区别的那个圈子里的人"。他的一切都具"普泛性"，他的头脑、心灵、语言、脸孔，都像所有的人一样，毫无个性而言，在他身上任何东西都表现得不显眼、不确定、不彻底、不到极限。赫列斯塔科夫的本质正在于这种不确定性、不彻底性，他"一言一行都缺乏考虑，他无法集中精神考虑某个想法。他说气话来断断续续，信口开河"。他的任何思想、任何感情都不能集中、不能坚持到底。他整个人是对全部始和终否

〔1〕 转引自果戈理. 米尔戈罗德 [M]. 陈建华译. 安徽文艺出版社，1999年，335－336页.

〔2〕 果戈理. 死魂灵 [M]. 田大畏译. 安徽文艺出版社，1999年，第3页.

定的魔鬼的化身，是极度庸俗的代表，这种绝对的庸俗被果戈理看为最邪恶的东西。

　　果戈理在《死魂灵》的创作笔记中写道："像疾风般刮遍全城的流言蜚语，全人类大部分人生活空虚（即庸俗）的缩影……怎样将全世界性的各种空虚生活的画面落实到跟一个小城的空虚生活相似的程度？怎样将一个小城的空虚生活上升为全世界空虚生活的缩影？"[1] 果戈理做到了，乞乞科夫购买"死魂灵"的外省，赫列斯塔科夫说谎的县城，都成了果戈理具有暗示和象征功能的世界的"缩影"。在这个"缩影"的世界里，在人类世界的"无所事事"、空虚、庸俗生活中，人不再是人，而是魔鬼。

　　果戈理不仅向读者展示了人类的庸俗，而且希望每个读者都从作品中感受到自己的庸俗，让人在"笑"声中醒悟：这些人物身上的庸俗我也有。在《钦差大臣》的结尾，果戈理借市长之口说出了他要表达的话"你们笑什么？你们是在笑自己！……唉，你们这帮人呀！……"[2] 这句话就像一支皮鞭，抽打着每个人的灵魂。果戈理在给朋友的书信中也论述过自己描写的"庸俗"，并且告诉读者他描写的庸俗与鄙俗的特征每个人身上都有。"在这里除了我本人的特征之外，甚至还有我的许多朋友的特征，也有你的特征。……我需要从我知道一切优秀人物身上夺回一切让他们无意中获得的庸俗和卑鄙的东西，并将之归还给其合法的物主。你别再问为什么第一部应写全部的庸俗，并且为什么其中所有人无一例外都应是庸俗之辈……让所有人对我的主人公和他们的卑鄙产生厌恶；它从我身上驱走了某种我所需要的忧愁。"果戈理在作品中描写人物的庸俗品质，是为了向人类的整个庸俗挑战，"我与卑鄙斗争，将斗争下去，把它们赶走，主将帮我做到这点。社会上一些愚蠢的自作聪明的人散布流言，好像人只是在学校里才能培育自己，这之后就无法改造自身的性格，这是胡说八道：只有在愚蠢的上流社会之塔里才会形成这种愚蠢的

---

〔1〕　袁晚禾、陈殿兴编.果戈理评论集［C］.复旦大学出版社，1993年，第305页.

〔2〕　果戈理.果戈理戏剧集［M］.白嗣宏译.安徽文艺出版社，1999年，第144页.

想法。我已摆脱了自己的许多卑鄙，办法是将之转交给自己的主人公。我嘲笑他们身上的这些卑鄙行为并且让其他人也嘲笑它们。我已摆脱开许多东西，办法是撕掉我们的每个卑鄙出笼是遮盖自己的美的外衣和骑士面具，把它与那种人人都看见的卑鄙放在一起。"果戈理怀着神圣使命进行文学创作，他描写带有庸俗和鄙俗品行的人是为了所有人的"复活"，"当你没有把社会真正卑鄙事物的全部深度展现出来时，你就不能按另外的方式让社会或者甚至让整个一代人去追求美好的事物；往往有这样的时候，如果没有立刻像白天一样清楚地给每个人指出通向崇高和美的道路，那根本就不应该去谈论它们"[1]。这也就是果戈理的作品不受一般读者喜欢的原因——思想太过凝重和深沉。

果戈理把世界描写成一个使所有活物都窒息的"洞穴"，他不像奥古斯丁那样礼赞上帝的创造物来证明上帝的存在，而是通过魔鬼的横行来证明上帝的存在。果戈理认为："《死魂灵》第一部的人物，都是些空虚的灵魂，集中描写的是他们的平庸。"[2] 岂止是《死魂灵》，他笔下的人物大多是"空虚的灵魂"，是反对上帝爱与公义、独特与创造的魔鬼。他们沉湎于庸常琐碎的自满自足中，缺少灵魂的仰望与精神的自我反思，除了最基本的生存需要外，只对物质的繁盛与肉体的欲望感兴趣，对他人的苦难缺少怜悯，对时髦的标准趋之若鹜，这群庸俗世界中庸俗的人堕落成了魔鬼。整个世界也变成了"死魂灵"充斥其间的地狱世界。果戈理怀着沉重而焦灼的心情向世界宣告了这一切。

四、苏醒的灵魂

在果戈理的眼里，俄罗斯的"大地已燃起一种令人莫解的忧愁；生活变得愈来愈冷酷；一切事物日渐庸俗和浅薄，唯有巨大的忧愁形象在

---

〔1〕 果戈理. 与友人书简选［M］. 任光宣译. 安徽文艺出版社，1999 年，115，117，119 页.

〔2〕 叶夫多基莫夫. 俄罗斯思想中的基督［M］. 杨德友译. 译学林出版社，1999 年，第 69
　　页.

当众增长，一天天地达到难以衡量的高度"[1]。世界处于可怕的地狱状态，"万物毫无生气，处处是坟墓。天啊！你世上的一切变得无聊而可怕了!"[2] 但是果戈理不想只看到这样的俄罗斯，还要看到"光明复活"的俄罗斯。他展现出生活的僵死面目，使人们看到"魔鬼已不用戴面具就闯入了世界。自豪的精灵已不用化装成各种形象并吓唬迷信的人们，他以自己本来的面貌出现了"[3]。不过，单纯地展现生活的本相不是果戈理的写作目的，他的目的是让人们看到魔鬼的真面目、看到生活的无聊及庸俗的本质后能够警醒，寻找出路，成为"复活的灵魂"，过上有意义的生活。因此，果戈理写完《死魂灵》第一部后，想在以后的作品中展现复活的灵魂，本文姑且称这样的人物为"复活者"，就是指反思自己的生活，批判地思考自己的生命历程，灵魂渐渐苏醒的人。从他发表的《与友人书简选》和《死魂灵》第二部的残稿中我们可以看到，作品中的人物正在复苏，灵魂正在苏醒。这是果戈理的设想之一，他把人物的反思看成是人物灵魂净化的过程，是从地狱走出来的人经过炼狱净化的过程。在《死魂灵》第二部的残稿中，我们看到了乞乞科夫们的反思悔改，看到先前具有魔鬼属性的人如何在信仰的光芒中成为灵魂的复活者。

果戈理一生挚爱但丁及其作品《神曲》，果戈理特别喜欢《神曲》对"地狱""炼狱""天堂"三界的描写，他也想写一部像《神曲》一样的人类灵魂史诗型巨作。按照果戈理这样伟大的创作计划，他的《死魂灵》共有三部，第一部是"地狱"，第二部是"炼狱"，第三部是"天堂"。果戈理的作品大多展现的是生活中的"恶"，是地狱的世界。果戈理的作品发表后也受到了同时代许多人的不解与攻击，人们问他为什么在《死魂灵》中一个正面答复人物都没有，为什么描写的都是一些庸俗的人物——魔鬼似的人物？果戈理在写给友人的信中用《圣经》福音书中麦

---

〔1〕 果戈理. 与友人书简选［M］. 任光宣译. 安徽文艺出版社，1999 年，第 274 页.
〔2〕 果戈理. 与友人书简选［M］. 任光宣译. 安徽文艺出版社，1999 年，第 274 页.
〔3〕 叶夫多基莫夫. 俄罗斯思想中的基督［M］. 杨德友译. 译学林出版社，1999 年，第 272 页.

子的比喻回答他的朋友们，唯有经历了死才能复活，唯有人们对自己生活的世界有一个清醒的认识，才能经历"炼狱"，才能使灵魂净化进入"天堂"与永恒、真理同在。这就是作家的伟大使命，用创作来引导人们离开"地狱"进入"炼狱"，净化后升入"天堂"。

在《死魂灵》第一部中，果戈理早已时时为人物的灵魂复活作了各种铺垫和暗示。比如，乞乞科夫在梭巴凯维奇那里买农奴的时候就曾经思考过，是什么使他变成那个样子的问题。

> 乞乞科夫由于没事可做，便站在梭巴凯维奇背后对他宽阔的身影仔细研究起来。他望了望他的像维亚特卡矮马似的宽肩，他的像立在人行道上的铸铁桩似的粗腿，不由得暗暗惊叹："哎，上帝真没有亏待你呀！瞧这模样，正是常言说的：裁得糟糕，缝得牢靠！……你生下来就是一只熊，还是偏僻的乡村生活把你变成了一只熊？你是因为常年盘算农事、役使农奴而变成了一个所谓的'拳头'的吗？不对：我想，即使让你受到时髦的教育并且让你飞黄腾达，即使你是住在彼得堡，而不是住在偏僻的乡下，你还会是你，……不，谁要是已经变成了拳头，就再也不能伸直为巴掌！要是伸直了一两根手指，拳头更能坏事。只要他浅尝过一门学问，一旦深据要津，就要在真懂的人们面前充内行。恐怕接着还会说：'让我来露一手吧！'他会闭着眼睛做一些英明的决定，害得许多人叫苦不迭……哎，要是所有的人都是拳头，那还了得！"[1]

虽然乞乞科夫当时觉得梭巴凯维奇是个可怕的"拳头"，但是毕竟思考了他为什么会变成这样的问题。狗熊一样笨拙愚钝、贪得无厌的梭巴凯维奇自己也提出过这样的问题："就拿我的生活来说，这算什么生活？

---

〔1〕 果戈理. 死魂灵［M］. 田大畏译. 安徽文艺出版社，1999年，第141页.

总觉得不大对劲……不好，不好哇。"[1] 他抱怨自己都四十多岁了，连个小病"哪怕嗓子疼，长个疮，生个疖子"什么的都没得过，"这可不是好事！怕什么时候会"倒大霉"的。虽然他知道这种生活不对劲，却不知道为什么，也不知道怎样表达，但他的话里流露出极深的悲哀。梭巴凯维奇的问题听起来有点喜剧味道，似乎他本人也在笑这个问题，但这正是果戈理欲达到的揭示目的——形式上可笑，实质上可悲。不知为什么，梭巴凯维奇在承认这一点时感到伤心起来，而且他的脸也被"另一种光辉"照耀了。梭巴凯维奇的这个问题就像一个复活的种子一样，被果戈理巧妙地种在了这个地方。

第一部中的乞乞科夫，为了收购更多的"死魂灵"，在外省的几个地主中间奔忙，在这种处境中他也开始问"为什么"的问题。在誊写收购的农奴名单时，他自然而然地还把他们当作活人来考量，草拟完文契，"随后他又看了看那摞名单，看了看那些的确曾经是农夫的农夫们的名字；他们做过活，耕过地，酗过酒，赶过车，欺骗过老爷，但也许不过是些本分的庄稼人；这时他心里产生了一种自己也不理解的奇怪的感觉"。除了自己的"钱"途什么都不关心的乞乞科夫竟然注意起名单上农奴曾经拥有的鲜活的生命，"每一张名单好像都有种什么特点，从而使列在上面的农奴似乎也有了本人的特征。……仿佛这些庄稼人昨天都还活着。久久地看着这些姓名，一种恻隐之心油然而生，他叹了口气，说道：'我的天，你们有多少人聚到了这里！我的乖乖们，你们一辈子都做过哪些事？遭过哪些罪？'"[2] "冷却了"的乞乞科夫身上怎么会出现这样的感情呢？他这么一个总是用书上的话，用背得烂熟的"上流社会"的日常用语，用旅店和办公室的陈词滥调作为护身符的人，怎么会发出这种纯粹的、俄罗斯的、满腔悲愤的感叹呢？

他的目光不由得停在一个姓名身上……他又一次忍不住要

〔1〕 果戈理. 死魂灵［M］. 田大畏译. 安徽文艺出版社，1999 年，第196 页.
〔2〕 果戈理. 死魂灵［M］. 田大畏译. 安徽文艺出版社，1999 年，第185 页.

说："嗬，好长，占了这整整一行！你是一个匠人吗，还是个普通的庄稼汉？你是怎么送的命？是在酒馆里，还是睡眼惺忪地走在大路当中，被一辆笨重的大车压过了身？软木塞斯捷潘，木匠，滴酒不沾。啊！就是他，软木塞子斯捷潘，就是那个适合当禁卫军的壮士！我想，你大概腰里别着斧子，把靴子挑在肩头，走遍了全国各省，一顿只吃一分钱的面包，两分钱的干鱼，可是每次回家，钱包里恐怕都装着一百卢布，说不定还把一张一千卢布的大票缝进了麻布裤子或者塞进了皮靴筒。你在哪里丧了命？是为了挣大钱登高去修教堂大厅的拱顶，要不就是爬上了教堂屋顶的十字架，脚下一滑，从十字架横木上啪的一声摔到了地面，只有站在你旁边的一个什么米赫伊大叔挠了挠后脑勺子，说了一句：'唉，万尼亚，你这是何苦啊！'然后他自己系上绳子，去顶替你爬高。"……他把目光转向普柳什金的逃亡农奴名单，继续说："你们虽然还活着，可有什么用，还不是跟死的一样吗，你们的快腿现在把你们带到了哪州哪县？是你们在普柳什金家日子不好过，还是你们自己喜欢在森林里游荡，抢劫过过路人？你们是正在坐牢，还是投靠了新主人，正在耕地？……阿巴库姆·菲罗夫！老弟，你怎么样？你在哪里，正在何方游荡？是否命运把你抛到了伏尔加河旁，你加入了纤夫的行列，从而爱上了自由的生活？……"在这里，乞乞科夫停了下来，心中若有所思。他在思索什么？是在思索阿巴库姆·菲罗夫的命运？还是想任何一个无论年龄、地位、家产如何的俄罗斯人每当想象一种天广地阔无拘无束的生活时，自然而然的那种沉思？

"唉哟哟，十二点了！"乞乞科夫终于看了一下表说。"我怎么磨蹭了这么久？如果做正事也罢了，却是无缘无故地瞎说瞎

想了一气。我当真是个糊涂虫！"[1]

是啊，除了自己的前途什么都不关心的乞乞科夫，竟然会在这里猜想起几个已死农奴的生前生活，而且还猜测了普柳什金逃跑的农奴都在做些什么，时间宝贵的他，还设计了逃跑农奴和警察局长间烦琐的对话，并且"心中若有所思"。尽管这样的猜想和思考不是经常性的，主人公也没有对此进行更深的追问，但这却是作家有意为人物灵魂的苏醒作的铺垫。

在小说的结尾处，在那许许多多的死人（长诗第一版的封面上果戈理亲手画了为数众多的骷髅）之外，又加上了一个——这就是那位检察官。检察官经受不住乞乞科夫所带来的各种"议论、见解、传闻"的压力和整个生活的震荡，被活活地吓死了，"这似乎是《钦差大臣》中哑场的继续，这是导致死亡的麻痹，而且，这也是他在读者眼中的复活，尽管这种复活显得如此反常"[2]。在死亡到来之前，这个人身上是没有灵魂的。直到他"坐着坐着，往前一栽，就趴倒地上了"。他的亲人发现"检察官已经是一具没有灵魂的躯壳了"。"只是这个时候，人们才万分悲痛地得知了，死者的确是有过灵魂的，虽然由于谦逊的缘故他从来没有显示出来。……左眼已经一眨也不眨了，但是一边的眉毛还在扬着，显出一种疑问的表情。死者在问为什么，是问他为什么死的还是问为什么活的，这就只有上帝才知道了。"[3] 检察长不是生前是个活的灵魂，而是死后，才被人们看到他的灵魂，他才扬起眉毛问上帝"为什么"的问题。这就是果戈理眼中的复活，是麦子落到地里死后才能结出许多籽粒来的复活。这一结尾也预示了《死魂灵》第二部的主题，灵魂要苏醒并复活。

《死魂灵》第二部的开头与第一部大不相同。第一部乞乞科夫进入了省城 N 市一家旅店的院门——一家没有什么特别的旅店，然后是探访省

〔1〕　果戈理. 死魂灵〔M〕. 田大畏译. 安徽文艺出版社，1999 年，185 – 189 页.

〔2〕　佐洛图斯基. 果戈理传〔M〕. 刘伦振等译. 天津人民出版社，1982 年，345 – 346 页

〔3〕　果戈理. 死魂灵〔M〕. 田大畏译. 安徽文艺出版社，1999 年，第 273 页.

城的头头脑脑。小说的叙述视角采取的是平视。第二部则是以一种俯视视角展开叙述的,作者从坚捷特尼科夫的庄园坐落的高处和阳台上往下看:"蜿蜒的群山,绵延千里……群山的最高处,有一面陡峭的山坡,密集的树木把它装点得郁郁葱葱……仰视很美,但俯瞰的景致,从屋顶阁楼眺望平原和远方,更要好看。站在阳台上,哪个客人和来访者都不能无动于衷。他会激动得喘不过气,他只能说出一句话:'上帝啊,这里是多么的开阔!'一望无际的大地"[1]。第二部开头的抒情笔调是对第一部末尾的衔接与呼应,在整个第二部中,乞乞科夫的旅途不再碰到雨绵绵、黑沉沉的夜晚,不再是俄国道路上的泥泞和水洼,而是永远那么明晃晃的天空,整个第二部一直保持着这种晴和的天气,就是在这样的基调下,乞乞科夫们的灵魂开始一点点地复苏和觉醒。

《死魂灵》第一部的重心是描写人的卑贱,第二部描写的重心是展现人性复活的过程。果戈理展现人的卑微庸俗,是为了向人们提出,人不应该这样卑污地活着,人类应该有一个美好的未来,人可能沾染污秽与罪恶,但可以通过信仰来清除灵魂中的污秽和罪恶,走向善与美,实现人性的复活。穆拉佐夫劝导赫罗布耶夫为上帝服务,到各地为筹建教堂募捐。赫罗布耶夫"开始苏醒过来,萌生了一线自己可以挣脱悲惨绝境的希望,光明开始在远方闪烁"。果戈理还暗示,最后连普柳什金也要走向复活,成为高尚纯洁的人,"他应当几乎是从自己毁灭了的灵魂的地窖里,从它的某个秘密的地下室里,向读者和他本人呼吁恢复他那被葬送了的生活和熄灭了的良心"[2]。

在第二部中,乞乞科夫的觉醒是从更深的堕落开始的,他从事的主要是一些非法勾当——骗取赫罗布耶夫的姑妈哈纳萨洛娃三百万卢布的遗产,"有钱的夫人死了,没有留下聪明而又公正的遗嘱。想发财的人从四面八方都飞来了"。乞乞科夫勾结法律顾问伪造了富婆的遗书,但这样的勾当还是被人发现了,他以前的历史都随之被暴露出来,包括他购买

〔1〕 果戈理. 死魂灵〔M〕. 田大畏译. 安徽文艺出版社,1999 年,319-320 页.
〔2〕 佐洛图斯基. 果戈理传〔M〕. 刘伦振等译. 天津人民出版社,1982 年,第 630 页.

死农奴的罪证和在海关走私、偷运的事。总督把沉浸在发财幻想中的乞乞科夫投进了监狱，"和最坏的恶棍和强盗一起……这还是仁慈的"，因为他"比他们坏好几倍……应受鞭刑和流放西伯利亚"。在第二部中，果戈理表现了乞乞科夫的覆灭，不是指它的非法勾当的破灭，不是他计谋的失算，不是他的希望再次成为泡影，而是他丑恶内心世界的覆灭。他伪造遗嘱，与法律顾问暗中勾结，好像他还是那样狡猾恶劣，但内心的崩溃已经开始了，他已经没有足够的意志像在行政机关和海关任职失败时那样有勇气把"事情进行到底"了。

在狱中，乞乞科夫丧失了一切的希望，极度痛苦。这时，早就知道乞乞科夫所为的包税商穆拉佐夫来搭救他。穆拉佐夫告诉他，只要他能离开季夫斯拉夫尔城，"在一个安静的角落，选择一个靠近教堂和善良的普通人的地方，定居下来……忘却这个喧闹的世界和它的一切诱人的享乐……"，开始重新生活，救赎他出狱。"乞乞科夫沉思起来，某种奇怪的东西，某些以前所不知的、生疏的、自己无法解释的感觉出现在他心头：某种东西似乎想要在他身上苏醒；严厉死板的训诫，枯寂童年的冷淡，家园的破败，无家的孤独，初始印象的贫陋，透过积雪的昏暗的窗口沉闷地瞥过他一眼的名媛之神的严峻目光，从童年起就压抑了的这种感觉……'不，够了！'他终于说，'应当过另一种生活。当真该规规矩矩做人了。'"[1]

从这里可以看出，乞乞科夫虽然还是原来那个头脑灵活、善于钻营、一心想发财的乞乞科夫，但他的性格中出现了新的特点，他的某些东西复苏了，开始思考灵魂的问题了，他承认自己"愚蠢"，他明白自己"在追逐空虚的东西"。穆拉佐夫开导乞乞科夫说："我总在想，倘若您能以同样的力量和耐心投身于善良的劳动，追求美好的目标，您会成为一个怎样的人！倘若热爱行善的人们当中有谁能够付出像您为获取每一戈比所付出的这样多的努力！……能够为行善而牺牲自己的自尊和虚荣，像

---

〔1〕 果戈理. 死魂灵 ［M］. 田大畏译. 安徽文艺出版社，1999 年，453－454 页.

您为获取每一戈比时这样不吝惜自己！……"〔1〕乞乞科夫自己也觉得"我具备节俭、勤快、精明甚至坚持不懈的品格。我觉得是有的，只要我决心这样做"。他天生具有顽强的意志和坚强的品格，如果把这些品质应用到好的方面去，是能够创造出奇迹来的。乞乞科夫开始渐渐觉醒："快乐真的是在劳动中……没有什么比自己劳动的成果更甜美的了……不，我要从事劳动，我要在乡下定居，我要诚实地做事，以便对别人也产生点好的影响。怎么，我当真是一个完全不中用的人啦？我有经营产业的能力；我有节俭、勤快、精明甚至坚持不懈的品格。我觉得是有的，只要我决心这样做。现在我才真正清楚地感到人在世界上的某种义务，那是他应在他被置于的地点和角落履行的……"〔2〕

在小说的结尾，乞乞科夫发出了"兄弟，救救我！"的呼喊。"大人，我是个卑鄙的小人，我混蛋透顶，……我也是人哪！"在这里，我们仿佛听到了《外套》中那个小官员的呼喊——"我是你的弟兄！"

在第二部中，乞乞科夫给将军讲了一个"黑不溜秋的人"和"白白净净的人"的笑话。这与《与友人书简选》的最后一章《光明的复活》中的观点是呼应的。"这么多的卑鄙下贱之徒之所以出现，大概是因为出类拔萃的人们冷酷无情地疏远了他们，并且让后者变得更加冷酷。忍受对自己的鄙视可不容易啊！天晓得，有的人也许完全不是天生的无耻之徒；也许，他那可怜的心灵无力抵抗各种诱惑，他一直请求并祈求帮助，并心甘情愿地去亲吻那个出自内心的怜恤、在他处于人生绝境时给予他支持的人的双手和双脚。也许，给予他的一点点爱就足以让他回到正确的道路。难道用爱的办法打动他的心困难吗！……仿佛天性在他身上已经如此麻木不仁，以至于唤不起他心中任何的感情了，然而就连强盗对爱也会表示感激，就连野兽也记得他那只抚摸的手！"〔3〕果戈理在这里表达的观念是耶稣山上圣训的教导——"你们若单爱那爱你们的人，有什

---

〔1〕 果戈理. 死魂灵［M］. 田大畏译. 安徽文艺出版社, 1999 年, 第 452 页.
〔2〕 果戈理. 死魂灵［M］. 田大畏译. 安徽文艺出版社, 1999 年, 第 454 页.
〔3〕 果戈理. 与友人书简选［M］. 任光宣译. 安徽文艺出版社, 1999 年, 第 270 页.

么赏赐呢？就是税吏不也是这样行吗？你们若单请你们弟兄的安，比人有什么长处呢？就是外邦人不也是这样行吗？"（马太福音：5：46—47）有罪的人更需要关怀和爱，他跌倒了，只有爱才能扶起他，果戈理满怀怜悯地呼吁，要爱"黑不溜秋的人"，用上帝对人类的爱来爱自己的弟兄，用爱来拥抱他，使他站起来重新向善。

那么，乞乞科夫在朝什么方向转变呢？他自己和作者暂时都还不十分清楚。"这是先前的乞乞科夫的废墟。他的内心状态可以比做为建新屋而被拆除的旧屋；旧屋拆了，新屋还没动工，因为建筑师没送来图纸，工人们束手无策。"从这里可以看出，丑恶的内心世界被颠覆了，被拆除了，但"旧建筑"的摧毁过程是逐渐进行的，"新建筑"也不能一下子建成。穆拉佐夫无法用语言来彻底改变乞乞科夫，虽然乞乞科夫听了穆拉佐夫劝导的话备受感动、悔恨并撕破了自己时髦的硝烟色的燕尾服，可没过几分钟，"一些诱人的事物又开始浮现在他眼前：晚间的剧场，他追逐过的女舞蹈演员。农村和安静变得模糊暗淡了，城市和喧闹重新变得鲜明清晰了……"动摇并拆毁"旧建筑"的根基，使灵魂复活，这个过程是非常困难的。乞乞科夫自己也承认："不，晚了，晚了，……不，我受的不是那样的教育。……对于罪恶我没有强烈的厌恶……我缺乏像对财富那样强烈的乐于为善而孜孜不倦的渴望，说句真心话——我是无能为力啊！"但同穆拉佐夫的谈话使乞乞科夫真诚地感觉到并想起了什么，这就是果戈理所认可的灵魂的苏醒与复活，灵魂净化的过程，只是这个过程进行得很艰难。

我们从果戈理《死魂灵》第一部和第二部，看到了果戈理对人物复活的准备和铺垫。在第二部中人物确实是苏醒了，使人们看到了炼狱的净化，但是究竟应怎样净化，人物复活的过程如何，因为作家的焚稿和早早的去世，读者没能看到灵魂复活的详细过程及复活后人物的行动、思考与选择。按照果戈理的设想，还有《死魂灵》第三部，使每个人都能进到上帝的国度——天堂，人间天国降临世界，整个世界是个充满上帝荣光的幸福世界，但由于果戈理的这个设想太理想化了，就连"像白天一样给人们指明"走出地狱，经由炼狱净化的道路都没能成功，所以我们只能看到果戈理这一设想的残稿。

第二节 "有目的"的无目的漫游
——情节的象征含义

在果戈理笔下，从叙述者"我"的叙述中，我们看到了迅速变换奇异景象的涅瓦大街；从坚捷特尼科夫的求学和谋职经历，我们看到了俄罗斯的学校教育和彼得堡的文职官员；跟随乞乞科夫和赫列斯塔科夫的脚步，我们看到了外省的乡村风貌、各式地主和大小官员……果戈理通过人物的漫游让我们看到了一个清晰的俄罗斯，让读者的心灵追随人物的脚步在俄罗斯的大地上游历、感受、思考。漫游是果戈理小说和戏剧情节结构的重要特征。

果戈理作品中的大部分人物，不是生活在自己的家乡，而是在外游历追求自己的梦想，处于"有目的"的无目的漫游状态。"有目的"是指主人公想要寻找他自己认为的幸福生活；无目的是指为了实现自己的目标，他们"像苍蝇"一样四处游走，没有一个明确的目的地。在彼得堡花光了所有钱的赫列斯塔科夫[1]，路过一个县城时被当作钦差大臣，这给他的旅途增添了滑稽、奇异的色彩。"回家"是他旅行的目的，但是无论到哪里，他都要停下来结交朋友、赌钱、打牌、"享受"，不知道什么时候能回到"家"。与之相反，乞乞科夫最大的目标就是"攒钱"，他由衷地认为，"有了钱，世界上没有做不到的事，没有穿不透的墙"。乞乞科夫先后在税务局和海关供职，因为贪污失去公职后，又在外省到处购买"死农奴"作贷款抵押。为了能积攒更多的钱，乞乞科夫漫游在俄罗斯的大地上四处寻找赚钱的机会。《外套》中的阿卡基·阿卡基耶维奇是

---

[1] 赫列斯塔科夫的名字在第一稿时叫伊万·亚历山大罗维奇·斯卡库诺夫，"斯卡库诺夫"这个姓来源于 CKAKYH，即"跑来跑去的人"。

"某个司里的一个小官员"，最初，他的生活是静止的，他全部的生活就是抄写文件，"除了抄写之外，对于他来说，一切仿佛都不存在"，但是外套被抢走后，他郁郁而死，之后成了一个幽灵，游荡在卡林金桥畔，寻找生前被抢走的外套。果戈理作品中出现大量漫游的情节也和他自身的经历有关，他的一生也是在不断的漫游中度过的。

　　果戈理八岁的时候就被送往波尔塔瓦上了县立小学，毕业后又在涅仁读完了高级中学。1828 年，年仅 19 岁的果戈理怀着为祖国效力的梦想来到了彼得堡。在彼得堡当了两年的文官后，又来到了莫斯科。在彼得堡当了一年历史学教授失败后，他把写作当作了自己一生的事业。从 1836 年到果戈理去世前，果戈理两次出国，并旅居国外近 9 年。1848 年回国时，他从沙皇那里获得了周游东方的护照。从意大利出发，途经墨西哥、马耳他、土耳其等国家，并特意朝拜了他向往已久的圣地——耶路撒冷，最后才回到了俄罗斯。果戈理喜欢旅行，喜欢在旅途中思考，在旅途中积累写作的材料，寻找创作的灵感。传记作家佐洛图斯基写道："在旅途中思考，这是果戈理的脾气和习惯。旅途从小就是他散心的好机会，在这个时候，他的眼睛活动得特别紧张，那些不熟悉的词句、面孔、装束、风景和从身边晃过的村庄的面貌，也都在这个时候被匆匆地铭记下来。旅途似乎把果戈理从通常状态中拉了出来，在他的眼前改变这世界，用它那种更新和改变事物的本领牢牢地吸引着他。旅途的情节就其本身来说乃是果戈理的根深蒂固的情节（要么是他作为一个赶路的人出现在故事中，要么是他的主人公在去某地的途中），但旅途也是他生活的哺育者和鼓舞者。在旅途中，他快乐、清新、活跃……"[1] 果戈理对旅行的喜爱有时直接写在了作品的抒情段落中。"旅途二字有着多么怪异，多么诱人，多么令人心驰神往，多么美妙的含义！而它本身又是多么的神奇；晴空，秋叶，凛冽的空气……裹紧旅行的外套，往耳朵上拉低了皮帽，更贴紧、更舒适地朝车厢犄角一靠！最后一次的寒颤通过了四肢，

---

〔1〕 佐洛图斯基. 果戈理传 ［M］. 刘伦振等译. 天津人民出版社，1982 年，第 254 页。

随之而来的是惬意的温暖。马儿在奔跑……明月，陌生的城市，教堂和它们古老的木造穹顶及发黑的尖端，乌暗的原木房屋和白色的砖石房屋。明月遍洒着清辉：墙面，路面，街头，仿佛挂满了洁白的亚麻布头巾；乌黑如炭阴影，在头巾上划出一道道的斜纹；在月光的斜照下，木板铺成的房顶熠熠发亮，倒像是闪光的金属；……一觉醒来，眼前已经又是田野和草原，四周空无所见——到处是荒无人烟，一切都袒露无遗。……天已破晓；在泛着鱼肚白的寒冷的天际现出一带淡淡的金色；风变得更凉更硬了：裹紧你的暖的外套！……多么惬意的寒冷！多么奇妙的重新进入美梦！……太阳升到了天顶。'小心！小心！'你听见有人在喊；马车正驶下陡坡；下面是一道宽宽的堤坝和一泓宽宽的清澈见底的池水；阳光下明晃晃的池塘，像铜盆的平底；一个村落，散落在山坡上的农舍；村里教堂的十字架像一颗明星似的在一旁闪烁；……上帝啊，遥远遥远的旅程，你有时竟是多么美好！多少次，当我面临着灭亡和沉没，我曾向你伸出求援的手，而你每次总是仁厚地把我拉起，把我拯救！在你的道路上，产生了多少神奇的构思、诗的梦幻，感受过多少美妙的印象！……"[1]。果戈理的这种漫游、游历情结投注在他的创作中，许多作品中出现了漫游情节。作品的这种情节是通过人物的漫游来实现的，也是果戈理对人物的一种塑造和期望。圣徒式的人物穆拉佐夫在劝勉赫洛布耶夫时这样说："……没有一条道怎么行；不沿着道怎么走路；不在地面上怎么行车；不在水面上怎么行船？生活就是旅行。……嗯，假定说他们像谁都可能的那样无意间拐上了岔道，那还是有碰上正道的希望的。只要走，就会到什么地方；就会有碰上正道的希望的。但是一个人待着不动，他能碰上什么路？路不会自己来找我"[2]。是啊，生活像一场漫长的旅行，只有去经历了才真正知道生活的滋味，才知道该走哪条路！

当代学者 G. M. Schweig 在谈及象征与意义之关系时，指出，"象征是

---

[1] 果戈理. 死魂灵 [M]. 田大畏译. 安徽文艺出版社, 1999 年, 第 287 页.
[2] 果戈理. 死魂灵 [M]. 田大畏译. 安徽文艺出版社, 1999 年, 438–439 页.

意义世界的汇流交织。任何象征的结构可以传达给人们许多意义"[1]，果戈理小说的漫游情节不仅帮助读者对俄罗斯的风貌有更为清晰的认识，其象征意味也很丰富：它一方面象征了个体生命历程，对幸福生活的追求；另一方面是指对俄罗斯民族出路的寻求，即俄罗斯向何处去的问题。

一、个体生命历程的象征

果戈理作品中的漫游情节是通过人物的漫游来实现的，作品中的主人公大多带有庸俗气质。他们一心渴望过上幸福的日子，也要过上舒服的日子。为了自己的目的能够实现，人物开始了"有目的"的漫游，在他们看来，用什么方式，做什么工作都不重要，重要的是实现他们认可的幸福生活目的。

漫游情节在《死魂灵》中得到充分的体现并成为主线。乞乞科夫绞尽脑汁地在外省结识城里的官员、逐一走访乡村地主们，就是为了购买保留在户籍上的"死农奴"，以此为抵押向政府借得大笔贷款，大发横财，过上金钱富足的生活。

乞乞科夫被果戈理"套在车上"向我们走来。他"出生在一个默默无闻的寒微之家，父母是贵族，但没有人知道是世袭的还是个人的。他长得不像父母……生活对于他，一开始就是灰暗的，不舒适的，像是通过积雪的模糊不清的小窗户看到的什么东西：童年时代没有一个朋友，没有一个伙伴！一个小房间，几扇冬夏都不开的小窗户，病病歪歪的父亲穿着羊羔皮里子的长外衣，赤脚趿拉着绒线拖鞋，成天唉声叹气地在房间里走来走去"。小乞乞科夫每天做单调而无聊的习字练习，并且不许有一点点的调皮行为。这是乞乞科夫依稀记得的早期童年生活的惨景。他记得在"一个大地初暖、春水泛滥的日子"，小乞乞科夫被父亲送到了城里读书。在城里父子分别的时候，父亲虽然没有流泪，但是给了他影

〔1〕 Grabam. M. Schweig, "Sparks from God: A Phenomeological Sketch of Symbol", In Psychoanalysis and Religion. eds. Joseph H. Smith and Susan A. Handelman（Baltimore: Johns Hopkins University, 1990）, p. 190.

响一生的教诲和终生的信条："好好念书，别胡闹，别调皮，更要紧的是要讨师长们欢喜。哪怕功课不行，哪怕上帝没给你才能，照样会一帆风顺，跑到所有人前头。不要跟同学交往，他们不会教你好事；如果非交往不可，也要交那些阔气点的（朋友），到时候可能用得上的。不要花钱请客……最好做到老让别人请你；顶要紧的是一分一分地省钱，攒钱：这东西比世界上什么都可靠。同学、朋友会骗你，遇到灾难会头一个出卖你，而钱这东西不会出卖你，不管你遇到了什么灾难。有了钱，世界上没有做不到的事，没有穿不透的墙。"从此乞乞科夫再也没有见到父亲，但是父亲的教诲却在儿子的灵魂里深深扎下了根。乞乞科夫"是从父亲'一分一分地省钱，攒钱'这句话里获得了教益。但他并不是爱好金钱本身，为攒钱而攒钱；支配他的不是守财奴的天性和悭吝者的心理。不，那不是他的动机，他是在憧憬着未来的荣华富贵：高车，华屋，美食——这才是他朝思暮想的东西。……所有能令他想到荣华富贵的东西，都会在他心里产生一种他自己也理解不了的印象"[1]。他的一切都是为获得而行动着。毕业后马上找到了一个税务局的工作。虽然工作卖力但"仕途仍然很艰难"，他的上司和一块石头一样怎么讨好都"丝毫没受到注意"。后来装作要娶上司"有一张半夜碾过豌豆的脸"的女儿，赢得了上司的帮忙当上了股长。以后一路顺利谋到了一个"有油水"的位置，并进了建筑委员会，但是因为贪污，遭到新来上司的盘查，职务和财富都没有了。但是乞乞科夫并不气馁。"'这有什么呢！'乞乞科夫说，'钓上了——落着了，钩脱了——拉倒了。哭鼻子没用，要行动才行'"。于是他坚强且耐心地承受着这一切的打击，不管曾经多么自在和舒服，他决心从头做起。

"我们的主人公承受着一切，坚强地承受着"，后来他终于谋到了"梦寐以求"的海关职位。"他对这份工作干得异常热心。仿佛他生来就是要当一名海关官吏的。那种麻利，那种敏锐，那种洞察力，不仅没人

---

〔1〕　果戈理. 死魂灵［M］. 田大畏译. 安徽文艺出版社，1999 年. 289 - 290 页，294 页.

见过，甚至没人听说过。"很快，他成为海关业务上的熟手，可以是说无所不知了。检查时的敏锐、精确无人能比，甚至"连上司也说他是一个魔鬼，而不是人：在车轮里，在辕杆里，在马耳朵里，在任何作者都不会有探看的想法而只允许海关官员探看的那些天知道的地方，他都能搜出东西来"。乞乞科夫靠着"清白和廉洁"再次获得上司的提拔，得到了官衔。有了官衔以后，他和走私分子勾结，又获得了大批财产，又过上了"高车，华屋，美食"的生活。但是因为走私的事情败露，乞乞科夫虽然没落得"身败名裂的下场，而且还逃脱了刑事审判。但是大笔的积蓄、各种外国玩意儿，一样都没有给他留下；这些东西找到了另外的爱好者。他保住了藏下来以备不虞的万把卢布，还有大约两打荷兰衬衫，还有一辆不大不小的单身汉乘坐的轻便马车，还有两个农奴马车夫谢利凡和仆人彼得卢什卡，还有海关同事们出于善心给他留下的五六块保持脸蛋鲜嫩用的肥皂，仅此而已……"[1] 但是"经过了这样一些风暴、考验、波折和痛苦"，乞乞科夫没有"躲到一个小县城的平静偏僻乡间，永远蔫在那里"。乞乞科夫身上不可理解的激情没有熄灭，脑子里"总转着个要东山再起的念头，只欠一个具体的计划"。偶然的机会，他得知可以把"人丁普查册"上已经死了的农奴作抵押，向政府贷款，于是乞乞科夫为了取得死农奴的名单，骗取政府的大笔贷款，又开始了他的拼搏，游走在俄罗斯外省乡村。"他假装是为了选择定居地，以及在其他借口下，深入我国不同的角落，主要是因不幸事故、歉收、大批死人等而遭到最严重损失的地方——总之，就是那些可以比较方便比较便宜地买到所需农奴的地方。他不是贸然地去找一家地主，而是选择比较合自己口味的，或者认为和他做这种交易困难较少的；力求事先结识，获得对方的好感，以便尽可能更多靠友情而不是靠买卖得到农奴。"[2] 乞乞科夫在旅途中——拜访了五位地主，除了女地主和普柳什金之外都是他计划好的，都是在 N 市打过交道的，地主马尼洛夫免费送给了乞乞科夫已死的

---

〔1〕 果戈理. 死魂灵 ［M］. 田大畏译. 安徽文艺出版社, 1999 年, 300 - 304 页.
〔2〕 果戈理. 死魂灵 ［M］. 田大畏译. 安徽文艺出版社, 1999 年, 306 - 308 页.

农奴，通过他的游说又从普柳什金那里免费获得一百多个已死农奴的所有权。

在《死魂灵》的开篇，乞乞科夫带着两个农奴，坐着他的轻便马车来到了N省，拜访了省城里的头头脑脑们，获得了城里官员们的青睐。随后他先后拜访了"表情发甜甚至发腻了"的马尼洛夫；愚钝得像个"稻草人"的女地主柯罗博奇卡；爱撒谎、赌牌且心术不正的诺兹德廖夫；粗鲁笨拙、熊一样的梭巴凯维奇；守财奴普柳什金。得到了四个地主的"死农奴"名单回N城后，因为女地主进城打听死魂灵的价格和诺兹德廖夫的宣传，事情败露后逃离了这个城市。到了第二部，乞乞科夫继续收买"死农奴"，后来因假造一个富婆的遗嘱，马上就要获得几百万卢布的遗产，但事情又败露了，并且进了监狱。总督打算把他发配到西伯利亚，但在包税商穆拉佐夫的帮助下，他重新获得了自由，但这时，他不再像前两次那样，决定东山再起，而是"该走另一条路了"。

这种漫游的过程正是个体生命历程的象征。表明人就是在不断的追求与失败中度过这一生的，根本没思考过灵魂的事情。这表明了果戈理的一个观点：这些庸俗人追求的幸福目标是无意义、无价值的，是虚妄的。乞乞科夫三次的拼搏都失败了。他"被财产完全蒙住了眼睛！由于它"，乞乞科夫完全听不到他"可怜灵魂的声音"，灵魂正表明生命的意义和价值。不关注灵魂的需要，而是在乎肉体的满足，在短暂的尘世进行的一切努力和打拼是没有意义的，这正像《圣经》中上帝的训诲，"若不是耶和华建造房屋，建造的人就枉然劳力；若不是耶和华看守城池，看守的人就枉然警醒。你们清晨早起，夜晚安歇，吃劳碌得来的饭，本是枉然；惟有耶和华所亲爱的，必叫他安然睡觉"。（诗篇127：1－2）《诗篇》39章6节经文又明确地说，"世人行动实系幻影。他们忙乱，真是枉然"。人如果不在上帝面前思考生命的意义，不听从上帝所赐给人的"灵魂"的声音，不在上帝的恩典下生活，一切都是枉然的、是虚妄的，正如奥古斯丁所言，"不论人的灵魂倾向于何方，只要不是向着上帝，就离不开痛苦"。

在《死魂灵》第二部中，乞乞科夫内心的某些东西似乎被唤起来了，他认为，"我们愚蠢，我们在追逐空虚的东西……现在我才真正清楚地感到人在世界上的某种义务，那是他应在他被置于的地点和角落履行的"[1]。乞乞科夫觉察到了他在世的义务——快乐地劳动，并相信这是世界的主宰——上帝给他的职责，他要"立刻走上另一条道路了"。乞乞科夫的苏醒是作者对他的召唤，也表明了作者的一个观点，人要通过信仰净化灵魂，重新成为一个"复活者"，有灵魂的人生活才有意义，才会与上帝和好，末日时才会和上帝在一起。

二、民族出路的象征

19世纪初正是俄罗斯寻求民族出路最紧迫的时期，他们一直在寻求民族复兴之路，但是关于俄国文化属于西方还是东方的问题一直争论不休。俄罗斯从彼得大帝开始一直向西方学习，企图学习西方的先进文化以达到民族强盛的目的。但是关于民族文化归属问题一直困扰着这个民族。首先我们来看看"东方"和"西方"的含义是什么。

众所周知，俄国大约有2/3的领土位于亚洲，从地理位置上看，它当然处于"东方"。但我们这里所说的"东方"，所指的并非亚洲，而是指欧洲的"东方"；"西方"所指的自然是欧洲的"西方"。为什么这样划分呢？因为，如前所述，俄国在古代，除宗教方面外，几乎处于同西方世界相隔绝的状态。但自988年俄国从拜占庭接受东正教以后，它与拜占庭的关系便相当密切起来。而拜占庭并非亚洲，它的领土包括巴尔干半岛、小亚细亚、地中海东南岸地区。须知，历史上的欧洲的概念与现在的地理位置并不完全相同，它在3000年以前产生在地中海的最东端。因而，拜占庭的文化完全是产生在欧洲的希腊文化和

---

〔1〕 果戈理. 死魂灵［M］. 田大畏译. 安徽文艺出版社，1999年，第454页.

基督教文化的基础上。把拜占庭理解为东方，也只能理解为欧洲的东方，而欧洲的东、西方文化又是一个整体的两个部分，并不是截然相异的对立面，其统一性是由内在的精神文化遗产所决定的。当然，不能否认，在拜占庭的文化中也不无亚洲和真正东方的因素，但同西欧比起来，这些因素显然是多得多，而且它们并不处于拜占庭文化的中心，而只在其外围，起着次要的作用。

这样一来，俄国从宗教文化开始接受的拜占庭文化的影响，当然主要是希腊和基督教文化的影响，即便这其中包含着某些亚洲文化，也是经过希腊、基督教的艺术趣味和审美观的改造以后演化了的亚洲文化。诚然，由拜占庭传入俄国的欧洲文化，本质上是东欧文化，与西欧文化是有区别的。造成这种差别的原因有很多，其中之一是拜占庭的基督教有别于西方的基督教；而俄国通过拜占庭接受的希腊罗马文化同西方直接从罗马接受的希腊罗马文化也有所不同。

由此我们可以得出结论：俄国古代文化的特点总体而言属于欧洲基督教文化，是欧洲古典文化的继承者。在古罗斯的艺术、文学和宗教文化中，亚洲影响之微弱几乎与彼得大帝改革以后毫无差别。当然也必须承认，在一些方面，古罗斯也从波斯、印度或中国吸收了一些东西，但这不足以使俄国的文化成为亚洲文化。[1]

在金亚娜女士的论述中，我们对俄罗斯到底是属于"东方"还是"西方"的问题有了明确的认识，俄国文化属于"东方"，是欧洲的"东方"，是受希腊文化和拜占庭基督教文化影响下的"东方"，而不是亚洲意义上的"东方"。既然俄罗斯和西欧都属于欧洲文化，那它们又

---

〔1〕 金亚娜. 俄国文化研究论集［M］. 黑龙江教育出版社，1994年，1-2页.

有什么区别呢？

　　虽然俄国文化属于欧洲文化，但由于俄国的文明兴起较晚，它的文化还没有欧洲其他国家发展得那样快。就是说，俄国需要在保存本民族传统的前提下，引进西方文化，以促进其自身文化的发展。彼得大帝于17世纪末起进行的一系列改革为此拉开了序幕。这个伟大的改革家打开了俄国同西方交往的大门，结束了俄罗斯闭关锁国的状态。西方文明开始进入俄国，俄罗斯迅速地"欧化"了。它在政治、经济、哲学、自然科学和文化的其他领域都受到西欧的巨大推动和冲击。哥白尼、伽利略的学说进入俄国；法国启蒙主义哲学、德国古典哲学，尤其是谢林和黑格尔的哲学、英国的唯物主义哲学等在俄国广为传播，对俄罗斯的巨大影响尤其突出地表现在艺术文化方面。……文化艺术的"欧化"在叶卡捷琳娜二世执政时期可以说达到了顶点。她从西方请来许多雕塑家、营造师、工程师等，在俄国从事艺术创作和城市建筑，还从法国请来著名雕塑大师凡尔孔奈，在涅瓦河畔请他为彼得大帝雕筑了一尊举世闻名的青铜雕像。此外，叶卡捷琳娜二世还派许多画家到罗马去留学，学习意大利文艺复兴时代的绘画，如乔托、拉斐尔、乔尔乔内等大师的技法。……这些西方的宫廷艺术和贵族的艺术虽然有不少是范型化或城市化的，但不能否认，它们的高雅趣味、精湛技艺和形式美对俄罗斯艺术的提高和发展有着相当大的积极影响。但是，由于彼得大帝的改革的急剧性和强制性，改革初期俄国的传统文化受到了极大的冲击，一切都被"欧化"了，崇拜西方成为一种时尚。一个最明显的例证是连俄语都受到了西方语言的破坏，失去了原有的纯洁性。诗歌等文学创作所受的冲击更不消说了。但俄罗斯人毕竟是有天才和独创性的民族，并没有长时间盲目地拜倒在西方人的脚下。他们在接触西方文化以后，逐渐意识到本民族文化的特色优越之处，也意识到它在欧洲文化中同样应占一席适当的位置。[1]

俄罗斯文化虽然属于欧洲，但是由于俄罗斯文明发展较晚，相对于欧洲其他国家文化发展得比较慢，于是就要向西方学习引进西方先进文化。彼得大帝的一系列改革是向西方学习的开始，到叶卡捷琳娜二世时期"欧化"的程度更是达到了顶点，但是在西向方学习的过程中，俄罗斯传统文化也不同程度地受到了破坏，特别是文学更是像西方文学面前羞怯的小女生，直到 18 世纪末 19 世纪初，俄罗斯文学还在翻译和仿照西方文学。但是俄罗斯"毕竟是有天才和独创性的民族"，"对西方开放不久以后，俄罗斯人开始了自己富有民族精神的卓有成效的探索。例如，到十九世纪，他们已创立起自己独具一格的哲学思想体系和自己的艺术文化。"[2]

果戈理生活的时代，正是俄罗斯民族迫切寻求兴盛之路的时期，俄国的知识界正在如火如荼地讨论该如何对待西欧文化问题。作为作家的果戈理虽然没有那么直接参加论战，但是他用他的作品表达了他的观点。他作品中的漫游情节正是果戈理寻找民族出路的象征，渗透了作者对民族出路的追问与探索。

在《死魂灵》第一部的结尾，乞乞科夫架着三套马车出逃，果戈理写到："哦，三套马车！飞鸟般的三套马车，是谁发明了你？看来，你只能产生于一个勇敢的民族，产生于一片不爱小打小闹地伸延了半个地球的国土，你去数它的里程标吧，眼花了你也数不清。它似乎也不是什么精巧的交通工具，不是用铁螺丝拧拢的。而是一个麻利的雅罗斯拉夫庄稼人用一把斧子一根凿子三下两下把你做出来拼起来的。车夫穿的不是德国喇叭口长筒靴：他只有一脸大胡子，一副连指的大手套，鬼知道他是坐在什么上；只见他身子一欠，鞭子一扬，歌子一唱——马儿们跑起

〔1〕 金亚娜. 俄国文化研究论集［M］. 黑龙江教育出版社，1994 年，3－4 页.
〔2〕 金亚娜. 俄国文化研究论集［M］. 黑龙江教育出版社，1994 年，第 4 页.

来，像刮起了一阵旋风，……道路被震得猛然一颤，驻足的行人发出了一声惊喊——你瞧，它飞走啦，飞走啦，飞走啦！……你已经只能远远地看到，一个黑点在扬起灰尘，在风驰电掣地向前。"[1]

"三套马车"象征着什么，随后作者就给了回答。"俄罗斯，你不也像勇敢的、不可超越的三套马车一样飞驰着吗？道路在你的轮下黄尘滚滚，桥梁在你的轮下隆隆轰鸣，一切都落在后面，一切都留在后面。被上帝的奇迹所震惊的观看者停住了脚步：这莫不是一道天空抛下的闪电？这种令人心惊胆战的运动意味着什么？在这些世所未见的马儿身上蕴藏着怎样一种神秘莫测的力量？哦，马儿，马儿，是一些怎样的马儿呀！……那受着上帝鼓舞的三套马车！"奔腾着的三套马车象征着前进着的俄罗斯，寻找出路的俄罗斯。"……俄罗斯啊，你究竟在向何处飞驰？给我一个回答吧！它不回答。丁当地响着奇妙的铃声；空气在耳边呼啸，它被撕成碎片，它变成一股狂风；大地上所有的一切都在两边闪过，其他的民族和国家全都斜视着它，躲到一旁，给它让开大路。"[2]乞乞科夫乘坐的飞驰的三套马车，不仅是他漫游的工具，也是俄罗斯的象征，果戈理在这里提出了当时俄国知识分子关心的问题——俄罗斯的出路在哪里？

乞乞科夫的漫游是"有目的"的——为了寻找民族出路，但在一定意义上又是无目的的，因为作者也没想好怎样实现这一目的。这样，果戈理带着乞乞科夫在外省的乡村、城市四处漫游，经过一个个驿站，接触一个个人物，作者自己和乞乞科夫不知道自己会走到哪里，下一个地点是什么，但为了实现作者的目标，人物带着作者加给他的寻找民族出路的"使命"，在没有方向地漫游着。在追寻的道路上，作家遇到了当时俄罗斯知识界都在思考的一个问题：俄罗斯民族兴盛的出路在哪里？是倾向于东方还是倾向于西方？

俄罗斯处于欧洲和亚洲、西方和东方之间，横跨欧亚大陆，这种位

[1] 果戈理. 死魂灵 [M]. 田大畏译. 安徽文艺出版社, 1999 年, 314 – 315 页.
[2] 果戈理. 死魂灵 [M]. 田大畏译. 安徽文艺出版社, 1999 年, 314 – 315 页.

置使它始终意识到自己处于两种不同的文化习俗中。来自东、西方和两种文化的影响使俄国人在选择本国的历史道路时永远摆脱不了左顾右盼的处境，旧俄国国徽上的双头鹰就是这种特殊处境的象征。果戈理生活的这个时期——19世纪前期西方派和斯拉夫派就围绕俄国到底是属于西方还是东方的问题进行激烈的争论：斯拉夫派认为俄国有自己独立的民族传统，应该以俄罗斯的村社制和东正教为基础，发展俄罗斯民族所固有的那些道德品质和独立传统，"反对盲目引进西方文化，怕西方文化的大量引进会使俄国文化丢掉自己的民族文化传统……斯拉夫派极力主张只发展俄国固有的传统文化，一概排斥西方文化"[1]；西方派反对斯拉夫派的观点，认为"我们从来就不属于东方"[2]；"西方派看到了西方文化的先进性，企图把它引入俄国，用以取代俄国文化"[3]。由引文可以看出，西方派愤慨俄国的落后，但否定俄罗斯的古老传统，认为俄罗斯民族应该借鉴西方国家的先进经验，把"西方视为某种无个性的文明载体，可以而且应该把它移植到半野蛮的俄国"[4]。斯拉夫派和西欧派在当时俄罗斯的知识界都有很多信徒并长期争论不休。

　　果戈理在作品和书信中对倾向于东方还是西方都持否定态度。《旧式地主》古老的田园牧歌式的生活，看起来很美，实则是"灰蒙蒙死沉沉毫无生气的人生风景"[5]。在《死魂灵》第二部中，果戈理又嘲讽了学习西方技术和制度的观点，地主科什卡列夫上校洋洋自得地认为："中世纪的蒙昧，没法治……真的，没法治！我倒是能治好这一切；我知道一个办法，一个最灵验的办法。……让俄国的每一个人都像德国人那样穿戴。只要做到这一点，不需要别的，我向您保证，一切都将走上轨道：

〔1〕 金亚娜. 俄国文化研究论集〔M〕. 黑龙江教育出版社，1994年，第5页.

〔2〕 索洛维约夫等. 俄罗斯思想〔C〕. 贾泽林、李树柏译. 浙江人民出版社，2000年，第11页.

〔3〕 金亚娜. 俄国文化研究论集〔M〕. 黑龙江教育出版社，1994年，第5页.

〔4〕 金亚娜. 俄国文化研究论集〔M〕. 黑龙江教育出版社，1994年，第5页.

〔5〕 果戈理. 米尔戈罗德〔M〕. 陈建华译. 安徽文艺出版社，1999年，第47页.

科学会提高，商业会发达，俄国将进入黄金时代。"[1] 但是结果，村庄被他弄得"混乱不堪"，哪怕办一件非常小的事也要经过他设立的各个"委员会"，经过几番周折却不知道结果会怎样。连上校自己身边的人对他的改革也持否定态度。果戈理借着向导的话表明了自己的观点。

> "您别想弄清楚有什么道理，"向导说，"我们这儿什么都乱七八糟。我跟您说吧，我们这儿是建设委员会拿大权，想抽调谁抽调谁，想派哪儿去派哪儿去。我们这儿只有建委的人最吃香。"看来他对建设委员会是有意见的。"我们这儿就是这个规矩，谁都能牵着老爷的鼻子走。他以为都干得好，其实只有个空名而已。"[2]

在《与友人书简选》中，果戈理表达了对于两派论证的看法："所有这些斯拉夫派分子和欧洲派分子，或守旧派和新潮派分子，或东方派和西方派，而他们究竟实际上是什么，我说不出来，因为我觉得他们暂时只是滑稽地模仿他们想成为的东西，——他们所有人谈论着同一件事情的两个不同的方面，同时怎么也猜想不到他们丝毫也没有进行争论并且也没有互相抬杠。一个人走得离建筑物太近了，因此只能看到它的局部；一个人走得离这座建筑物又太远了，因此只能看到整个正面，却看不到各个部分"[3]。两派的观点，果戈理都不赞同，他指出他们都旨在解决政治问题，却不能彻底解决俄罗斯的出路问题，社会和民族的改变应该是人内心的改变，而两派的论争只是在争论形式或者说是表面的问题。果戈理有自己的方案。他不提倡改革社会制度，也不是依靠科技，而是通过信仰，通过东正教使俄罗斯"死的灵魂"都变成"活的灵魂"，他执着

---

〔1〕 索洛维约夫等. 俄罗斯思想〔C〕. 贾泽林、李树柏译. 浙江人民出版社, 2000 年, 第 389 页.
〔2〕 果戈理. 死魂灵〔M〕. 田大畏译. 安徽文艺出版社, 1999 年, 第 391 页.
〔3〕 果戈理. 与友人书简选〔M〕. 任光宣译. 安徽文艺出版社, 1999 年, 第 69 页.

地认为，只有个人的道德完善、灵魂苏醒、对祖国和人民的义务和责任感才能把俄罗斯从苦难的深渊中拯救出来，俄罗斯人的使命是向全世界推广东正教，让全世界的人都通过东正教获得救赎。

果戈理对人，尤其是俄罗斯人精神的改变、道德的完善充满了信心。他认为，不幸和苦难熔化了俄罗斯人的天性，"哪怕把我们的一切缺点，一切玷辱人的崇高本性的东西从自己身上一下子全都去掉，那么，尽管我们会感到自己身体剧疼，但会毫不心疼自己，就像在十二世纪毫不吝惜财产，……在这种时刻，往往任何的争吵、仇视、仇恨——一切都烟消云散，兄弟会搂着兄弟的胸脯腾空而起，整个俄罗斯就像一个人一样"。俄罗斯能具有这样的爱弟兄的能力，因为"在我们忘记的我们的根本天性里，有许多接近基督法则的东西，——其证明是，基督来我们这里手中并无利剑，并且我们心灵的天地已准备好自然地呼唤他的道，在我们斯拉夫的本性里已有基督的博爱精神的成分，在我国，人们的兄弟情义甚至比血缘的兄弟情谊还要亲近……"[1] 果戈理希望每个人通过上帝的爱来爱自己的弟兄，通过自己的灵魂净化和彼此的互相帮助，使整个俄罗斯进入"光明的复活"。使俄罗斯从地狱走出来，走进上帝之国——永恒幸福的国度。

果戈理对俄罗斯的"复活"盼望是好的，他试图通过信仰使俄罗斯走向光明的未来，但是因其焚烧了《死魂灵》第二部的手稿，过早地离开人世，我们只能看到作者的这一设想，还不能看到俄罗斯民族出路的详细方案。

第三节　本章小结

果戈理在作品中展示了现实世界的恶，把现实世界看作地狱世界的

---

〔1〕 果戈理. 与友人书简选［M］. 任光宣译. 安徽文艺出版社，1999年，第275页.

象征。果戈理用魔鬼的存在来证明上帝的存在，在作品中展示了各种类型的魔鬼，其中最不易让人察觉的就是庸俗品质化身的魔鬼，他充斥人间，漫游在俄罗斯的大地上。但是果戈理不仅要展现人身上的恶，在强烈使命感的激励下，他更希望人物反省与反思，使灵魂净化，这也是人物在炼狱净化的象征。作品的漫游情节既是个体虚妄生命历程的象征，又是果戈理对民族出路的思考。果戈理认为，无论是个体的生命，还是整个俄罗斯的民族出路，都要通过东正教信仰，在上帝的帮助下才能走向"光明的复活"。

第六章 结 语

果戈理是 19 世纪俄国文学"黄金时代"与普希金齐名的作家，在普希金去世后，成为"文坛的领袖"，成为俄罗斯文学的一个标志。正如莫丘利斯基所说："成为世界性文学的'伟大的俄罗斯文学'的所有特点，都被果戈理勾勒出来了：它的宗教道德体系，它的公民性和社会性，它的战斗性和实践性，它的预言的激情和救世主意识。从果戈理起出现了广阔的道路，有了世界性的广阔天地。"[1] 对于俄罗斯来说，果戈理的确是伟大的，他的创作成为后世作家创作的楷模和思想源泉。

从早年起，果戈理就坚信自己是被上帝特别拣选的人，相信自己拥有某种使命，他的一生要完成上帝所赋予的某种伟大或特殊的事业，觉得"有一个看不见的人在我面前用有力的权杖指点"着他[2]。如何找到上帝赋予自己的特别能力和使命呢？果戈理在论述如何祈祷时说到了这一点（有的评论家认为他的祈祷理论甚至是危险的），"怎么才能知道上帝的愿望呢？为此需要以理性的眼光反观自身，审查自己：我们天生得到哪些能力比别人更优越、更高尚。我们应当主要用这些能力来工作，而这种工作中就包含着上帝的愿望；假如不是如此，这些能力就不会赋予我们了。这样，我们要祈求这些能力的觉醒，也就要祈求符合于上帝意志的东西；也许，我们的祈祷会直接被听到。但必须使这种祈祷是出

---

〔1〕 Мочульский К. Духовный путь Гоголя［M］. Париж，1934，p. 86
〔2〕 格奥尔基·弗洛罗夫斯基. 俄罗斯宗教哲学之路［M］. 吴安迪、徐凤林、隋淑芬译. 上海人民出版社，第 327 页.

自我们灵魂的全部力量。如果这种持续不断的强烈祈求哪怕每天坚持两分钟，这样延续一至两周，那么你一定会看到祈祷的作用。……在你的问题之后马上就会有直接来自上帝的回答。这些回答的美妙就在于使全部祈祷本身变成了一种喜悦。"[1] 果戈理虔信基督教的教义，并且相信通过虔诚的祈祷可以知晓自己一生的神圣使命，无论是参加公职也好，进行文学创作也好，最终的目的都是实现上帝赋予的神圣使命。

当果戈理觉得自己有文学的天赋时，便把文学创作当作自己一生的事业。果戈理在 1848 年写给茹科夫斯基的信中说到艺术问题，他这样说，"关于我们可爱的艺术，我很想说说，也只能同一个人说说，我现在是为艺术而活着，而且为了艺术像小学生似的在学习。……要知道，文学几乎占据了我的整个生命，我的主要罪孽就在于此。……我知道，在我理解艺术的意义和目的之前，我的全部身心都已感觉到，它应是神圣的。几乎在就是从我们第一次见面的这个时候起，它已成为我生命中主要的和首要的东西，其他一切都是第二位的。"[2] 虽然果戈理把艺术作为自己一生的事业，但是他不赞成"为艺术而艺术"的观点，认为艺术要有崇高的社会道德使命。艺术就是"训诫"，艺术应该引导人们向善，应该净化人的灵魂，完善人的道德。每个人的道德完善，带来整个人类的完善。果戈理还探讨了艺术的宗旨问题："艺术是在心灵中建立和谐和秩序，而不是惊慌和混乱。艺术应该向我们描绘我们大地上的人们，……艺术应该向我们展示人民的全部豪迈品质和本性，连那些没有自由发展余地，并非人人都能注意到，都能正确评价的品质和本性也不要忽略，让每个人都能感到它们，在内心中燃起一种发展和珍惜被他们所荒疏和遗忘的东西的愿望。艺术应该向我们展示人们的全部丑恶品质和特征，其方式是要让我们每个人首先在自己身上寻找它们的痕迹，考虑首先从自己身上抛弃一切使我们高尚品质暗淡无光的东西。只有到那时候，而且以这

〔1〕 格奥尔基·弗洛罗夫斯基. 俄罗斯宗教哲学之路〔M〕. 吴安迪、徐凤林、隋淑芬译. 上海人民出版社，327 - 328 页.
〔2〕 果戈理著. 果戈理书信集〔M〕. 李毓榛译. 安徽文艺出版社，1999 年，第 405 页.

样的方式从事艺术创作的情况下，艺术才能履行自己的使命，给社会带来秩序与和谐！"[1] 在他看来，作家的作品应该使读者看到人们身上的"丑恶本质"，并且努力抛弃使人"高尚品质暗淡无光的东西"，作家的使命就是把人身上的善与恶、丑与美都表现出来，激发人们的美好感情，知恶而向善。"我是一位作家，而作家的职责——不仅仅给思维和审美带来愉快的活动；如果他的作品不能给心灵带来某种好处，如果人们从作品中得不到某种训诫的东西，那还要严格地追求作家的责任。"作家的创作不仅仅要追求思维和审美的愉快，更重要的是作品所传达的思想——引人向善的动力和方向。

果戈理认为自己是上帝所拣选的先知，从上帝那里接受了某种特殊的神圣使命，把创作当作是实现这一使命的工具，而且是上帝赐给他在世上的义务和职责。他对俄罗斯的丑恶现象感触很深，并认为这是人犯罪离弃上帝的结果。上帝拣选了他来传达上帝的旨意：警醒人们面对自己的丑恶，使罪人反省、悔改并通过信仰使灵魂净化，最后能够和上帝和好，在末日将临之时可以进入上帝之国。果戈理最大限度地展现俄罗斯的丑和恶及"人类无法弃绝的庸俗"。在他眼里，似是而非的"庸俗"是世间更大的恶，具有这种庸俗品质的人就是魔鬼的象征，而充斥着这些魔鬼的现实世界就是地狱的象征。"你打开旧约全书：你会在那里找到每一个当代的事件，你会像在光天化日一样清楚地看到，每个事件在上帝面前犯了什么罪，并且如此明显地描绘出来神对每一事件已进行的最后审判，这样现在就会猝然一振。"[2] 果戈理带着启示录的精神和末日的颤栗警告他的同胞们弃绝人性的恶与庸俗。

"果戈理揭开了生活的僵死面目，不是面容，而是像皮兰德罗那样的假面具。世界弥漫着死亡的气息。"[3] 果戈理不愿意看到世界中充斥的都是"不带面具的魔鬼"，他的目的是让人们看过他的作品后，发出这样的

〔1〕 果戈理. 果戈理书信集 [M]. 李毓榛译. 安徽文艺出版社，1999年，第410页.

〔2〕 果戈理. 与友人书简选 [M]. 任光宣译. 安徽文艺出版社，1999年，第92页.

〔3〕 叶夫多基莫夫. 俄罗斯思想中的基督 [M]. 杨德友译. 学林出版社，1999年，第69页.

疑问"我们身上是否有乞乞科夫们的影子",他希望这些"死的灵魂"都变成活的灵魂。他在用象征手法向人们展示了恶之后,使作品的人物一点点苏醒,使人物的灵魂复活,从《死魂灵》第一部细节上的铺垫,到《死魂灵》第二部人物的反思,我们看到了果戈理使人物复活的努力。人物的反思与苏醒,也正是人物从地狱走出来,经过炼狱净化的象征。但是认为《死魂灵》第二部没有像"白天一样给人们指出光明的道路"的果戈理,焚烧了第二部手稿,使我们今天只能看到它的残稿,在计划中的第三部没能动笔的时候,果戈理就带着深深的遗憾和人们的疑问离开了人世。临终之际,他还在高喊着拿梯子过来,还在祈求着进入他一生追求的上帝之城。

果戈理带着末日的恐惧和颤栗进行创作,满眼看见的都是僵死的灵魂,但是他在《光明的复活》中希望每个俄罗斯人都成为"复活"的灵魂,这种创作观念被后世作家所继承和发挥。果戈理的天才继承者陀思妥耶夫斯基同样把每个俄罗斯人看成自己的兄弟,他们都在地狱仰望天国,都"用规定着的'共同事业'的'人与上帝的亲缘'来超越人与人之间的'非亲缘'关系的普遍协调。涉及的不是拥有更多,而是成为更多;它依据恩宠在一个神的尊严之中超越自身。"[1] 他们都描写"恶魔"式的人物形象,都期待复活在人间实现,果戈理因为自己沉重的失败而焦灼如焚,带着遗憾离开了人世,陀思妥耶夫斯基却在不断地拷问中完成了他的使命,他笔下的人物真正复活了,如《罪与罚》中的拉斯科尔尼科夫因着索尼亚的帮助"复活"了,并且以受苦来赎罪,依靠对上帝的信仰最终完成了救赎;《卡拉马佐夫兄弟》中的阿廖莎和佐西马长老成为作家理想的人物形象,"阿廖沙成为人类在基督内互为兄弟的榜样。""在《卡拉马佐夫兄弟》末尾,当作家向我们告别时,他以上帝之国子女的纯洁口气说:'是的,我们一定会复活,我们将彼此向往,我们将快乐地互相述说过去的一切。'最高的荣耀使这部小说在末尾达到了庄重严肃

---

〔1〕　叶夫多基莫夫.俄罗斯思想中的基督〔M〕.杨德友译.学林出版社,1999年,第71页.

的和谐之音，这也是作家的天鹅之歌，是他最后的信息。"〔1〕陀思妥耶夫斯基也以完成自己的人生使命而离开了人间。

"果戈理把世界描述成为一个使所有活物都窒息的'洞穴'，果戈理因此达到了他天才的顶峰。他摧毁了无神论，不是通过上帝的存在，而是通过魔鬼的存在。"〔2〕在 20 世纪与果戈理时空相望的一个作家是米哈伊尔·布尔加科夫，布尔加科夫用十几年的几易其稿创作了《大师与玛格丽特》，书中主要情节是鬼王沃兰德〔3〕及其随从大闹莫斯科的故事，鬼王沃兰德及其随从主要是想看看当时的俄罗斯是不是变得更好了。但是结果却令人失望，文联的人攻击真正的作家"大师"，人人都想着自己的利益并且互相告密和陷害，多数人都是不承认任何道德准则、心中没有上帝的人，小说一开头就提出了这样的问题：世界上到底有没有上帝的存在。布尔加科夫同果戈理一样通过魔鬼的存在证明了上帝的存在。在作者看来，不相信上帝和撒旦的存在这本身并不重要，最可恶而又可怕的是那些由于不相信有上帝和魔鬼，便认为人可以为所欲为、可以任意作恶的人，他们才是真正的魔鬼，这不正是果戈理笔下的"死魂灵"吗！

果戈理去世已经一百六十多年了，这位文学大师留下的宝贵财富还在给人们以警醒与鼓励，人们对大师的研究、解读还在继续，但因他神秘的创作目的和使命，使人们对他的解读出现许多困难，"果戈理是俄国文学史上一位带有神秘色彩和研究得颇不透彻的作家"〔4〕。但相信通过学者们的不断努力和不懈追求，我们能够更多地理解果戈理神秘的社会使命，可以越来越明白他带着末日焦虑的沉重思想。

---

〔1〕 叶夫多基莫夫. 俄罗斯思想中的基督〔M〕. 杨德友译. 学林出版社，第 93 页.

〔2〕 叶夫多基莫夫. 俄罗斯思想中的基督〔M〕. 杨德友译. 学林出版社，第 68 页.

〔3〕 关于西方文学史上塑造的魔鬼的类型和不同的作用，梁坤女士在《末世与救赎》中有详细的论述，本文不再赘述.

〔4〕 金亚娜. 俄国文化研究论集〔M〕. 黑龙江教育出版社，1994 年，第 119 页.

下 编

第一章　契诃夫研究现状

　　1907 年，吴梼根据日文翻译了契诃夫的短篇小说《黑衣教士》，本书在上海商务印书馆出版，据笔者所知，这是契诃夫短篇小说最早的中文译介，这标志着中国"契诃夫学"之小说研究的开端，[1] 距今已有百年历史。百年之内，国内对契诃夫短篇小说的研究起起落落，在 20 世纪至今大致可分为三个时期。第一个时期是五四时期至 40 年代末；第二个时期是 50 年代初至 60 年代末；第三个时期是 80 年代初至今。三个时期对契诃夫短篇小说的研究情况分别如下：

　　第一个时期，五四时期至 40 年代末是国内研究契诃夫的初始阶段，主要表现为契诃夫作品的大量译出。如：1923 年，上海商务印书馆出版的由耿济之、耿勉之译的《柴霍夫短篇小说集》；1930 年，上海开明书店出版的由赵景深译的 8 卷本的《柴霍夫短篇杰作集》等。到 40 年代末，契诃夫重要的短篇小说几乎都有了中译本。但是，这一时期对契诃夫短篇小说的研究甚少，仅有鲁迅、瞿秋白、巴金、茅盾等作家对契诃夫小说做过整体的、零散的评价。

　　第二个时期，50 年代初至 60 年代末，这一时期，国内对契诃夫的短篇小说研究处于发展阶段。首先是对契诃夫短篇小说的翻译继续深化。如，1950—1958 年，上海平明出版社和新文艺出版社陆续出版了由汝龙先生译的《契诃夫短篇小说选集》，共 27 卷，共收录契诃夫短篇小说二

---

〔1〕　申丹、王邦维总主编．新中国 60 年外国文学研究（第一卷下）外国文学小说研究［C］.
　　　章燕、赵桂莲执行主编，北京大学出版社，2015 年，第 62 页.

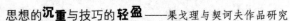

百二十多篇。是 20 世纪五六十年代国内影响最大的契诃夫短篇小说选集。其次，国内学者对契诃夫手记、信札以及关于契诃夫有代表性的研究成果等也开始重视起来，进行了大量的翻译工作，如：（苏）李特维诺夫著，余生译，上海平明出版社出版的《安东·契诃夫》（1954）；上海海燕书店出版的《契诃夫与高尔基通信集》（1950）；（苏）耶里扎罗娃著，杜殿坤译的《契诃夫的创作与十九世纪末期现实主义问题》等。

在国内学者对契诃夫短篇小说的研究方面，这一时期没有专著论述，但是在中央和地方的报刊上以及高等学校和研究机构的学报上，时常登载一些研究契诃夫短篇小说的论文，但这些论文的研究对象仍然局限于契诃夫作品的主题、思想、现实主义方法以及对契诃夫个人的研究，很少对契诃夫短篇小说的形式因素进行探讨。

第三个时期，80 年代初至今，是国内"契诃夫学"继续发展的时期。在小说作品译介方面，这个时期与前两个时期相比，继续深化，趋于成熟。从 1980 年至 1999 年，上海译文出版社陆续出版了由汝龙先生根据 1957 年俄文版《契诃夫文集》（12 卷本）译出的中译本《契诃夫文集》16 卷。这套文集是迄今为止搜集资料最全、质量最高的作品集。在契诃夫研究的学术成果译介方面，与上个时期相比，又有了新的突破。1988 年，中国社会科学院出版社出版了由朱逸森先生译的苏联学者屠尔科夫的专著《安·巴·契诃夫和他的时代》；1991 年，上海译林出版社出版了苏联学者帕佩尔内的专著《契诃夫怎样创作》，同为朱逸森先生翻译。这两部著作都对契诃夫的创作生活进行了深刻的研究，对我国学者的研究具有重要的启示作用。

此外，这一时期也出现了一些新的契诃夫传记、手记的译介。如，由侯贵信译的法国学者特罗亚的专著《契诃夫传》（1992）；由朱逸森、郑文樾译的俄罗斯学者格罗莫夫的专著《契诃夫传》（2003）及贾植芳译的《契诃夫手记》（2000）等。

在国内学者对契诃夫短篇小说独立研究方面，这一时期出现了新气象，出现了一系列本土研究专著。1984 年，上海华东师范大学出版社出版了朱逸森先生的专著《短篇小说家契诃夫》，据笔者所知，这是我国第一本契诃夫研究的专著。作者从契诃夫一生中几个重要阶段入手，分析他的思想发展、创作发展，特别着重于展示他是怎样从契洪特逐步发展成为契诃夫的。1987年，河南大学出版社出版了徐祖武主编的《契诃夫研究》，这是我国第一本契诃夫研究论文集。在小说研究方面，收录了十几位学者近二十篇论文。这些论文分别从社会学、文艺学、美学、心理学、比较文学等多角度对契诃夫短篇小说进行了研究，代表了我国20世纪80年代契诃夫短篇小说研究的整体水平。2003年，香港天马图书有限公司出版了李辰民的专著《走进契诃夫的文学世界》，这部专著从"现代意识""文体与叙事结构""变态心理"以及比较的角度对契诃夫短篇小说进行了研究。这部专著与前面的专著相比更重视作品本身的研究，并且研究方法与研究角度都有新的突破，体现了我国学者对文学批评新理论的吸收，但美中不足的是，作者在研究的过程中往往点到即止，未能深入细致研究。此外，国内对契诃夫小说研究领域，还有童道明的两部专著《契诃夫名作欣赏》（1991）和《我爱这片天空》（2004）等。

在这一时期，国内对契诃夫短篇小说研究领域，除了出现一系列专著以外，在中央和地方的报刊上以及高等学校和研究机构的学报上也登载了大量的研究论文，据笔者不完全统计，这些论文近一百二十多篇，大致可分为以下几类：

关于契诃夫对中国作家小说创作影响的研究，代表者如董建雄的《论契诃夫对汪曾祺小说的创作影响》（《青海师专学报》2004/6）；契诃夫小说中某系列人物的研究，如李嘉宝的《契诃夫和他笔下的"狂人们"》（《广西民族学院学报》2002/04）；比较研究，如刘志清的《契诃夫和莫泊桑小说创作比较论》（《韶关学院学报》2002/07）；契诃夫短篇小说某些艺术特征的研究，如：陈震的《抖动"线团"的魔杖：谈契诃夫小说的结构细节》（《文学知识》1987/4）；契诃夫短篇小说中现代意识的研究，如刘索玲的《论契诃夫作品中的荒诞感》（《内蒙古电大学刊》2004/05）；还有很多论文从心理学、抒情性、戏剧性等方面对契诃夫小说进行研究。总之，这一时期和前两个时期相比，国内对契诃夫短篇小说的研究有了很大进步。不仅出现了一系列学术专著，而且出现了大量颇有价值的研究论文。相比之下，单篇论文比专著的研究更具多元性，无论是研究领域还是研究方法均有新的拓展和突破。

以上是近百年来国内对契诃夫短篇小说的研究情况。

在对国内的契诃夫短篇小说研究状况进行考察的过程中，笔者发现，新时期以来，尽管我们对契诃夫短篇小说的研究在学术专著和论文上均有新的突破，但是研究力量仍然很薄弱。首先，从学术专著和论文的数量上看，笔者通过国家图书馆共查询到关于"契诃夫学"的专著近350部，而据不完全统计，其中关于契诃夫短篇小说作品的译介就有220部，占关于"契诃夫学"总资料的三分之二还多，对契诃夫短篇小说独立研究的专著则只有十几部。而在同期国外，仅在90年代，苏联就出版了由高尔基世界文学研究所的契诃夫学术委员会主编，科学出版社发行的四卷本《契诃夫学》论文集，据我国学者李辰民统计，在莫斯科国立列宁图书馆可查阅到的近十几年俄罗斯（包括苏联）各地出版的"契诃夫学"的各种专著、编著已达108种[1]。

其次，在研究对象上，国内对契诃夫短篇小说的研究领域大致集中于以下几个方面：作家的创作思想，作家对我国某些作家小说创作的影响；人物系列研究；作品的某些艺术特征的研究，等等。大部分研究成果都限于主题与内容研究，对形式研究则很少，而作品由内容和形式构成，形式对作品不可缺少，并且更能够从深层次上体现作家创作手法的特征。华莱士·马丁在其著作《当代叙事学》中说："只要关于小说的讨论仍然强调主题与内容，而无视当时在文学批评和美学中非常重要的形式问题，小说在研究中就仍然是一个不能登堂入室的文类。"[2] 在我国，即便涉及对契诃夫短篇小说形式特征的研究，也往往因缺乏分析工具而限于对人物、情节进行笼统式、感受式梳理，不能揭示出作品何以呈现

---

〔1〕 李辰民. 走进契诃夫的文学世界［M］. 香港天马图书有限公司出版，2003 年，第 257 页.

〔2〕 华莱士·马丁. 当代叙事学［M］. 伍晓明译. 北京大学出版社，1990 年，第 2 页.

出这种风格特征的深层原因，比较而言，叙事学所建立的理论模式和方法打破了传统批评过分依赖社会、心理因素和主观臆断的倾向，使得研究者们能够对叙事作品复杂的内在机制进行细致、准确的分析，为叙事文本的研究提供了恰当的研究工具。

叙事学作为针对作品形式研究而享誉世界的文艺理论流派，其科学、系统的理论方法恰恰为作品形式研究提供了有力的研究工具。我国从叙事学角度研究契诃夫作品的资料数量不多，因此，笔者希望借助叙事学的理论方法，对契诃夫短篇小说的形式、风格予以尝试性的拓展研究。

本研究在叙事理论的选择上遵循两个原则：一是根据契诃夫短篇小说艺术特征的需要来选择与之相适应的叙事理论；二是叙事理论自身的合理性。如，热奈特的叙事聚焦理论是在他区分"说"与"看"的基础上提出的，并且也与大量叙事作品的实际情况相吻合，具有很强的科学性、实践性；罗兰·巴特的"催化""核心"理论指出了叙事作品中不同性质的事件对故事的影响；韦恩·布斯的隐含作者与可靠叙述者、不可靠叙述者理论揭示了叙述者与作品主题的关系；"讲述"与"展示"两种叙述方式理论已在叙事学界得到充分讨论和认同。本研究主要论述了契诃夫短篇小说五个叙事特征，即契诃夫短篇小说的"戏剧舞台效果"特征、人物的混合性特征、叙事节奏的"漫画式速写"特征、情节氛围的渲染和框套型故事独特的框架特征。

契诃夫短篇小说的第一个叙事特征即"戏剧舞台效果"。

从契诃夫短篇小说的叙事聚焦模式来看，契诃夫一方面保留了传统小说家善于使用的全知全能的零聚焦叙事。另一方面，零聚焦叙述者又极大地降低了自己的权限。这种聚焦叙事在其短篇小说中仅表现为散落于字里行间的、必要的、对故事背景和人物基本情况作简单介绍的解释性叙述干预和对人物内心的透视，摒弃了传统零聚焦叙事者对情节、人物的任意评论。在小说的主体部分，则通常使用外部聚焦对人物的对话和行动进行关照。因此，契诃夫短篇小说形成了与众不同的叙事聚焦模式："框架零聚焦＋主体外聚焦"。作品的主体因而由人物的对话和行动构成，形成了类似于戏剧的舞台表演。

从读者与故事的距离来看，"框架零聚焦＋主体外聚焦"的叙事聚焦模式导致了"展示"的叙事方式，非人格化叙述者从读者与故事之间退了出来，拉近了读者与故事的距离。读者直接面对故事，就像观众直接面对舞台，在增强读者直观感的同时，也增强了作品与读者之间的空间立体感。

从故事的时空来看，契诃夫短篇小说的故事时空相对集中、稳定。他善于表现某个时间、某个地点发生的事情，这也与戏剧集中的时空相契合。

以上三个特点共同构成了契诃夫短篇小说的"戏剧舞台效果"。

第二个叙事特征是人物特征。美国叙事学家查特曼在人物观点上提出了人物"特性"论（类似于罗兰·巴特的性格"义素"）。他认为，叙事作品中人物"特性"是一个变量，或多或少，或显或隐。我们可以把他提出的"特性"分为三类：积极性的"特性"，其终端是伦理道德意义的"善"；消极性的"特性"，其终端是伦理道德意义的"恶"；中性的"特性"，表现为人物的生理特征（由于中性的"特性"对非人格化叙述者与人物的关系一般没有什么影响，所以在本文中，此种"特性"不在考虑之内）。欧·亨利和莫泊桑小说人物的"特性"一般是单纯性的，即非善即恶。契诃夫短篇小说中的人物则表现为积极性"特性"和消极性"特性"的融合，并且消极性"特性"多一些，这使人物具有了"混合性特征"。为什么会如此呢？这缘自契诃夫的两个创作观念：一是对生活的忠实，在现实生活中没有至善的人，也没有至恶的人，大部分的人一般都是积极性"特性"与消极性"特性"的交织融合；二是要展示人物的种种精神弊病，促使读者反思。

在人物的关注点上，契诃夫短篇小说的人物具有内在性。契诃夫不像大部分传统作家那样关注人物的性格、命运，人物在环境中的沉浮，他把视点由人物的外部拉向人物内部。相比较而言，他更为关注的是人物的灵魂、精神情绪，以借此反映出人的生存状态。契诃夫常用两种方

式表现人物的灵魂和精神情绪。一种是用直接引语透视人物的心理活动
（如《惊叹号》），或者用间接引语模仿人物口吻转述人物的心理活动
（如《阴谋》）；第二种是用人物自身的话语和行动展示人物的心理活动，
这种方式是契诃夫最为常用的方式。

契诃夫短篇小说的第三个叙事特征体现在叙事节奏上。通过比较，
笔者发现，契诃夫短篇小说的叙述时间要比欧·亨利和莫泊桑短篇小说
的叙述时间少得多。欧·亨利短篇小说的叙述时间一般为十页左右，莫
泊桑短篇小说的叙述时间一般为三十页左右，而契诃夫短篇小说的叙述
时间一般为四页左右。尽管叙述时间如此之少，却丝毫不影响作品的丰
富度。这是为什么呢？这与契诃夫处理故事中不同性质的事件有关。契
诃夫在创作中往往省略和概述与故事主题、情节无紧要关联的"催化"
事件，使与主题紧紧相关，与故事情节发生、发展、高潮、结局四个阶
段相对应的"核心"事件紧密相连，从而大大加快了小说的叙事节奏。
同时，又因为契诃夫叙事善于使用幽默、讽刺的叙述口吻，所以，契诃
夫短篇小说在叙事节奏上呈现"漫画式速写"的特征。

第四个叙事特征体现在情节方面。传统小说的情节从开篇到结尾都
注重事件的戏剧性变化冲突，整体情节模式形成波浪线般的曲折变化。
契诃夫的短篇小说则不然，除了在小说结尾给读者制造出乎意料的突转
意外，他的大部分短篇小说故事情节都高度弱化，情节主干趋于平淡化。
因为他更重视情节氛围的渲染。在契诃夫短篇小说中，情节气氛的渲染
往往通过"讲述 n 次发生过 n 次的事"和"讲述 n 次发生过一次的事"
这两种叙事频率来实现。在一次次的渲染、涂抹中，主题突显出来。

契诃夫短篇小说的第五个叙事特征是框套型故事的框架特征。从叙
述层次看，当叙事作品中一个人物叙述者的话语表达了一个完整的故事
时，那么，叙事作品便形成了故事层次，小说也演变为框套型故事。在
传统框套型故事中，人物叙述者不参与故事的进程，并且人物叙述者与
作品的思想规范也基本没有矛盾之处。作品的主题主要由人物叙述者所
讲述的故事来体现。因此小说框架只是一个引出故事的手段而已，没有

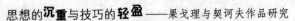

什么实质意义。契诃夫的框套型故事则不然，人物叙述者参与故事的进程，在其讲述故事时夹杂了个人化的观点，因此表现出了一定程度上的不可靠性。一方面，人物叙述者的叙述体现了作品主题的某个方面，但是另一方面又悖于作品的思想规范。人物叙述者的这种不可靠性刺激了人物叙述接受者的能动性，在人物叙述接受者的反拨下，修正了人物叙述者的观念，从而使作品的主题完整地表现出来。可以说，在人物叙述者与人物叙述接受者的互动下，框套型故事的框架被赋予了主题意义。

正像契诃夫创作生涯横跨两个世纪一样，他的短篇小说的形式特征也兼具了 19 世纪传统小说和 20 世纪现代主义小说的形式特点。一方面，他的短篇小说本质上属于传统小说，另一方面又预示了 20 世纪现代主义小说的某些发展趋势。在小说的形式系统上，契诃夫短篇小说的形式特征处于 19 世纪传统小说向 20 世纪现代主义小说发展之中的过渡阶段，也可以说是处于枢纽地位。

契诃夫短篇小说独特的艺术成就，他的小说技巧使他在其后的整个文学系统内产生了广泛的影响。

第二章　契诃夫短篇小说的
"戏剧舞台效果"

　　戏剧具有显著的舞台效果，这种舞台效果表现在：第一，演员用话语和行动在舞台上表演；第二，演员的表演直接面对观众；第三，戏剧中的人物、场景集中。契诃夫短篇小说具有明显的舞台效果，本章将从契诃夫短篇小说的叙事聚焦模式出发，论述契诃夫短篇小说何以具有"戏剧舞台效果"。

第一节　契诃夫短篇小说的叙事聚焦模式

　　叙述者问题是叙事理论中的核心问题，很多叙事学家对叙述者进行了研究、分类。法国叙事学家热拉尔·热奈特立足于观察点，把叙述者划分为零聚焦、内聚焦和外聚焦三种类型。[1]

　　零聚焦是指叙述者以无所不知的眼光讲述故事。视点不受任何限制，可以从一个人物转向另一个人物，从一个场景转向另一个场景。可以深入人的内心，更可以随意做主观评价。

　　内聚焦是指叙述者以故事中人物的眼光叙述故事，视点被限制在一个或几个人物身上，叙述者只叙述这一个或几个人物所感觉到的事情。

---

〔1〕　热拉尔·热奈特. 叙事话语 新叙事话语〔M〕，王文融译. 中国社会科学出版社，1990 年，第 129 页.

外聚焦是指叙述者从故事外部对人物和场景聚焦，仅仅向读者展示人物的话语和行动，而不进入人物内心，不做主观评价。

热奈特对叙述者的划分是在他提出"说"与"看"，"叙述"与"聚焦"的基础上进行的，具有更多的合理性，并且与大量的叙事作品的实际情况相吻合，因此，本文将采用热奈特的叙事聚焦理论对契诃夫短篇小说进行分析。

大部分传统小说的叙事聚焦模式一般为零聚焦叙事，并且在叙述者叙述的过程中很少与内聚焦、外聚焦进行转换，叙事聚焦类型比较单一、稳定。另外，关于零聚焦在传统小说中的表现，零聚焦在传统小说中除了表现为叙述者可以用灵活的视线聚焦多个场景、透视多个人物心灵等视点不受限制外，还强烈地表现为叙述者对故事的叙述干预。一般来讲，在叙事学领域，叙述干预被划分为解释性叙述干预和议论性叙述干预。解释性叙述干预表现为对故事时代背景、人物身份、人物之间关系的介绍，叙述者对故事的介入程度较轻，它是零聚焦叙事的基本因素；议论性叙述干预表现为叙述者对故事发表的意见和看法，显示了零聚焦叙述者对故事的评论特权，对故事的介入程度较强。议论性的叙述干预在传统小说中普遍存在。如被称为零聚焦叙事典范之作的 19 世纪传统小说家萨克雷的著作《名利场》，其中有大量的叙述者的议论性叙述干预，我们不妨看一下：

> 我先警告仁慈的朋友们，在我这故事里面，坏人的奸恶折磨得你难受，犯的罪行也非常复杂，幸而说来倒是非常有趣的。这些恶人可不是脆弱的脓包。到该骂该说的地方，我出言决不留情，决不含糊！……
>
> 读者啊，我先以男子汉的身份，以兄弟的身份，求你准许，当每个角色露脸的时候，我非但一个个介绍，说不定还要走下讲坛，议论他们的短长，如果他们忠厚好心，我就爱他们，和他们拉手。如果他们做事糊涂，我就跟你背地里偷偷地笑。如果他们没有心肝，我就用最恶毒的话，唾骂他们，只要骂得不

伤体统就是了。[1]

可以看到，虽然叙述者"我"不是故事中的一个人物，但是作为故事讲述者，他可以明确说出自己对故事的态度与价值判断立场。"到该骂该说的地方，我出言决不留情，决不含糊！"这个诺言在文本中也常常得到实践。如：

> 如果我事先不说清楚，只怕你要误会。譬如说，利蓓加瞧着别人祷告的习惯觉得可笑，你可能以为是我的讽刺。或者你想我瞧着从男爵醉得好像酒神巴克斯的干爹沙里纳斯那么跌跌撞撞的走来，不过很随和的一笑。其实那真笑的人品性是怎样的呢？她崇拜权势，只以成败论人。这等没信仰、没希望、没仁爱的坏家伙，在这世界上却一帆风顺。亲爱的朋友们，咱们应该全力和他们斗争。还有些别的人，或是江湖上的骗子，或是糊涂蛋，倒也过得很满意。他们的短处，咱们也应该暴露和唾骂，这是讽刺小说家的本分。[2]

再比如戈理经常以全知的视角来描写自己笔下的人物。如描写乞乞科夫在省长家舞会的场景：

> 乞乞科夫还没来得及看清周围一切，已经被省长拉住胳膊，立即介绍给省长夫人。来客这时也显示出应对的本领：他说了一句与官衔不太大也不太小的中年男子身份相符合的极为得体的恭维话。当成双的舞伴把众人挤到墙边的时候，他倒背双手，聚精会神地观察了来客们约两分钟之久。许多女士的衣着讲究而入时，另一些则只能将就穿些省城里能有的衣衫。此处的男

---

〔1〕　萨克雷. 名利场（上）[M]. 杨必译. 人民文学出版社，1957年，第95页.
〔2〕　萨克雷. 名利场（上）[M]. 杨必译. 人民文学出版社，1957年，第95页.

士和别处一样，分为两类：一类是瘦子，老围着女士们纠缠；其中有一些很难看出与彼得堡的男士有什么区别，或同样留着梳理得极为精心雅致的连鬓胡，或单纯是一张漂亮的剃得溜光的椭圆脸，同样漫不经心地坐到女士们身边，同样说着法国话，也同样像彼得堡人那样逗女士开心。另外一类男士是胖子，或者说是和乞乞科夫一样的那种，即为不太胖然而也不瘦的人。这类人和上一类截然相反，在女士们面前，他们总是把视线移开，退避三舍，两只眼只往旁边瞅，看省长仆人是不是在哪里摆出了大慧斯特的绿昵牌桌。他们团团的面孔上，有的甚至长着几颗疣子，有人还有少许麻点，他们的发式既不是蓬起一绺的，也不打卷，更不是法国人说的那种"听天由命"式的，他们的头发，要不就是剪得短短的，要不就是贴得平平的，而面部的轮廓则多半浑圆而厚实。这些人是城里有地位的官员。[1]

传统小说家就是这样可以用权威的叙述口吻在小说中直接现身说法，对故事做直接了当的议论、评价。契诃夫短篇小说的叙事聚焦模式与传统小说相比则有很大不同。我们不妨以作品《胖子和瘦子》为例，观察其小说的叙事聚焦模式特征：

　　尼古拉铁路一个火车站上，有两个朋友相遇：一个是胖子，一个是瘦子。胖子刚在火车上吃完饭，嘴唇上粘着油而发亮，就跟熟透的樱桃一样。他身上冒出白葡萄酒和香橙花的气味。瘦子刚从火车上下来。拿着皮箱、包裹、硬纸盒。他冒出火腿和咖啡渣的气味。他背后站着一个长下巴的瘦女人，是他的妻子。还有一个高身量的中学生，眯着一只眼睛，是他的儿子。

　　"波尔菲利！"胖子看见瘦子，叫起来。"真是你吗？我的朋

----

〔1〕 果戈理. 死魂灵［M］. 田大畏译. 安徽文艺出版社，1999 年，第 18 页.

友！有多少个冬天，多少个夏天没见面了！"

"哎呀！"瘦子惊奇地叫道。"米沙！小时候的朋友！你这是从哪来？"

两个朋友互相拥抱，吻了三次，然后彼此打量着，眼睛里含满泪水。两个人都感到愉快的惊讶。

"我亲爱的！"瘦子吻过胖子后开口说。"这可没有料到！真是出其不意！嗯，那你就好好地看一看我！你还是从前的美男子！还是那么个风流才子，还是那么讲究穿戴！啊，天主！嗯，你怎么样？很阔气吗？结婚了吗？我呢，你看得明白，已经结婚了。……这就是我的妻子露意丝，娘家姓万增巴赫……她是新教徒。……这是我的儿子纳法纳伊尔，中学三年级学生。这个人，纳法尼亚，是我小时候的朋友！我们一块儿在中学里念过书！"

纳法纳伊尔想了一忽儿，脱下帽子。[1]

从以上对话和行动的描述中，可以看出，这篇小说实质上也是零聚焦叙事，但是，零聚焦叙事并没有表现为叙述者对故事、人物做直接了当的议论评价，而是表现为故事开篇叙述者对故事解释性的叙述干预和对二人内心感觉的零星透视。在零聚焦叙述者对故事环境和人物身份做了必要的、简单介绍后，便让人物出场，对人物的对话和行动进行外聚焦，并使外聚焦下的对话、行动成为小说的主体部分。

因此，契诃夫短篇小说形成了不同于传统小说的叙事聚焦模式——"框架零聚焦＋主体外聚焦"。

---

[1]　契诃夫．契诃夫小说全集（第2卷）［M］．汝龙译．上海译文出版社，2000年，第187页．

<h1 style="text-align:center">第二节 对话中的表演</h1>

契诃夫短篇小说中的人物数量相对稳定，一般为二至三个。许多小说通篇由两个人物的对话构成，如《普通教育》《我和邮政局长的谈话》。还有一些小说虽然不是全篇对话，但小说的主体部分由对话构成。对话是契诃夫短篇小说的特性，也是戏剧体裁的属性。亚里士多德在《诗学》中谈到一些诗人为戏剧的发展所做出的贡献时指出："埃斯库罗斯最早把演员由一名增至两名，并削减了歌队的合唱，从而使话语成为戏剧的骨干成分。索福克勒斯启用了三名演员……"[1] 可见，戏剧由对话发展而来。

不过，尽管对话是戏剧的属性，但并不意味着所有的对话都能够清晰地表达内容，这与人物话语声音的强弱有关。当人物善于表达、勇于表达并且内容意思明确时，人物的话语声音就强，反之则很弱。为了更好地说明这个问题，我们不妨以海明威的作品为例进行分析。海明威有一篇完全以对话为主体的小说《白象似的群山》，写男女主人公旅途中暂歇于一座小站的休息室，二人间的一段对话是这样的：

> "那实在是一种简便的手术，吉格，"男人说，"甚至算不上一个手术。"
>
> 姑娘注视着腿下的地面。
>
> "我知道你不会在乎的，吉格。真的没有什么大不了。只要用空气一吸就行了。"
>
> 姑娘没有作声。
>
> 我陪你去，而且一直呆在你身边。他们只要注入空气，然

---

[1] 亚里士多德. 诗学 ［M］. 陈中梅译. 商务印书馆, 1996 年, 第 48 页.

后一切都正常了。"

"那以后咱们怎么办?"

"以后咱们就好了,就像从前那样。"

"你怎么这么想呢?"

"因为使我们烦心的就只有这一件事儿,使我们不开心的就只有这一件事。"

姑娘看着珠帘子,伸手抓起两串珠子。

"那你以为咱们今后就可以开开心心地再没有什么烦恼事了。"

"我知道咱们会幸福。你不必害怕。我认识许多人,都做过这种手术。"

"我也认识许多人做过这种手术,"姑娘说。"手术以后他们都照样过得很开心。"

"好吧,"男人说,"如果你不想做,你不必勉强。如果你不想做的话,我不会勉强你。不过我知道这种手术是很便当的。"〔1〕

可以看到,对话中人物话语声音很弱,男女主人公似乎不愿意进行交流,各自的话语量都很少,并且话语内容也极其隐晦,我们不知道他们所谈的是什么手术,男人为什么要女人做手术,女人为什么不愿意做手术以及他们后来到底去没去做手术,男女主人公以一种只有他们了解的暗语进行着隐蔽的交流。无怪乎热奈特说这篇小说发展到了"猜谜"的地步。〔2〕

恰恰相反,契诃夫短篇小说中人物话语声音很强烈,人物不仅善于

〔1〕 海明威. 海明威文集·短篇小说全集(上)〔M〕. 陈良廷等译. 上海译文出版社,1995年,308-309页.
〔2〕 热拉尔·热奈特. 叙事话语 新叙事话语〔M〕. 王文融译. 中国社会科学出版社,1990年,第130页.

表达、勇于表达，而且话语内容明确，这类似于陀斯妥耶夫斯基小说中的人物，虽然人物是被描写的对象，但是由于人物话语声音很强，他们好像不是被描写的对象，而是作为主体活生生地闯了出来。

根据对话主体声音的强弱，可以把契诃夫短篇小说中的对话划分为以下三种类型。

第一种类型是强弱混合型，即在对话中，一个人物话语声音很强，另一个人物声音较弱，几乎处于纯粹的听众地位，如《醉汉》《卡尔卡斯》等。《醉汉》通篇几乎是工厂主弗罗洛夫的话语，他的律师阿尔美尔只是偶尔说些无关紧要的话。《卡尔卡斯》（后来编成剧本《天鹅之歌》）则写一个年老的喜剧演员半夜在空旷的剧院里醒来，对提词人的哭诉。小说的主体几乎完全由戏剧演员的话语构成，提词人只是偶尔附和几句。

第二种类型是对话双方声音势均力敌，如《胖子和瘦子》《美妙的结局》等，在作品《胖子和瘦子》中，旧时好友胖子和瘦子在火车站相遇，主体由二人的对话交流构成。《美妙的结局》写列车长斯蒂奇金想找一位生活伴侣，小说主体部分由他和媒婆的对话构成。

第三种类型是主体由两个人物对话构成，但是存在着一个代表群众的背景声音，如《变色龙》《唉！公众啊》。在《变色龙》中，人群中时而有个人说"这条狗像是席加洛夫将军家的！"这样的话。《唉！公众啊》里，时常有某个群众发出声音对检票员不停叫醒病人查票表示愤慨。

对这三种对话类型的划分并非本文的主要目的，笔者试图通过这种划分审视并分析契诃夫短篇小说对话的特征。在契诃夫短篇小说中，无论哪种类型的人物都以表现力极强的话语和与话语共同作用的行动在舞台上进行着表演。

在第一类小说中，对话双方互动性极弱，整篇小说可以看作一个人物的独白，而主题意义就在独白中产生。如《醉汉》中，工厂主弗罗洛夫向他的律师倾诉着他的孤独、无助、对生活的不满。同样，《卡尔卡斯》中，年老喜剧演员痛苦地向提词人诉说生活的空虚与无望。

相比之下，第二类和第三类小说对话双方的互动性很强，主题也在相互影响的对话中产生。我们看一下作品《胖子和瘦子》中的几段对话：

1. "我们一块儿在中学里念过书！"瘦子继续说。"你还记得大家怎样拿你开玩笑吗？他们给你起个外号叫赫洛斯特拉托斯，因为你用纸烟把课本烧个洞。他们也给我起个外号叫厄菲阿尔忒斯，因为我喜欢悄悄到老师那儿去打同学们的小报告。哈。……那时我们都是小孩子！你别害怕，纳法尼亚！你自管走过去，离他近点……这是我的妻子，娘家姓万增巴赫……新教徒。"

2. "嗯，你的景况怎么样？朋友？"胖子问，热情地瞧着朋友。"你在哪当官？做到几品官了？"

"我是在当官，我亲爱的！我已经做了两年的八品文官。还得了斯坦尼斯拉夫斯基勋章。……我的薪金不多，……哎，那也没关系！我妻子教音乐课，我呢，私下里，用木头做烟盒。很精致的烟盒呢！我卖一卢布一个。要是有人要十个或者十个以上，那么你知道，我就给他打个折扣，我们好歹也混下来了。你知道，我原来在衙门里做科员，如今，调到这儿同一类机关做科长。……我往后就在这儿工作了。嗯，那么你怎么样？恐怕已经做到五品文官了吧？啊？"

3. "不，我亲爱的，你还要说得高一点儿才成，"胖子说。"我已经做到三品文官。……有两枚星章了。"

4. "我，大人……很愉快！您，可以说，原是我儿时的朋友，现在忽然间，青云直上，做了这么大的官，您老！嘻嘻。"

"哎，算了吧！"胖子皱起眉头说。"何必用这种腔调讲话呢，你我是小时候的朋友，哪里用得着官场的那套奉承！"

"求上帝饶恕我……您怎能这样说呢，您老……"瘦子陪笑道，把身体缩得越发小了。"多承大人体恤关注……有如使人再生的甘霖……这一个，大人，是我的儿子纳法奈尔……这是我的妻子路易丝，在某种程度上说，是新教徒……"

瘦子握了握那只手的三个手指头，弯下整个身子去深深一鞠躬，嘴里发出像中国人那样的笑声："嘻嘻嘻。"他妻子微微一笑。纳法奈尔并拢脚跟立正，把制帽掉在地下了。三个人都感到愉快的震惊。[1]

在第一段和第二段对话中，瘦子还以一副与胖子同等地位的姿态和胖子叙旧，但是胖子的一句"我已经做到三品文官了"使情况急转直下，瘦子受到这句话的严重刺激，开始用低三下四的语气和胖子进行交流。从中可以看到，等级观念在人物相互影响的对话中一跃而出，小说结尾的文字还表明：瘦子儿子的立正更使读者痛心地感到，这种等级观念不仅渗透到了儿时的友情，而且渗透到人物的下一代的情感中。

在作品《变色龙》中，人物话语的影响更多地体现在警察和群众的话语声音对警官奥丘梅洛夫的影响。

"这条狗像是日加洛夫将军家的！"人群里有个人说。

"日加洛夫将军家的？嗯！……你，叶尔德林，把我身上的大衣脱下来……天好热！大概快要下雨了……只是有一件事我不懂：它怎么会咬你的？"奥丘梅洛夫对赫留金说。"难道它够得到你的手指头？它身子矮小，可是你，要知道，长得这么高大！你这个手指头多半是让小钉子扎破了，后来却异想天开，要人家赔你钱了。你这种人啊……谁都知道是个什么路数！我可知道你们这些魔鬼！"

"他，长官，把他的雪茄烟戳到它脸上去，拿它开心。它呢，不肯做傻瓜，就咬了他一口……他是个无聊的人，长官！"

"你胡说，独眼龙！你眼睛看不见，为什么胡说？长官是个明白人，看得出来谁胡说，谁像当着上帝的面一样凭良心说

---

〔1〕 契诃夫. 契诃夫小说全集（第2卷）［M］. 汝龙译. 上海译文出版社，2000年，第187页，187－189页.

话……我要胡说，就让调解法官审判我好了。他的法律上写得明白……如今大家都平等了……不满您说……我弟弟就在当宪兵……"

"少说废话！"

"不，这条狗不是将军家的……"警察深思地说。"将军家里没有这样的狗。他家里没有这样的狗。他家里的狗大半是大猎狗……"

"你拿得准吗？"

"拿得准，长官……"

"我自己也知道。将军家里的狗都名贵，都是良种，这条狗呢，鬼才知道是什么东西！毛色不好，模样也不中看……完全是下贱货……他老人家会养这样的狗？！你的脑筋上哪儿去了？要是这样的狗在彼得堡或者莫斯科让人碰上，你们知道会怎样？那才不管什么法律不法律，一转眼功夫就叫它断了气！你，赫留金，受了苦，这件事不能放过不管……得教训它们一下！是时候了……"

"不过也可能是将军家的狗……"警察把他的想法说出来。"它脸上又没写着……前几天我在他家院子里就见到过这样一条狗。"

"没错儿，是将军家的！"人群里有人说。

"嗯！……你，叶尔德林老弟，给我穿上大衣吧……好像起风了……怪冷的……你带着这条狗到将军家里去一趟，在那儿问一下……你就说这条狗是我找着，派你送去的……你说以后不要把它放到街上来。也许它是名贵的狗，要是每个猪猡都拿雪茄烟戳到它脸上去，要不了多久就能把它作践死。狗是娇嫩的动物嘛……你，蠢货，把手放下来！用不着把你那根蠢手指头摆出来！这都怪你自己不好······"[1]

当他们说那条狗是将军家的狗时，奥丘梅洛夫就对被狗咬的商人进行训斥；当他们说那条狗不是将军家的狗时，奥丘梅洛夫就决定采取公正的态度处理这件事情。奥丘梅洛夫在人们话语声音的影响下，不断地变换立场，在飘忽不定的价值立场中展示着虚伪与奴隶的姿态。

除了话语具有很强的表现力外，人物的行动也辅助话语表现主题。如在胖子说出自己的官品时，叙述者这样描述瘦子的变化：

> 瘦子突然脸色变白，呆若木鸡，然而他的脸很快就往四下里扯开，做出顶畅快的笑容，仿佛他脸上和眼睛里不住进出火星来似的。他把身体里缩起来。哈着腰，显得矮了半截······他的皮箱、包裹和硬纸盒也都收缩起来，好像现出皱纹来了······他的妻子的长下巴越发长了。纳法奈尔挺直身体，做出立正的姿势，把他制服的纽扣全都扣上······[2]

同样，在《变色龙》中，奥丘梅洛夫以脱大衣、穿大衣这种动作的反复来表示立场的反复。

总之，对话是契诃夫短篇小说中的主体部分，表现力极强的人物话语和行动一起使人物处于活跃的表演状态，于是，主题意义在人物的表演中自然而然地流露出来。

---

〔1〕 契诃夫. 契诃夫短篇小说选〔M〕. 汝龙译. 人民文学出版社，2005年，16－17页.

〔2〕 契诃夫. 契诃夫小说全集（第2卷）〔M〕. 汝龙译. 上海译文出版社，2000年，第188页.

第三节 "直观性的距离"与集中、稳定的故事时空

叙述方式是叙事理论中最古老的问题。早在古希腊时期，柏拉图就区分出所谓"纯叙事"与"完美模仿"两种相对立的叙述模式。"纯叙事"是指诗人"以自己的名义讲话，而不想使我们相信讲话的不是他"。后者正相反，"他竭力造成不是他在讲话的错觉，若是口头表述的话语，则是某个人讲的"[1]。叙事学界把二者分别称为"讲述"与"展示"。

"讲述"与"展示'这两种叙述方式的根本区别在于，前者的叙述者是明显的，故事信息由叙述者这个中介向读者传达；后者的叙述者是隐蔽的，叙述者不介入或很少介入叙事，尽可能不留下讲述的痕迹。

一部叙事作品采取怎样的叙述方式与这部叙事作品所采取的叙事聚焦类型有关。传统小说一般使用零聚焦叙事，叙述者以无所不知的口吻向读者转述故事，并对故事进行评点议论。这样一来，必然造成叙述者声音明显，形成"讲述"的叙述方式，萨克雷的《名利场》就是典型的例子。莫泊桑、欧·亨利的小说中的叙述者的形象也很活跃，在《羊脂球》《麦琪的礼物》中，我们常常会听到叙述者的声音。

相反，如果叙事作品采用的是内聚焦和外聚焦这样限制性的视角，则容易形成"展示"的叙述方式。显而易见，契诃夫短篇小说的叙述方式是"展示"。虽然从叙事聚焦角度看，他的小说本质上是零聚焦叙事，但是这种零聚焦已经弱化到极其低的程度，在人物对话的过程中，读者很少感觉到它的存在。

"讲述"与"展示"的叙述方式造成的读者与故事的距离是不同的。

"讲述"因为故事与读者之间隔着叙述者，读者与故事的距离较远。

---

[1] 柏拉图. 柏拉图全集（第二卷）[M]. 王晓朝译. 人民出版社，2003 年，第 357 页.

"展示"因为故事与读者之间很少有叙述者的声音，读者与故事的距离较近。因此，读者与契诃夫短篇小说中故事的距离如同观众与舞台的距离，观众可以坐在正对着舞台的座位上，直接面对舞台上的演员表演。契诃夫短篇小说的读者也仿佛直接面对故事，直接观看人物在话语和行动中的精彩表演。所以，从读者与故事的距离这个角度来看，契诃夫短篇小说具有舞台直观性的特点。

在时空上，契诃夫擅于集中表现某个时间、某个地点发生的事，故事时间一般是人物开始对话到对话结束的时间。小说的故事时间与故事空间相对稳定与集中。

在小说《胖子和瘦子》中，故事发生在火车站，从始至终地点始终没有变换，故事时间是胖子和瘦子对话所经历的时间。同样，《变色龙》中，故事地点是广场，故事时间由对话开始到对话结束。故事时间与空间的稳定性、集中性使故事具有强烈的场面感。这同样也增强了小说的"戏剧舞台效果"，在戏剧中，人物、事件、时间、场景相当集中，场面感极强。

综上所述，叙述者是叙事作品分析中最核心的概念，叙述者在叙事作品中的表现程度和显隐的选择直接决定了叙事作品的特征。契诃夫短篇小说"框架零聚焦＋主体外聚焦"的叙事聚焦模式导致了"展示"的叙述方式，这种叙述方式使人物推开中介性的叙述者，走到叙述者前面来，直接面对读者，拉近了读者与故事的距离。同时，由于人物话语声音增强，并伴随具有表达主题意义的行动，增强了人物在"舞台"上的表现力。这两点特征与短篇小说中稳定、集中的故事时间与空间相结合，共同铸造了契诃夫短篇小说的"戏剧舞台效果"。

第三章　契诃夫短篇小说中的人物特征

美国叙事学家查特曼在人物观点上提出了人物"特性"论，认为欧·亨利和莫泊桑小说人物的"特性"一般是单纯性的，即非善即恶。契诃夫短篇小说中的人物则表现为积极性"特性"和消极性"特性"的融合，并且消极性"特性"多一些，这使人物具有了"混合性特征"。为什么会如此呢？这缘自契诃夫的两个创作观念：一是对生活的忠实，在现实生活中没有至善的人，也没有至恶的人，大部分的人一般都是积极性"特性"与消极性"特性"的交织融合；二是要展示人物的种种精神弊病，促使读者反思。在人物的关注点上，契诃夫短篇小说的人物具有内在性。契诃夫不像大部分传统作家那样关注人物的性格、命运、人物在环境中的沉浮，他把视点由人物的外部拉向人物内部，相比较而言他更为关注的是人物的灵魂、精神情绪，以借此反映出人的生存状态。契诃夫常用两种方式表现人物的灵魂和精神情绪：一种是用直接引语透视人物的心理活动（如《惊叹号》），或者用间接引语模仿人物口吻转述人物的心理活动（如《阴谋》）；第二种是用人物自身的话语和行动展示人物的心理活动，这种方式是契诃夫最为常用的方式。

第一节　人物的混合性

契诃夫短篇小说"框架零聚焦＋主体外聚焦"的叙事聚焦模式，

导致其绝大部分短篇小说中的叙述者为非人格化的叙述者。非人格化叙述者一般是可信的叙述者，他代表着叙事作品的价值立场。这种类型的叙述者虽然在叙事作品中不以人物的形象出现，但是作为故事的讲述者，不管其存在方式是公开的，还是隐蔽的，都或显或隐地体现着他对这个故事的理解与评价。他对人物也是如此，总要表现某种程度的好恶。

莫泊桑、欧·亨利短篇小说的非人格化叙述者对人物的价值判断基本上是立场鲜明的。如莫泊桑《羊脂球》中对羊脂球的肯定，对商人、贵族的否定；欧·亨利《麦琪的礼物》中对德拉，吉姆夫妇的肯定；《天窗室》中对女打字员的肯定、对胡弗的否定等。非人格化叙述者对这些人物态度明晰，没有含混之处。但是，对契诃夫短篇小说中非人格化叙述者与人物的关系，我们却不能如此轻而易举地作出类似的结论。在契诃夫短篇小说中，非人格化叙述者永远与人物保持一定价值判断上的距离，即非人格化叙述者对人物在叙述口吻上总是存在一定程度上的讽刺与否定，但这种讽刺与否定又不像《羊脂球》中对商人、贵族和《天窗室》中对胡弗等人的那种绝对性的讽刺与否定，非人格化叙述者在讽刺与否定中往往夹杂着忧郁的叹息声。这种非人格化叙述者与人物关系产生差异的原因首先要追溯到人物形象的性格内涵上。

美国叙事学家查特曼在《故事与话语》中，着重强调人物的虚构性，同时提出了"特性"人物的观点。这种"特性"类似于罗兰·巴特的性格"义素"，即"相对稳定持久的个人属性"是"位于叙述系动词后面的叙述形容词"[1]。例如："奥塞罗是个爱嫉妒的人"中的"嫉妒"这个叙述形容词就是人物的一种特性。查特曼将人物与其特性之间的关系用公式表示为 $C = Tn$，其中，"C"表示人物，"T"表示人物的"特性"。"n"表示"特性"的变量。人物可以有或多或少的"特性"，它作为故事的一种内在因素而存在，需要读者从故事的整体去把握。

---

[1] Seymour Chatman: Story and Discourse, Narrative Structure in Fiction and Film, Cornell University Press, ITHACA&LONDON, 1978. p125.

对于具有变量性质的人物"特性"，不管其数量有多少，终究可以将其分为三类：积极性的"特性"、消极性的"特性"和中性的"特性"。积极性"特性"的终端是善，消极性"特性"的终端是恶，中性"特性"为人物的生理特征（由于中性的"特性"对非人格化叙述者与人物的关系没有什么影响，所以本文将此"特性"的研究排除在外）。

对于《羊脂球》《麦琪的礼物》和《天窗室》中的人物，我们可以明确地把他们分别归结到积极性"特性"和消极性"特性"两个类别当中去。如图所示：

$$Tn \; 善 \leftarrow \cdot \!\!\!-\!\!\!-\!\!\!-\!\!\!-\!\!\!-\!\!\! \mid \!\!\!-\!\!\!-\!\!\!-\!\!\!-\!\!\!- \cdot \rightarrow Tn \; 恶$$

羊脂球	商人贵族
德拉和吉姆	
女打字员	胡弗

羊脂球、德拉和吉姆、女打字员与积极性"特性"的终端"善"极为靠近，甚至可以说他们是"善"的代表；而商人贵族和胡弗作为非人格化叙述者批判否定的对象则距消极性的终端"恶"较近。可以看到，之所以能够对这些人物作出明确的划分，是因为他们在"特性"构成上较为单纯，他们身上一般只具有某一种类别的"特性"。与此相对照，契诃夫短篇小说中的人物则完全不同，我们无法对其短篇小说中的人物轻而易举地作出类似的归类。《变色龙》中的奥丘梅洛夫与《胖子和瘦子》的瘦子只有在官职级别暗示的情况下才显示出奴性姿态，在没有官职级别暗示的情况下，奥丘梅洛夫可以秉公办事，瘦子也能够以真诚的感情与朋友交流；而且，从另一个角度看，这两个人也是官僚制度压制下的产物，自身也是受害者。《美妙的结局》中，虽然列车长斯狄奇金与媒婆的婚姻基于金钱利益，但这并不能使他们成为"恶"的化身，从叙述情境来看，也不能否认他们对美好生活的向往。同样，《唉，公众啊！》中的检票员决定一改往日因酗酒而渎职的坏习气，决定重新振作，做一个尽职尽力的好职员，只是由于思维僵化，处理事情的方法不得当，才又

回到不良的生活状态当中去。在这些人物身上我们看到，他们身上既有积极性的"特性"又有消极性的"特性"（相对来说，消极性的"特性"略多一些），这两种"特性"杂糅在一起，离各自的终端都较远。可以如图所示：

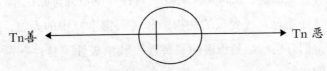

Tn善 ←———————→ Tn 恶

（注：圆圈为契诃夫短篇小说人物"特性"情况）

基于契诃夫短篇小说中人物积极性"特性"与消极性"特性"相混合的特征，我们不妨把其短篇小说中的人物称为"混合性"人物。

为什么契诃夫短篇小说中的人物具有混合性特征呢？这与契诃夫的创作观念有关。1887年10月24日，他在给哥哥亚历山大的信中说："现代的剧作家们一动笔，就专门写天使、恶棍和小丑，可是，你走遍全俄国去找一找这种人吧！不错，找，你是会找到的，然而，他们的面貌决不像作家们所需要的那么极端。"[1] 这反映了契诃夫塑造人物的一种观念，作家不能凭自己的需要塑造人物，而应该像镜子一样去观照人物的真正状态。现实生活中的人物一般都不是极善的代表或极恶的化身，他们往往是积极性"特性"与消极性"特性"的交织与融合。虽然这段话是针对戏剧创作提出的，但是，戏剧家契诃夫同小说家契诃夫的创作观念是不会分离的，这一根本观念会贯彻到两种体裁的创作当中去。所以，契诃夫短篇小说中出现了大量的积极性"特性"与消极性"特性"相融合的混合性人物，如善良而又愚昧的女仆、慈爱而又暴躁的家长、公正而又愚蠢的检票员、可爱而又虚荣的妻子、可怜而又卑贱的小管理等，就不奇怪了。

---

〔1〕 转引自安·屠尔科夫. 安·巴·契诃夫和他的时代 [M]. 朱逸森译. 中国社会科学出版社，1984年，第91页.

第二节　人物的内在性

　　与莫泊桑、欧·亨利相对照的是，契诃夫对人物的关注点也发生了变化。莫泊桑和欧·亨利作为传统短篇小说家基本上关注的是人物的性格、命运，外部事件对人物的撞击、对人物命运的影响，聚焦放在人物与环境的关系当中。契诃夫则反其道而行之，把聚焦视线拉回到人物自身，他要从日常生活当中去窥探人物的灵魂、精神情绪，以借此反映人物的生存状态。

　　在契诃夫的短篇小说中，叙述者常常以两种方式揭示人物的灵魂、精神情绪。一种方式是叙述者以直接引语的形式透视人物的心理活动（如《惊叹号》），或以间接引语的形式，模仿人物的语气转述人物的心理活动（如《阴谋》）；另一种方式是利用人物的话语和行动展示人物的微妙心理，这种方式在契诃夫短篇小说中占有相当大的比重。

　　在作品《惊叹号》中，没接受过教育的十品文官彼列克拉津受到一个青年人的责难。那个青年指责他，即使彼列克拉津能够使用标点符号，也未必懂得标点符号的意义。青年的指责刺激了彼列克拉津的自尊心，他恼恨不已，在家中睡意蒙眬之际开始回想自己对标点符号的用法，所有的标点符号都顺利点对，只有惊叹号无处可放，他绞尽脑汁"回想他在职期间四十年来写过的各种公文内容，可是不管他怎么思索，不管他怎么皱起眉头，他在过去那些公文里却连一个惊叹号也找不出来"[1]，这表明，彼列克拉津过了四十年没有喜怒哀乐情感的僵化生活。小说通篇几乎由叙述者对人物的心理透视构成，清晰地展示了人物了无生趣、悲哀的生存状态。作品《阴谋》中，医师谢列斯托夫准备去参加会议，在会议上，委员们将对他在会诊时态度恶劣的事件进行讨论。他站在镜子

---

〔1〕　契诃夫．契诃夫小说全集（第2卷）［M］．汝龙译．上海译文出版社，2000年，第170页．

前，浮想联翩，想象着他将以怎样的姿态面对同事，怎样趾高气扬地为自己辩护，怎样使同事们一败涂地，最后，他将怎样成功地使同事们折服，推选他为协会主席。叙述者以间接引语的形式，模仿他的语气，揭示了他的傲慢、虚荣的心理。

利用人物话语和行动来展示人物的灵魂、精神情绪是契诃夫大部分短篇小说使用的方式。叙述者往往以人物自身话语和行动的变化，揭示人物的心理。作品《胖子和瘦子》中，以胖子表明身份为界点，瘦子存在着两种话语状态和行动姿态。在胖子没有表明身份之前，瘦子以朋友间的平等身份和胖子进行交流，并和胖子互相拥抱，互相亲吻。当胖子表明身份后，瘦子则以下级对上级的姿态和胖子对话了，身子也矮了半截，"弯下整个身子深深一鞠躬"[1]。通过前后相对照的话语和行动，展示了人物的奴性心理，也反映出了深受官僚制度压迫的人的卑贱，丧失了人格的可悲的生存状态。

契诃夫短篇小说中的"混合性"人物大部分都是普通的"小人物"。在俄国文学史上，普希金的《驿站长》开启了"小人物"题材的先河，之后有果戈里的《外套》，陀斯妥耶夫斯基的《穷人》等。这些作品莫不对"小人物"悲惨的境遇寄予了深切的同情。但是契诃夫以客观的视点审视这些"小人物"，发现"小人物"除了可悲以外，自身也存在着种种使他们不能够跳出可悲的生活状态的缺陷。所以契诃夫要以自己的短篇小说作为一面镜子，复现人们的灵魂以及相应的生存状态，以求得改变。正如他所说："……我只想诚实地告诉人们：'看看你们自己吧，你们生活得多么糟糕和无聊！'最主要的是要人们懂得这一点，而且一旦他们懂得了这一点，他们就会给自己创造另一种美好的生活。"[2] 可以看出，契诃夫是以关爱的态度批判"小人物"的，这就是其短篇小说中非人格化叙述者与人物既保持着价值判断上的距离又发出忧郁的叹息声的缘故了。

---

〔1〕 契诃夫. 契诃夫小说全集（第2卷）〔M〕. 汝龙译. 上海译文出版社，2000年，第189页.

〔2〕《文学遗产》. 第68卷，苏联科学院出版社，1960年，第662页.

第四章　契诃夫短篇小说的叙事
　　　　节奏特征和情节特征

　　小说作为叙事文学存在着两种时间系统：故事时间和叙事时间。故事时间是指故事发生的原始时间；叙事时间是指故事在叙事文中呈现出来的具体时间。故事时间与叙事时间复杂的关系，形成了不同的时间形态。故事中事件的编年顺序和叙事文中叙述这些事件的顺序的关系构成了时序；故事的时间长度与叙事文中叙述这些事件的时间长度的关系构成了时距；故事中事件发生的次数和叙事文中叙述这些事件的次数的关系构成了频率。契诃夫深切懂得叙事时间在叙事文中的重要性，巧妙地运用时距和频率，使小说在节奏效果和情节效果上呈现出与众不同的特点。在这里，笔者将从时距和频率两个角度论述契诃夫短篇小说的叙事节奏特征和情节特征以及这些特征的形成方式。

第一节　　"漫画式速写"
——契诃夫短篇小说的叙事节奏特征

　　法国叙事学家拉热尔·热奈特在《叙事话语 新叙事话语》中指出，故事时间和叙事时间是"非等时"的关系，他把这种关系称为时距，并

将时距划分为四种类型：[1]

      概要：叙述时间小于故事时间。

      省略：叙述时间为零，故事时间无穷大。

      停顿：叙述时间无穷大，故事时间为零。

      场景：叙述时间等于故事时间。

这四种时距在叙事文中的交错运用形成了叙事节奏。正如拉热尔·热奈特所说："叙事可以没有时间倒错，却不能没有非等时，或毋宁说没有节奏效果。"[2] 任何一位传统作家都不会把故事原生态地展现出来，都会根据各自的喜好处理时间长度和叙述时间长度的关系，以达到理想的节奏效果。比较而言，欧·亨利和莫泊桑短篇小说的叙事节奏相对舒缓，契诃夫短篇小说的叙事节奏则很快，甚至可以用"速写"两个字来概括。

作品《阴雨天》展示了住在别墅里单纯的母亲和女儿对女儿的丈夫克瓦兴充满着爱和信任，却被克瓦兴欺骗的故事。叙述时间为四页半，故事的主体由四个对话场景构成，这四个场景是这样连接的：

第一个场景：母女惦念住在城里的克瓦兴，女儿决定进城看望克瓦兴。

    女儿走了，临行说定，坐晚班车回来，或者明天早晨回来。

过渡—省略   可是女儿老早就回来了。[3]

第二个场景：女儿回到别墅，向母亲哭诉被骗，母女伤心，抱怨。

---

〔1〕 热拉尔·热奈特. 叙事话语 新叙事话语［M］. 王文融译. 中国社会科学出版社，1990 年，第 60 页.

〔2〕 热拉尔·热奈特. 叙事话语 新叙事话语［M］. 王文融译. 中国社会科学出版社，1990 年，第 54 页.

〔3〕 契诃夫. 契诃夫小说全集（第 2 卷）［M］. 汝龙译. 上海译文出版社，2000 年，第 202 页.

老太婆自己也放声大哭，把手一挥，她也浑身无力，在她的箱子上躺下了。[1]

过渡—省略　将近傍晚克瓦兴回来了。[2]

第三个场景：克瓦兴回来，欺骗母女，母女转悲为喜。

过渡—概要　两个人又惊又喜，忙忙乱乱，在各自的房间里跑进跑出。

饭桌很快就摆好了。[3]

第四个场景：饭桌上，母女与克瓦兴对立性心理活动的对比。

可以看到，第一个场景和第二个场景之间省略了女儿进城路上和在城里的情况；第二个场景只交待了女儿刚回来时的哭诉，母女的伤心抱怨，省略了克瓦兴回来以前重复性的类似场面，画面很快转换到第三个场景。第三个场景和第四个场景之间用一个简短的概要描绘了母女为克瓦兴准备晚饭的忙碌情况。这四个场景之间没有多余的事件，连接紧凑，母女时而哭时而笑的戏剧性对话场景不断闪现。

作品《一个文官的死》展示了庶务官切尔维亚科夫在戏院看戏时不小心向前排上司的头顶上打了个喷嚏，几次道歉遭到上司拒绝，最终被吓死的故事。叙述时间为两页半，故事主要由三个道歉场景构成：

第一个场景：在戏院里，切尔维亚科夫两次向上司道歉，遭到婉言拒绝。

---

〔1〕 契诃夫．契诃夫小说全集（第2卷）［M］．汝龙译．上海译文出版社，第203页．
〔2〕 契诃夫．契诃夫小说全集（第2卷）［M］．汝龙译．上海译文出版社，第203页．
〔3〕 契诃夫．契诃夫小说全集（第2卷）［M］．汝龙译．上海译文出版社，第204页．

过渡—概要：　切尔维亚科夫回到家里，就把他的失态告诉他的妻子。他觉得妻子对待所发生的这件事似乎过于轻率。她先是吓一跳，可是后来听明布里里兹托夫是在"别处工作的"，就放心了。

"不过你还是去一趟，赔个不是的好，"她说。"他会认为你在大庭观众之下举动不得体！"

他采纳妻子的建议，决定第二天去道歉。[1]

第二个场景：在上司的办公室里，切尔维亚科夫向上司道歉。

过渡—概要：　切尔维亚科夫这样想着，走回家去。那封给将军的信，他却没有写成，他想了又想，怎么也想不出这封信该怎样写才对。他只好第二天亲自去解释。[2]

第三个场景：第三天，在上司的办公室里，切尔维亚科夫向上司道歉。

结尾—概要：　切尔维亚科夫肚子里似乎有个什么东西掉下去了。他什么也看不见，什么也听不见，退到门口，走出去，到了街上，慢腾腾地走着……他信步走到家里，没脱掉制服，往长沙发上一趟，就此……死了。[3]

在这篇短篇小说中，主体部分是三个道歉场景，由两个概要连接，

---

〔1〕　契诃夫. 契诃夫小说全集（第2卷）[M]. 汝龙译. 上海译文出版社, 2000年, 第148页.

〔2〕　契诃夫. 契诃夫小说全集（第2卷）[M]. 汝龙译. 上海译文出版社, 2000年, 第149页.

〔3〕　契诃夫. 契诃夫小说全集（第2卷）[M]. 汝龙译. 上海译文出版社, 2000年, 第149页.

由于概要缩短了家中事件的叙述时间，因此，实际上并不连续发生的"道歉——遭拒"场景连续出现，情节在极短的叙述时间内迅速完成。

通过以上两篇短篇小说的简要展示和分析，可以看到它们的共同点在于：叙述时间短，场景较多，连接紧凑，省略和概述了很多事件。那么，被省略和概述的事件是什么性质的事件呢？被省略和概要连接的事件又是什么性质的事件呢？

叙事学家罗兰·巴特把故事中的事件划分为核心事件和催化事件。核心事件是"叙事作品中真正的铰链"，"为故事的下文打开（或者维持，或者封闭）一个逻辑选择"[1]。催化事件是指用来"填实"铰链功能之间空隙的事件，是在两个核心事件之间的一些次要的，不起决定作用的叙述。

作品《阴雨天》的第一个场景中，女儿决定进城这个想法必然发生具有逻辑关系的三个核心事件：决定进城——进城——回来。在文本中，"决定进城"和"进城"这两个核心事件之间只有一个简短的概要和两句母女的对话，然后画面便马上转换到了"第二天早晨"母女离别的场景。"进城"和"回来"这两个核心事件之间的一切催化事件则被完全省略，三个核心事件紧紧相联。在第二个场景中，虽然女儿回来得很早，离克瓦兴回来还有很长一段时间，但是叙述者只向读者交代了女儿刚回来时向母亲哭诉和母女伤心、抱怨的场景。至于克瓦兴回来之前的时间里母女的情况则被省略了。因为这段时间所发生的事件无非是性质相同的诸如伤心、抱怨、愤怒等重复性的催化事件。同样，在第三个场景中，克瓦兴的谎言发生了作用，母女转悲为喜之后，叙述便以一个母女为克瓦兴准备晚饭的概要结束，马上连接第四个场景，透视母女和克瓦兴双方对立性的心理。这样，相互对照的四个故事场景一个接着一个出现，情节在"信任——不信任——信任——不值得信任"的戏剧性场景中快速进行。随着母女的一哭一笑，母女的单纯、愚蠢和克瓦兴的伪善自然而

---

〔1〕 张寅德编选. 叙述学研究 ［M］. 中国社会科学出版社, 1989 年, 第 14 页.

然地显露出来，从而确定了主题。

作品《一个文官的死》也是同样情况，叙事文的主题展示官僚制度压制下小官员的脆弱、卑贱的病态心理，因此，文本的主体部分始终由"决定道歉（因、果）——道歉（果、因）——遭拒（果、因）"这三个核心事件的场景循环构成。一旦切尔维亚科夫决定道歉，画面便马上转换到道歉的场面。每一个道歉场面作为诱因又引发了上司的不满与拒绝，而上司的拒绝又导致文官决定再次道歉，在这三个核心事件中其他一切与主题无关的催化事件或被省略，或以一个简单的概要加以描绘，小说在情节的快速发展中凸显了主题。

关于停顿，这种时距几乎在所有的小说中都会涉及。欧·亨利喜欢用抒情性的议论，莫泊桑喜欢对故事的社会环境和地理状况进行描绘，契诃夫则善于运用解释性的叙述干预。作品《阴雨天》中，在谈到克瓦兴不在家的原因时，叙述者解释道："克瓦兴本人不在家，每逢下雨的日子，他总是不到别墅来，留在城里。别墅区的潮湿天气对他的支气管炎有不好的影响，妨碍他工作。他抱定一种见解，认为阴雨天的景象和窗上的雨珠足以使人丧失精力，产生忧郁的心情。城里比较舒适安全，阴雨天就几乎不引起注意了。"[1] 这段解释性干预是必要的，一方面它有助于读者了解故事的基本情况，另一方面它还与情节有关，在作品结尾对克瓦兴心理的透视中我们可以发现，克瓦兴在城里住的真正原因是他想避开母女在城里寻欢作乐，如此一来，这段叙述干预将成为克瓦兴的一种托辞，显示了他对母女的欺骗和母女的被骗。作品《在别墅里》的主人公收到一封情书，这时叙述者解释道："在八年的婚后生活里，巴威尔·伊凡内奇已经丢开细腻的感情，除了贺信以外从未收到过别的什么信，因此，尽管他在自己面前极力装得神气十足，上述那封信还是惹得他张皇失措，心情激动。"[2] 这段叙述干预在向读者解释主人公基本情况

〔1〕 契诃夫. 契诃夫小说全集（第2卷）［M］. 汝龙译. 上海译文出版社，2000年，第200页.

〔2〕 契诃夫. 契诃夫小说全集（第2卷）［M］. 汝龙译. 上海译文出版社，2000年，第55页.

的同时，也与以后的情节发展有关，正是这种久违的激情使得他做出了一系列举动，促使一系列事件的发生，推动了情节的发展。

契诃夫的短篇小说中所使用的停顿几乎都是这类解释性叙述干预，并且非常短小，因而对小说的快节奏并没有产生影响。

契诃夫的短篇小说中的场景大部分是对话场景，在论及对话场景对叙事节奏的影响时热奈特说："纯对话不言而喻是不能放慢的。"[1] 这里的"不能放慢"指的是故事时间与叙事时间相等产生的节奏效果。

综上所述，在契诃夫的短篇小说中，对话场景和停顿不影响叙事节奏，省略和概要则使多个与主题相关的核心对话场景在极短的篇幅内汇聚起来，这些核心场景与故事的发生、发展、高潮、结局四个阶段相对应，因此在情节迅速发展的同时，叙事节奏也大大加快了。这就像绘画中的速写，寥寥几笔之间便勾勒出一幅人生画面，在这人生画面中往往夹杂着哭与笑以及温和的讽刺，类似于漫画，因此，我们不妨把契诃夫短篇小说的叙事节奏概括为——漫画式速写。

第二节　情节氛围的渲染
——契诃夫短篇小说的情节特征

在《叙事话语 新叙事话语》中，拉热尔·热奈特将叙事频率归纳为以下四种类型：[2]

讲述一次发生过一次的事

讲述 n 次发生过 n 次的事

讲述 n 次发生过一次的事

---

〔1〕　热拉尔·热奈特. 叙事话语 新叙事话语 ［M］. 王文融译. 中国社会科学出版社, 1990 年, 第 60 页.

〔2〕　热拉尔·热奈特. 叙事话语 新叙事话语 ［M］. 王文融译. 中国社会科学出版社, 1990 年, 第 74 页.

讲述一次发生过 n 次的事

他把第一种叙事频率定义为"单一叙事",第二种叙事频率没有专门名称,它附属于"单一叙事",第三种频率定义为"重复"叙事,第四种频率定义为"反复"叙事。在契诃夫短篇小说中,第二种叙事频率和第三种叙事频率发挥了重要的作用。这两种叙事频率使契诃夫短篇小说在情节特征上与欧·亨利和莫泊桑迥然不同。欧·亨利和莫泊桑以情节巧合离奇取胜,故事情节因事件的变化冲突而显得波澜起伏。如欧·亨利短篇小说《麦琪的礼物》,为了购买圣诞节礼物,妻子卖掉头发为丈夫的金表买了一条表链,丈夫则卖掉金表为妻子买了一套发梳。莫泊桑的短篇小说《项链》,女主人公向朋友借了一串项链去参加晚会,但是丢了项链,夫妻四处举债还了项链,为此付出了十年的青春,十年之后却得知她所借的那串项链是假的。

《麦琪的礼物》和《项链》的情节可由下图展示:

《麦琪的礼物》:妻子:卖头发——→买表链

丈夫:买发梳←——卖金表

《项链》:借项链——→丢项链——→还项链——→得知

    ↑ (是假的)   ↓

《麦琪的礼物》这篇小说的成功之处在于巧合性,错位性事件的相交接;《项链》的成功之处则在于事件的突转和发现。两篇小说的共同之处在于情节的发生——→发展——→高潮——→结局四个阶段均有质变事件的发生,也就是性质不同事件的组合连接。这是传统小说情节的特点,因为一个原因,一件事情发生了,经历过发展、高潮,然后有了一个结果,

情节处于曲折变化之中。契诃夫的短篇小说则与此不同，他的短篇小说也有清晰的情节脉络，但是他的关注点已不是传统情节的曲折变化，他追求的是情节氛围的烘托与渲染。这和"展示"性的叙述方式有关，因为对话体的"展示"类似于戏剧，戏剧本身就有气氛渲染特点。但是导致这种情结特点的更为重要的原因是"讲述 n 次发生过 n 次的事"和"讲述 n 次发生过一次的事"这两种叙事频率的运用。

一、"讲述 n 次发生过 n 次的事"

"讲述 n 次发生过 n 次的事"是契诃夫短篇小说中极为常见的叙事频率，在大部分短篇小说中均有不同程度的应用。最为典型的作品如《一个文官的死》《苦恼》《变色龙》《新年的苦难》，等等。

《一个文官的死》中，切尔维亚科夫的死亡并不是一次道歉的结果，而是多次道歉的结果。叙述者讲述了五次（第一个场景和第二个场景中各有两次）切尔维亚科夫五次向上司道歉的事。五次道歉中，上司是这样回答的：

第一次："没关系，没关系……"

"请您看在上帝面上原谅我。我本来……我不是有意这样!"

"哎，您好好坐着，劳驾! 让我听戏!"

第二次："哎，够了。……我已经忘了，您却说个没完!"将军说，不耐烦地撇了撇下嘴唇。

第三次："简直是胡闹。……上帝才知道是怎么回事! 您有什么事情要我效劳吗?"将军扭过脸去对下一个请托事情的人说。

第四次："您简直是在开玩笑，先生!"他说着，走进内室去，关上身后的门。

第五次："滚出去!"将军脸色发青，周身打抖，突然大叫一声。

"什么?"切尔维亚科夫低声问道，又说一遍。

"滚出去！"将军顿着脚，又说一遍。[1]

上司的回答一次比一次不耐烦，态度一次比一次糟糕，怒火一次比一次高涨，同时，切尔维亚科夫的内心也一次比一次恐惧，终于在最后一次，在上司忍无可忍的怒火爆发中，切尔维亚科夫的不安与恐惧也达到了他所不能承受的极限，于是，他死了。情节就在一次次的道歉中一点一点地推进，恐惧的气氛随同怒火的上升逐渐弥漫开来。

作品《苦恼》也是同样的情况。讲述了马车夫姚纳的儿子死了，他迫切地想对什么人倾诉心中的痛苦，但是却屡次遭到拒绝，最终不得已对他的马倾诉苦恼的故事。叙述者讲述了五次姚纳五次寻求倾诉的事：

第一次的倾诉对象是个军人，倾诉的愿望失败；

"赶你的车吧，赶你的车吧……"乘客说，"照这样走下去，明天也到不了。快点走！"

车夫就又伸长脖子，微微欠起身子，用一种稳重的优雅姿态挥动他的鞭子。

后来他有好几次回过头去看他的乘客，可是乘客闭上眼睛，分明不愿意再听了。

第二次的倾诉的对象是三个游荡的年轻人，愿望落了空；

"我的……那个……我的儿子这个星期死了！"

"大家都要死的……"驼子咳了一阵，擦擦嘴唇，叹口气说。"得了，你赶车吧！诸位先生，照这样的走法我再也受不住了！他什么时候才会把我们拉到呢？"

〔1〕 契诃夫. 契诃夫小说全集（第 2 卷）［M］. 汝龙译. 上海译文出版社，2000 年，147 - 149页.

第三次倾诉的对象是个仆人，愿望又落了空；

姚纳瞧见一个扫院子的仆人拿着一个小蒲包，就决定跟着他攀谈一下。

"老哥，现在几点钟了？"他问。

"九点多钟……你停在这儿干什么？把你的雪橇赶开！"

约纳把雪橇赶到几步外去，伛下腰，听凭苦恼来折磨他……他觉得向别人诉说也没有用了……可是五分钟还没过完，他就挺直身体，摇着头，仿佛感到一阵剧烈的疼痛似的；他拉了拉缰绳……他受不住了。

第四次倾诉的对象是个年轻的车夫，他对姚纳的话一点反应也没有。愿望再次落空；

"……我呢，老弟，我的儿子死了……你听说了吗？这个星期在医院里死掉的……竟有这样的事！"

第五次的倾诉对象是马，他的愿望"成功"了。

"……是啊……我已经太老，不能赶车了……该由我的儿子来赶车才对，我不行了……他才是个地道的马车夫……只要他活着就好了……"

姚纳沉默了一会儿，继续说：

"就是这样嘛，我的小母马……库兹马约内奇不在了……他下世了……他无缘无故死了……比方说，你现在有个小驹子，你就是这个小驹子的亲娘……忽然，比方说，这个小驹子下世了……你不是要伤心吗？"

那匹瘦马嚼着草料，听着，向它主人的手上哈气。

姚纳讲得入了迷，就把他心里的话统统对它讲了……[1]

每一次倾诉的失败，姚纳的内心痛苦都会增加一层，随着倾诉事件的增加，随着叙述次数的增加，苦恼的氛围越来越浓重。终于这种苦恼以非正常的倾诉发式爆发出来，他把他的苦恼统统对他的马说了。随着这一质变事件的发生，苦恼的氛围也达到了顶点。

欧·亨利的短篇小说《警察和赞美诗》也采用了这种叙事频率。讲述了在寒冬季节，流浪汉苏贝蓄意闹事打算进监狱过冬的故事。叙述者讲述了六次他闹事的事。在第六次计划失败后，苏贝受到教堂赞美诗曲调的感化，放弃了他的计划，决定洗心革面，重新做人，不料，就在这时，一个警察把他抓进了监狱。

虽然欧·亨利和契诃夫都使用了这种叙事频率，但产生的情节效果却是不同的。这种不同可以用下图展示：

欧·亨利：《警察和赞美诗》

第一次→第二次→第三次→第四次→第五次→第六次↗受到感化↘
被抓进监狱

契诃夫：《一个文官的死》

第一次→第二次→第三次→第四次→第五次→死了

《苦恼》

第一次→第二次→第三次→第四次→第五次→对马倾诉

可以看到，尽管《警察和赞美诗》使用了"讲述 n 次发生过 n 次的事"这种叙事频率，但是他的用意不在于烘托某种氛围，而是为了后续事件戏剧性的变化做准备。对六次计划相继失败的叙述是为"受到感化"和"被抓进监狱"这两个对立性事件的出现作铺垫。其情节的实质仍在

---

[1] 契诃夫．契诃夫短篇小说选 [M]．汝龙译．人民文学出版社，2005 年，20－25 页．

于情节内部的曲折变化。《一个文官的死》和《苦恼》则与此不同。情节内部没有曲折变化。它是渐进式的发展，是程度的累积。在程度累积的过程中，也就是在事件发生 n 次讲述 n 次的过程中，苦恼的气氛越来越浓重，恐惧与怒火的气氛也越来越浓重。在点点滴滴的量变中，终于达到了最终的质变——姚纳非正常的倾诉方式和文官的死，这时的情节氛围也被渲染到了顶点。

二、"讲述 n 次发生过一次的事"

契诃夫除了善于运用"讲述 n 次发生过 n 次的事"这种叙事频率渲染情节氛围以外，还常常用"讲述 n 次发生过一次的事"这一叙事频率烘托情节氛围。典型的作品如《哥萨克》《尘世忧患》《受气包》《赛壬》，等等。

作品《哥萨克》讲述了在复活节那天，玛克辛和妻子在从教堂回家的路上遇见了一个虚弱的哥萨克人。哥萨克请求他们给他点面包，但是被妻子拒绝，导致玛克辛愧疚不已的故事。玛克辛在这件事情以后五次提到哥萨克。

妻子拒绝后。

"丽扎薇达，我们没有给他面包吃，可是也许应该给他才对，我看他需要开斋嘛。"

回到家里。

"丽扎薇达，我们没让那个哥萨克开斋，这不好。"托尔恰科夫喝下半杯茶，此外再也没有喝什么，吃什么。他不想吃东西，茶叶也没有味道，跟青草一样。他觉得心里闷闷的[1]。

他们上床睡觉，大约过了两个钟头。

"不知为什么，睡不着。……唉，丽扎薇达，"他说，叹口气，"我和你亏待了那个哥萨克！"

玛克辛吩咐工人给哥萨克送面包，工人没找到，他亲自去找，也没找到。

他回到家，赶上吃午饭。

"丽扎薇达，我们不该亏待那个人。"[2]

他第一次和妻子吵了架，觉得妻子不厚道。

第五次：

"唉，我们亏待了那个人！"他喃喃地说，"亏待了这个人。"

从此，他的生活走下坡路了[3]。

与"讲述 n 次发生过 n 次的事"这种叙事频率的作用相同，玛克辛一次次重复着"我们亏待了这个人"这句话，随着不断渲染，这种愧疚、不安的情绪气氛逐渐浓烈，最终导致了事情的质变——他的生活走下坡路了。

---

〔1〕 契诃夫.契诃夫小说全集（第2卷）［M］.汝龙译.上海译文出版社，2000年，第138页.

〔2〕 契诃夫.契诃夫小说全集（第2卷）［M］.汝龙译.上海译文出版社，2000年，第139页.

〔3〕 契诃夫.契诃夫小说全集（第2卷）［M］.汝龙译.上海译文出版社，2000年，第140页.

与作品《尘世忧患》有所不同，《哥萨克》中的重复属于人物叙述的重复，《尘世忧患》则属于叙述者叙述的重复。作品主要描述了波波夫家里一段糟糕的生活状态。神经质的波波夫唠唠叨叨地计算账目，旁边的妻子牙痛，不停地喊叫，隔壁房间里的医学大学生不停地重复着一句话，楼上则有一个人猛烈地弹钢琴。这四种声音交织在一起形成了令人无法忍受的交响曲。结局是波波夫被送进了医院。叙述者是这样表现这样表现这种"尘世忧患"的。

他把这四种声音并置为一个画面，如：

> "慢性胃炎在肝病患者身上也可以观察到。……"
>
> 波波夫把阿莫尼亚药水递给妻子，接着算道：
>
> "代售佣金百分之零点二五，运输费四十戈比，因差错而付出的费用十八戈比，罚金三十二戈比……"
>
> 楼上的琴声停止了，然而过了一会，那个练钢琴的人又弹奏起来，劲头那么猛，震得索菲亚·萨维希娜身子底下的褥垫弹簧颤动起来。[1]

叙述者把这并置性的画面作为一组，重复性叙述，每重复一次，循环一次，这种混杂交响曲令人难以忍受的程度都加深一次，直到最后的爆发。

总之，契诃夫相当一部分的短篇小说，特别是后期抒情心理型小说的情节已经不同于传统情节，传统情节的特点在于发生—发展—高潮—结局四个阶段贯穿着事件的冲突变化。契诃夫的短篇小说也有发生—发展—高潮—结局四个阶段，但是着重点已不在于事件的冲突变化，而是在于情节的烘托与渲染，这种情节效果通过主要"讲述 n 次发生过 n 次

---

[1] 契诃夫. 契诃夫小说全集（第 2 卷）［M］. 汝龙译. 上海译文出版社，2000 年，第 124 页.

的事"和"讲述 n 次发生过一次的事"这两种叙事频率的应用来实现。通过 n 次的叙述,某种程度逐渐加深,像正在加热的水,开始时水是冷的,但随着温度不断上升,水逐渐热起来,直至沸腾。

第五章　契诃夫短篇小说框套型故事的框架特征

从叙述者的角度来看，当一个包容整个作品的非人格化的叙述者或一个人物叙述者讲述一个故事，在这个故事中，又有一个人物叙述者讲述另外一个故事时，便形成了叙述层次。对于这些叙述层次，人们用不同的术语来进行称呼。如："母体叙述"—"次叙述"，"初始叙述"—"第二叙述"，"第一叙事"—"第二叙事"等。值得关注的是，在叙述层次形成的同时，也形成了故事层次。这些故事因为叙述层次的缘故，像套子一样一个一个地套起来，形成层层递增的等级层次。我们不妨把这种类型的故事称为"框套型故事"。契诃夫的框套型故事与同类传统相比非常具有独特性，本文将从问题入手，追本溯源，分别从人物叙述接受者和人物接受者两个方面论述契诃夫框套型故事叙述层次上的独特性及其原因。

第一节　活跃的人物叙述接受者

框套型故事的出现由来已久，如集体创作而成的古印度的《五卷书》，西班牙的《露卡诺尔伯爵》，古罗马的《变形记》，阿拉伯的《一千零一夜》，蒙古的《阿扎巴扎》等，个体作家独立创作而成的意大利作家薄伽丘的《十日谈》，英国作家乔叟的《坎特伯雷故事集》，等等。

依据第一叙事与第二叙事的关系，即一个故事以何种方式嵌入另一个故事当中，传统的框套型故事可以分为三类：第一类是为了拖延时间讲故事。比如，在《一千零一夜》中，山鲁佐德用讲故事的方法来拖延自己被处死的时间；在《阿扎巴扎》中，每个梯级上的木雕像一个接着一个讲故事来拖延国王登上王位的时间。第二类是利用故事进行回答、争辩。如在《露卡诺尔伯爵》中，伯爵常常向博学的顾问征询各方面的意见，顾问就用一个个小故事进行回答。第三类是为了叙述而叙述，如《十日谈》和《坎特伯雷故事集》。一群精于世故且非常健谈的年轻男女在乡间避难，一群香客去朝圣的路上为了消愁解闷，按照规定，每人轮流讲故事。每天一个主题，在一个主题下每人讲一个故事，这样就汇聚成了框套型故事。

这些传统的框套型故事，其故事不管以哪种方式嵌入，都有一个共同点，即第二叙事往往成为作品的主体部分。作品的主题主要由第二叙事来展现。第一叙事仅仅作为一个叙述框架而存在，其本身并没有什么其他特别的意义。这些故事嵌入方式之间的区别只在于，这个叙述框架在导引出第二叙事时是否具有更大的合理性。相比而言，以拖延时间或回答、争辩的方式引出故事比为了叙述而叙述引出故事更具合理性（前者如《坎特伯雷故事集》后者如《十日谈》），但也仅此而已，第一叙事并未取得与第二叙事同等的地位。

与这些同类传统不同的是，契诃夫的框套型故事打破了这种局面。1886年，契诃夫创作了《头等列车乘客》《你和您!》《就是她!》三篇短篇小说，这三篇短篇小说都属于框套型故事。在《头等列车乘客》中，人物叙述者克利库诺夫对乘客讲述了他的愤懑。他是一个卓有成就的造桥工程师，在俄国建造了大约二十座宏伟的桥，但是，几乎没有人知道他的大名。在新桥落成之时，人们对这个伟大的工程师毫未注意，却为与工程师同居的歌女的出现而欢呼雀跃。在克利库诺夫叙述的故事当中，客观地讲，确实提出了一个令人深思的问题：科学与娱乐哪个更应该得到尊重？答案似乎一目了然，然而事实并非如此，在这"并非如此"之中，我们看到了某种悲哀。是科学的悲哀，也是人民大众低级精神取向的悲哀。此时，我们好像已经站在了克利库诺夫的立场上，我们为他的遭遇感到不平，看到了民众的愚昧。但是，当克利库诺夫的故事结束之后，那个人物叙述接受者——乘客的一番话又让我们迷失了方向：

> "请您容许我反过来对您提出一个问题，"对面的乘客说着，胆怯地嗽喉咙，"您可知道普希科夫这个姓？"
>
> "普希科夫？哦！……普希科夫。……不，我不知道！"
>
> "这就是我的姓……"对面乘客腼腆地接着说。"那么您不知道我在俄国一所大学里已经当了三十五年的教授……而且是科学院的院士，先生……我发表过不只一篇论文呢。……"[1]

乘客的这段话是对克利库诺夫的反拨，他同样做着他所憎恨的那些人所做的事情。这一反拨非同小可，它动摇了我们先前的观念。我们是否还应该站在克利库诺夫一边？作品究竟要表现一个怎样的主题？面对主题的模糊性，我们举棋不定。但是，只要认真梳理一下，我们就会发现，实际上，作品并非只表现了一个主题，第二叙事中所表现的主题毋庸置疑，关键在于，第一叙事也揭示了一个主题——每个人都能一眼看到别人的缺点和不足却看不清自己。

在作品《你和您！》中，候补法官波皮科夫审问一个农民证人伊凡·菲拉烈托夫。这个农民讲述了他所目击的案情——一个酒鬼打死了他的妻子。虽然人物叙述者语无伦次，但是，透过他的叙述，我们仍然可以看到俄罗斯人民大众中酒鬼的堕落和残暴，而通过人物叙述者不时返回第一叙事和波皮科夫进行交流，也可以看到第一叙事中的叙述者对以伊凡·菲拉烈托夫为代表的农民蒙昧主义的揭示和对波皮科夫虚荣心的嘲讽——他极力使这个农民称呼他为"您"，自己却不时地称呼农民为"你"。

---

〔1〕 契诃夫. 契诃夫小说全集（第2卷）〔M〕. 汝龙译. 上海译文出版社，2000年，第166页.

《就是她!》这篇小说与以上两篇小说有所不同。上校彼得·伊凡诺维奇应姑娘们的要求在嬉笑间讲述了自己往日的一件风流韵事。这件风流韵事并不具有严重的道德败坏性质，它更多地显示出一种娱乐功能。令人关注的是，整篇小说的主题并不侧重于第二叙事，而是侧重于第一叙事。当姑娘们得知那个与上校幽会的女人是他的妻子时，她们大失所望，在这大失所望之中，主题被揭示出来。正如上校所说"奇怪! 这样看来，你们希望那个女人不是我的合法妻子，而是另外一个女人! 唉，这些小姐啊，小姐啊! 如果你们现在这样看问题，将来出嫁后会怎样呢?"[1] 上校的这些话可以做两方面理解。一方面，是姑娘们的不自爱，另一方面，是姑娘们这种浪漫主义观念与其将来妻子地位之间的矛盾，难道她们希望自己的丈夫和别的女人幽会? 我们可以看到，在这篇小说中，第二叙事在实现自身娱乐功能的同时，通过人物叙述接受者姑娘们对上校所讲的故事的反应赋予了第一叙事更重要的主题意义，它揭示了姑娘们某种心理。在这里第二叙事服务于第一叙事。

契诃夫在 1898 年创作的一篇框套型故事是不能不提的，这就是《套中人》。《套中人》是中国读者对契诃夫小说最为熟悉的作品之一。传统观点认为，这篇小说的主题是：作品揭露与抨击了以别里科夫为代表的腐朽、愚昧势力对自由的桎梏。这一观念深入人心，并成为一种定式。"在别里科夫这类人的影响下，在最近这十年到十五年间，我们全城的人变得什么都怕。他们不敢大声说话，不敢发信，不敢交朋友，不敢看书，不敢周济穷人，不敢教人念书写字……"[2] 别里科夫已经成为挟制人们的腐朽势力的代名词，但是，如果我们仔细研究这篇小说，就会发现情况并非完全如此。作品除了表现这个主题以外，似乎还蕴含着什么其他主题。

与上述几篇小说中的人物叙述接受者一样，伊凡·伊凡内奇并不像

〔1〕 契诃夫. 契诃夫小说全集（第 2 卷）［M］. 汝龙译. 上海译文出版社，2000 年，第 166 页.

〔2〕 契诃夫. 契诃夫短篇小说选［M］. 汝龙译. 人民文学出版社，2005 年，第 160 页.

传统框套型故事中的人物叙述接受者那样停留在被动层面，他因为时常与人物叙述者进行交流而增强了积极主动性。当布尔金讲到全城那些"有思想的""极其正派的""受过屠格涅夫和谢德林的教育"的人却被"这个永远穿着套鞋和带着雨伞的人"控制在手中的时候，伊凡·伊凡内奇说道："是啊，有思想的正派人，既读过屠格涅夫的书，又读过谢德林的书，还读过巴克尔等人的书，可是遇事就屈服，容让。……问题就在这儿了。"[1] 如果说这段简短的议论由于故事比例的缘故在布尔金所讲述的故事的笼盖下并不容易引起读者的注意，那么，当别里科夫的故事结束，故事返回到第一叙事，伊凡·伊凡内奇的大段议论则不能不引起人们的关注。"'问题就在这儿，'伊凡·伊凡内奇又说一遍。'我们住在空气污浊，极其拥挤的城里，写些不必要的公文，老是玩文特，这岂不是一种套子？至于我们在懒汉、无端兴讼的家伙、愚蠢而闲散的女人当中消磨我们的一生，自己说，也听人家说各种各样的废话，这岂不也是一种套子？……自己看着别人作假，听着别人说假话……人们却因为你容忍他们的虚伪而被人骂成蠢货：自己受到委屈和侮辱而隐忍不发，不敢公开声明站在正直自由的人一边，反而自己也弄虚作假，面带微笑，而这样做无非是为了混口饭吃，为了有一个温暖的小窝，为了做个不值钱的小官罢了。不行，再也不能照这样生活下去了。'"[2]

正如布尔金所说"您这是扯到别的题目上去了"[3]，我们发现，伊凡·伊凡内奇所发表的议论并不是针对别里科夫，而是别里科夫周围的人，或者再广泛一点说，是针对市民大众。

"问题就在这儿"这句话在作品中的叙述频率是相当高的。那么究竟是什么问题？通过伊凡·伊凡内奇的议论，我们可以看出，问题在于人

〔1〕 契诃夫．契诃夫小说全集（第2卷）［M］．汝龙译．上海译文出版社，2000年，第158页．

〔2〕 契诃夫．契诃夫小说全集（第2卷）［M］．汝龙译．上海译文出版社，2000年，166－167页．

〔3〕 契诃夫．契诃夫小说全集（第2卷）［M］．汝龙译．上海译文出版社，2000年，第167页．

们自身的怯懦、屈服、生命力的荒废以及由于空虚、无聊对别人的捉弄，这是对人们不良生活状态的揭示。如果说在第二叙事中，布尔金揭示了别里科夫式的主题，那么，在第一叙事中，伊凡·伊凡内奇则揭示了关于人民大众的主题。

法国短篇小说大师莫泊桑也创作了很多框套型故事，《真实的故事》就是其中的一篇。第二叙事的人物叙述者破落贵族德·瓦尔涅托先生讲述了他曾经怎样引诱一个使女并将其残酷地抛弃，并为此而沾沾自喜。这一故事非常鲜明地揭示了破落贵族毫无人性的残忍与使女苦难的主题。在作品最后，故事返回到第一叙事，以人物叙述接受者兽医塞儒尔的话结尾："不管怎么说都由你们的便，不过这样的女人实在是要不得的。"[1] 这句话表明兽医对破落贵族观点的认同，同时也表明第一叙事的主题与第二叙事的主题具有同向性，是对同一个主题的渲染。

契诃夫的框套型故事与此完全不同，第一叙事中的外在式叙述者总是以冷静客观的态度对待其中的人物叙述者与人物叙述接受者。当人物叙述者大谈特谈的时候，人物叙述接受者往往对其进行反拨，如伊凡·伊凡内奇对布尔金的反拨、姑娘们对上校的反拨、科学院院士对造桥工程师的反拨，这种反拨就像一个胶皮球被弹到墙上又被弹了回来，通过反向运动，以非认同的方式揭示出另一个问题，在这一问题被揭示的同时，第一叙事便承载了与第二叙事完全不同的主题。

总之，我们可以清晰地看到，与传统框套型故事相比，契诃夫的框套型故事由于人物叙述接受者能动性增强，第一叙事获得了主题意义，因而，它不再仅仅作为一个叙述框架而存在，突破了单纯的形式意义。由此，第一叙事取得了与第二叙事同等重要的地位，同时，也形成了作品主题的丰富性，由于这些原因，契诃夫的框套型故事大大突破了传统的框套型故事。

---

〔1〕 莫泊桑. 莫泊桑中短篇小说集 〔M〕. 郝运、赵少侯译. 人民文学出版社，1981 年，第 200 页.

第二节　"游移"的人物叙述者

韦恩·布斯在其著作《小说修辞学》中提出了"隐含作者"这个概念。隐含作者是历史作者在其具体作品中的"替身","他的不同作品都将含有不同的替身,即不同思想规范组成的理想"[1],也就是作者在其作品中所要表现的具体思想规范。根据叙述者与隐含作者的关系,布斯把叙述者划分为可信的叙述者和不可信的叙述者两个类型。"当叙述者为作品的思想规范(亦即隐含作者的思想规范)辩护或接近这一准则行动时,我把这样的叙述者称之为可信的,反之,我称为不可信的。"[2] 可信的叙述者与作品的思想规范相吻合,不可信的叙述者则背道而驰。

在上一部分的讨论中,通过伊凡·伊凡内奇对布尔金的反拨、科学院院士对造桥工程师的反拨、候补法官对农民的反拨,我们发现,这几篇小说中的人物叙述者并不是绝对可信的,他与作品隐含作者的思想规范没有完全吻合。根本原因在于人物叙述者视点的限制,这种视点的限制又和人物叙述者与其所讲述的故事的关系有关。根据叙述者在故事中的位置,热拉尔·热奈特把叙述者划分为故事外(第一叙事的叙述者)和故事内(第二叙事的叙述者)两个类型。根据叙述者是否参与故事的进程,把叙述者划分为异故事(不参与故事的进程)和同故事(参与故事的进程)两个类型[3]。

传统框套型故事中的故事内叙述者一般为异故事叙述者。如《十日谈》《坎特伯雷故事集》《一千零一夜》中,故事内叙述者在讲述故事时常常以"从前……","据……一代人民的传说","古时……"等作为开

---

〔1〕 布斯. 小说修辞学 [M]. 华明、胡苏晓、周宪译, 北京大学出版社, 1987 年, 第 81 页.

〔2〕 布斯. 小说修辞学 [M]. 华明、胡苏晓、周宪译, 北京大学出版社, 1987 年, 第 178 页.

〔3〕 热拉尔·热奈特. 叙事话语 新叙事话语 [M]. 王文融译. 中国社会科学出版社, 1990 年, 第 157 页.

头，讲述异时异地的故事。即使讲述本城的故事，也有一定的时间与空间距离。《十日谈》的故事内叙述者是七位"有良好修养""出身高贵"的女士和三位年轻的"可爱的"男士。他们所讲述故事的题材由"国王"限定，每一天限定一个题目，十个故事内叙述者依据这个题目讲述各自的故事。由于这十个年轻人身份、职业、性格模糊，近似于符号，所以在同一个命题内，同一个故事由哪一个人来讲并没有太大区别，他们只是故事的传声筒而已。《坎特伯雷故事集》的第一叙事与《十日谈》有所不同。三十几个故事内叙述者均有明确的身份、职业、比较明确的性格，所以故事内叙述者所讲述故事的题材不再受制于某个权威人物的命题，而是与叙述者的身份、性格相吻合。如赦罪僧所讲的是"说教示例故事"，女修道士所讲的是"圣母奇迹的故事"，由于身份的确定，故事的风格也区别开来，如骑士讲述的高雅的骑士传奇，磨坊主、管家讲述的短篇俚俗故事。尽管如此，《坎特伯雷故事集》与《十日谈》一样，作品的重心仍在于故事内叙述者所讲述故事的情节动作。在这些故事当中，我们看不到这些叙述者重大的思想意识。这也许与作者的意图有关，他们在故事内叙述者身上赋予的义务不是表现其思想意识，而是以怎样合理的方式导引出故事。

　　契诃夫框套型故事的故事内叙述者与同类传统有显著区别。契诃夫框套型故事的故事内叙述者一般为同故事叙述者。如《套中人》中，布尔金和他所讲述故事中的主人公别里科夫是同事："别里科夫跟我住在同一所房子里"，"而且住在同一层楼上，房门对房门，我们常常见面，我知道他的家里怎样生活"[1]。《头等列车乘客》中，造桥工程师讲述的则是自己的故事。在这里，值得注意的不是故事内叙述者与故事关系的变化，而是这一变化所产生的影响。同故事叙述者的身份使其不再游离于他所讲述故事的时空，它把叙述者拽到故事中人所处的具体的时空环境，让他同故事中的人物一同沾染特定环境下或者是人性中本已有之的思想

---

〔1〕 契诃夫. 契诃夫小说全集（第2卷）［M］. 汝龙译. 上海译文出版社，2000年，第160页.

意识，这种观念意识是多样化的，也极有可能是片面的。

作品《套中人》中，在同故事叙述者布尔金身上可以看到两种不同的思想意识。一是对别里科夫套子式生活的否定，这方面符合作品隐含作者的思想规范，因为隐含作者不会赞同这种呆板的、畸形的思想意识。在这一点上，布尔金是可信的叙述者。同时，通过布尔金的讲述，又反映了另外一种思想观念。我们来看一下布尔金的几段话语：

第一段：在我们内地，由于闲得无聊的缘故，什么事没做出来过，多少不必要的蠢事啊，这是因为必要的事大家却根本不做，是啊，比方说，这个别里科夫，既然大家甚至不能想象他是一个可以结婚的人，那我们何必忽然要给他撮合婚事呢？校长太太啦，学监太太啦，我们中学里的所有太太们，都活跃起来，甚至变得好看多了，仿佛忽然发现了生活目标似的。[1]

第二段：在恋爱方面，特别是婚姻方面，外人的怂恿总会起很大作用，……我们大家向他道喜，做出了一本正经的脸色说出了各种俗套，例如'婚姻是终身大事'等等。况且，瓦连卡长得也不坏，招人喜欢，她是五等文官的女儿，有田庄，尤其要紧的是，她是第一个待他诚恳而亲切的女人。于是他昏了头，决定真该结婚了。[2]

第三段：老实说，埋葬别里科夫那样的人是一件大快人心的事。我们从墓园回来的时候，露出忧郁谦虚的脸相，谁也不肯露出快活的感情，像那样的感情，我们很久很久以前做小孩

〔1〕 契诃夫. 契诃夫小说全集（第 2 卷）［M］. 汝龙译. 上海译文出版社，2000 年，第 163 页
〔2〕 契诃夫. 契诃夫小说全集（第 2 卷）［M］. 汝龙译. 上海译文出版社，2000 年，第 164 页.

子的时候，遇到大人不在家，我们到花园里去跑一两个钟头，享受充分自由的时候，都经历过。啊，自由啊，自由！只要有一点点的自由的影子，只要有可以享受自由希望的一线希望，人的灵魂就会长出翅膀来。难道不是这样吗？"

我们从墓园回来，心绪极好，可是一个星期还没过完，生活又过得和先前一样，跟先前一样的严峻、无聊、杂乱了，这样的生活固然没有奉到命令禁止，不过也没有得到充分的许可啊。局面并没有变得好一点。确实，我们埋葬了别里科夫，可是另外还有多少这种在套中活着，将来也还不知道有多少呢！[1]

第四段："算了吧，您扯到别的题目上去了，伊凡·伊凡内奇，"教师说，"睡吧！"[2]

第一段中，布尔金似乎对大家出于无聊、寻找乐趣，为别里科夫撮合婚事这件事持否定、批判的态度。但是在第二段中，他却随波逐流，和那些人做着相同的事。在第三段中，我们明显看到，对于埋葬别里科夫这件事，布尔金和大家的心情一样快乐，并且把无聊、杂乱的生活状态归咎于多个类似于别里科夫的人，这说明他潜意识中和那些惧怕、玩弄别里科夫的人同属于一个阵营，否则，他不会在伊凡·伊凡内奇对其进行反拨的时候突然打断他说"算了吧，您扯到别的题目上去了"。事实上，那种杂乱、虚伪以及出于无聊戏耍别人来取得残酷性快乐的生活状态本身就是一种"套子"。布尔金和那些人生活在这个套子中，但是他和那些人一样并没有意识到自己正身在这个套子中。在这一点上，布尔金

---

〔1〕 契诃夫.契诃夫小说全集（第2卷）〔M〕.汝龙译.上海译文出版社，2000年，第170页.

〔2〕 契诃夫.契诃夫小说全集（第2卷）〔M〕.汝龙译.上海译文出版社，2000年，第171页.

的思想观念是限制性的，不符合隐含作者的思想观念，是不可信的。所以，人物叙述接受者对这种"套子"进行了批判和修正。

《头等列车乘客》中的造桥工程师也属于同样的情况，他在批判一个值得注意的事情却未获得相应的关注时，自己也和他所批判的人犯着同样的错误，他的思想意识也存在着局限，不完全符合隐含作者的思想规范。

综上所述，《十日谈》中的故事与"故事内—异故事"叙述者并没有紧要的关联，我们在阅读时甚至可以忽略这些叙述者。《坎特伯雷故事集》中的故事与"故事内—异故事"叙述者的身份相关联，契诃夫的框套型故事中的故事则因为叙述者为同故事叙述者身份的缘故与叙述者的思想意识相联接，人物叙述者因为有了思想灵魂成了真正的人物。这些叙述者在批判一种思想观念的同时，因为视点的限制，自身也陷入限制性的思想意识之中，所以，他们介于可信与不可信的叙述者之间。一方面符合隐含作者的思想规范，另一方面又背离隐含作者的思想规范，正是人物叙述者对隐含作者的思想规范不完全的背离，人物叙述接受者才有了反拨和修正的机会，才使第一叙事获得了主题意义，因此，可以说，契诃夫框套型故事对同类传统的突破是人物叙述者和人物叙述接受者共同作用的结果。

第六章　结　语

　　要判断一个小说家的历史地位，不仅要具体考察他所取得的艺术成就，还应该把他放在小说发展的长河中，观察其特定的坐标位置以及他在文学系统中的影响。

　　就像契诃夫创作生涯横跨了两个世纪一样，他的短篇小说的形式特征也兼具了 19 世纪传统小说和 20 世纪现代主义小说的形式特点。一方面，他的短篇小说具有 19 世纪传统小说的形式因素，本质上属于传统小说；另一方面又预示了 20 世纪现代主义小说的某些萌芽，可以说，在小说的形式系统上，契诃夫短篇小说的形式特征处于 19 世纪传统小说向 20 世纪现代主义小说发展的过渡阶段，具有枢纽性地位。契诃夫短篇小说独特的艺术成就使他在其后的整个文学系统内产生了广泛的影响。

一、19 世纪传统小说与 20 世纪现代主义小说艺术形式之比较

　　不可否认，19 世纪是小说的世纪。人们习惯上把这个时期的小说称为传统小说。从小说的艺术形式来看，如果说 19 世纪以前的小说还有很多潜能可以发挥，那么，到了 19 世纪，经过众多小说家的努力，小说的艺术形式已相当完备，行成了一套稳定的形式系统。这种形式系统正如法国新小说的代表娜塔丽·萨洛特所说，传统小说"最终形成了一套习惯和信仰，非常牢固、一致、协调、严密，这是一个有着自己规律的自

足的世界"[1]。那么这个世界到底有怎样的规律呢？这个问题可以从叙述视点、人物、故事情节三个角度来考虑。

从叙述者的视点角度来看，大部分 19 世纪传统小说家偏爱全知全能的零聚焦叙事，全知全能的叙述者以"上帝的眼光"观照其所讲述的故事。他知道人物的过去、现在、将来以及人物所有的隐秘的思想活动；他不仅能够穿越各个场景和古往今来的时空，还不时地说明他对故事人物、事件的态度。如萨克雷的《名利场》中，零聚焦叙述者唯恐读者对故事内容理解偏误，常常表明自己的意图。

> 如果我事先不说清楚，只怕你要误会。譬如说，利蓓加瞧着别人祷告的习惯觉得可笑，你可能以为是我的讽刺。或者你想我瞧着从男爵醉得好像酒神巴克斯的干爹沙里纳斯那么跌跌撞撞地走来，不过很随和的一笑。其实那真笑的人品性是怎样的呢？她崇拜权势，只以成败论人。这等没信仰、没希望、没仁爱的坏家伙，在这世界上却一帆风顺。亲爱的朋友们，咱们应该全力和他们斗争。还有些别的人，或是江湖上的骗子，或是糊涂蛋，倒也过得很满意。他们的短处，咱们也应该暴露和唾骂，这是讽刺小说家的本分。[2]

这样的零聚焦叙述者因为常常现身说法，虽然他不是故事当中的一个人物，读者却感到他无处不在。也正是这个缘故，读者不能直接面对故事，拉远了读者与故事的距离，也减弱了读者对故事的参与程度。

从人物的角度来看，正像我国学者龚翰熊所说："要让人物真正成为蕴含有丰富社会美学价值的不朽的艺术形象，就要把他们放在外在环境，与他人的关系中，放在社会生活的激流与各式各样的尖锐的戏剧性冲突中，放到人的关系的现实格局和特定的道德文化氛围当中展开，写出他

---

〔1〕 柳鸣九编选. 新小说派研究 [M]. 中国社会科学出版社，1986 年，第 47 页.
〔2〕 萨克雷. 名利场（上）[M]. 杨必译. 人民文学出版社，1982 年，95-96 页.

们命运的大起大落。19世纪的现实主义作家把这点发挥得淋漓尽致。这样，不仅人物的性格能够得到充分的、多方面的展现，还深刻地揭示人物命运和社会历史的紧密联系……这里要强调的是，在这过程中作家必须赋予人物一系列独特的，仿佛可以看见、听到外部'标志'，读者可以根据这些标志轻易地识别他们。这些标志包括人物的肖像、语言、具体的物质生活环境、神情与行为细节等等。"[1] 传统小说家善于通过人物与他人的关系、人物与外部环境的关系，塑造人物的性格，展示人物的命运。如巴尔扎克小说《高老头》中，从高老头与两个女儿的关系中展现了高老头极端性的父爱以及高老头命运的大起大落。对拉斯蒂涅而言，和高老头、鲍塞昂子爵夫人、伏脱冷的接触对他的性格和命运产生了重大影响。他不再是那个刚刚入城的单纯的青年，他重新确立了自己的人生信仰，决定为自己的命运一搏。

在人物心理活动的处理上，传统小说家喜欢让人物的心理活动在外部环境的影响下产生，经过梳理，人物心理活动具有层次清晰、井然有序、合乎逻辑、理性分析等特点。如司汤达的作品《红与黑》中于连和玛蒂尔德的一段谈话：

"您把我的信怎么处置了？"她最后问。

"多么好的一个机会啊，这些先生如果在偷听，可以挫败他们，避免一场战斗！"于连想。

……

"伟大的王！为什么要采取所有这些预防措施？"玛蒂尔德惊讶地说。

"我为什么要说谎呢？"于连想，他把他的那些猜疑全部说了出来。[2]

---

〔1〕 龚翰熊. 文学智慧——走进西方小说 ［M］. 巴蜀书社，2005年，第212页.
〔2〕 司汤达. 红与黑 ［M］. 郝运译. 上海译文出版社，1989年，433–434页.

可以看到，于连的一切心理活动都是在玛蒂尔德的影响下产生的，内容清晰明了。

从故事情节来看，传统小说中的情节往往矛盾纠结，富于变化冲突而显得波澜起伏。故事的发生、发展、高潮、结局处于戏剧性的曲折变化的状态当中。如《高老头》，作品共分六个部分："伏盖公寓""两处访问""初见世面""鬼上当""两个女儿""父亲的死"。这六个部分凝结了四个高潮。"初见世面"中是拉斯蒂涅故事的一个小高潮，他受到伏脱冷心惊肉跳的教育。"鬼上当"中展现了伏脱冷故事的高潮，他被逮捕。"两个女儿"中有鲍塞昂子爵夫人故事的高潮，她将在宴会的落幕中惨淡地离开巴黎。"父亲的死"中是高老头故事的高潮，在极端性的父爱与女儿的极端冷酷中，高老头黯然死去。这几个故事的高潮使得叙事作品情节跌宕起伏，增强了故事的吸引力。

以上，我们分别从视点、人物、故事情节角度论述了 19 世纪传统小说形式系统的某些特征。与此相对照的是，小说迈进 20 世纪后，越来越呈现出完全不同的艺术风貌。

首先，在叙述视点上，20 世纪现代主义小说家基本比较偏爱内部聚焦的限制性视点叙事。如加谬的《局外人》，以莫尔索的视点进行叙述；福克纳的《喧哗与骚动》以班吉、昆丁等几个人物的视点加以叙述；罗伯—格里耶的《嫉妒》则以在作品中始终未正式出现，但又无处不在的丈夫的视点进行叙述。采用内部聚焦限制性视点的结果是叙事作品形成了"展示"的叙述方式。人物、事件直接呈现在读者面前，拉近了读者与故事的距离，并且提高了读者的参与程度。

其次，在人物描写上，20 世纪现代主义小说家普遍不再关注人物的性格、命运，他们关注的是人物的心理情绪。小说对人物的聚焦点由"外"转向"内"了。最典型的例子是意识流小说，如乔伊斯的《尤利西斯》，普鲁斯特的《追忆似水年华》等。这些意识流小说着意表现人的纷乱芜杂的、原始状态的意识活动，特别是对人物潜意识心理的挖掘，因此，在这些小说当中的心理意识，不像传统小说那样条理清晰、合乎逻辑。

最后，在故事情节上，现代主义小说大大削弱了情节在叙事作品中的地位。事件之间缺少因果联系，事件的时间上也体现一种无序性，没有激烈的冲突，情节弱化。如卡夫卡的作品《诉讼》，主人公 K 一天早上醒来突然无缘无故地被捕了，下达逮捕命令的法庭并不是类似于现实生活中的正式法庭。法庭虽然对他进行逮捕，但是并没有限制他的人身自由。可是，一旦开始诉讼，K 必定被认为有罪，结果，K 最终也没明白自己犯了什么罪，"像一条狗似的"被处死了。这个故事情节荒诞离奇，没有明显的逻辑性可言。故事情节在现代主义小说家手中遭到解体。

二、契诃夫短篇小说创作的历史地位及影响

与这两个时期的作家作品相比，契诃夫短篇小说的形式特征在 19 世纪传统小说向 20 世纪现代主义小说发展中处于承上启下的位置。

首先，在视点的选择上，契诃夫的短篇小说保留了传统小说的所喜欢用的零聚焦叙事，但是零聚焦叙述者大大降低了自己的权限，全知全能的叙事痕迹仅散见于故事的框架之中。除了必要的解释性的叙述干预外，叙述者佯装不知道故事的内情，和读者一同观看人物的演出。作品的主体部分往往采用限制性的视点，对人物对话、行动进行外部聚焦，由此形成了作品"展示"的叙述方式，这与 20 世纪小说的特征不谋而合。

其次，在人物描写上，契诃夫不再像传统作家那样关注人物的性格、命运，他同现代主义小说家一样关注人物的灵魂、心理情绪。以直接引语透视人物的心理活动，以间接引语转述人物的心理活动，虽然契诃夫与现代主义小说家有契合之处，把视线由人物外部拉回到人物内部，但是两者又有很大不同。如在乔伊斯的《尤利西斯》中，叙述者往往打破语法规范，使用残缺不全、颠三倒四的句子，并且常常使用重复、省略、矛盾、插字等修辞手段使意识活动处于混乱状态。契诃夫则不然，人物内心活动在外部事件影响下产生，而且井然有序。如《阴谋》中，医师

的心理活动由将要受审这一外部事件的刺激而产生，他依次想象了如何进入会场，如何驳斥同事的指责，最后如何当上协会主席等。整个心理过程层次清晰，毫无杂乱之感。

最后，在故事情节上，契诃夫的短篇小说同样出现了情节弱化倾向。情节自身的曲折变化不再是契诃夫的关注点，他关注的是情节气氛的渲染，在一次次的"涂抹"中渲染作品的主题。从另一个方面看，虽然情节高度弱化，但是因为事件遵循了时间顺序原则和因果关系原则，故事情节依然具有内在的秩序。

契诃夫的创作生涯从1880年到1904年。正如他的创作生涯横跨两个世纪一样，他的短篇小说也体现出19世纪传统小说与20世纪现代主义小说相融合的叙事特征。可以说，对于西方小说形式系统自身发展而言，契诃夫的创作特征处于十九世纪传统小说与二十世纪现代主义小说之间的枢纽地位。

契诃夫作为小说家不仅因其突出的艺术成就获得了特殊的历史地位，而且，在文学系统内也产生了广泛的影响。契诃夫对很多现代主义小说家产生了影响，如伍尔夫、乔伊斯、贝克特等，我国的鲁迅、曹禺等。在此我们仅作简要介绍。

伍尔夫特别赞赏契诃夫对人物心理世界的关注，她在《俄国人的观点》这篇论文中，清醒地认识到了契诃夫的这一特点。"灵魂得病了，灵魂被治愈了，灵魂没有被治愈，这就是他的短篇小说的着重点。"[1] 她也高度赞扬了他对日常事件的关注。她提到契诃夫的短篇小说《古雪夫》时讲到："除非是一个现代人，或者除非是一个俄国人，谁也不会对契诃夫在他题为《古雪夫》的短篇小说里所设置的情景感兴趣的。一些俄国士兵病倒在运送他们回俄国的一艘轮船上。作者给我们叙述了这些人的一些谈话片段和某些思绪；然后其中一个人死去并被抬走了，谈话在其他人当中又继续了一段时间，直到古雪夫本人也死去，看上去'活像胡

---

〔1〕　伍尔夫．论小说与小说家［M］．瞿世镜译．上海译文出版社，1986年，第132页．

萝卜或者白萝卜'被扔进了海中。小说的重点被置于如此出乎意料的地方，以致乍看起来似乎根本就没有重点；然后，当眼睛适应朦胧的光线，能够辨别出房间里物体的形状时，我们便看出这篇小说是多么完整、多么深刻。"〔1〕可见，伍尔夫对契诃夫创作特点的认同感。

其次，在我国，鲁迅与契诃夫无论在生活经历上，还是在创作观念和小说特征上都有很大相似之处。如，他们都有学医和行医的经历，对"小人物"都倾注了同情和关注，也对"小人物"的缺陷进行了揭露和批判。

早在 1934 年，鲁迅便开始翻译和介绍契诃夫的小说。1936 年，上海联华书局出版了由鲁迅翻译的一本名为《坏孩子和别的奇闻》的契诃夫的短篇小说集，共收录契诃夫早期短篇小说八篇。鲁迅为这本小说集写了《前记》和《后记》。他在《前记》中说："这些短篇，虽作者以'小笑话'，但和中国普通之所谓'趣闻'却又截然两样的。它不只是简单地逗人笑。一读自然往往会笑，不过读后总还剩下些什么。——就是问题……这八篇里，我以为没有一篇是可以一笑就了的。"〔2〕。在《且介亭杂文二集·叶紫作〈丰收〉序》里，鲁迅还说："伟大的文学是永久的，许多学者们这么说。对啦，也许是永久的罢。但我自己，却与其看薄揩契阿、雨果的书，宁可去看契诃夫、高尔基的书，因为他更新，和我们世界更接近。"〔3〕这也表明鲁迅对契诃夫的认同。而在创作风格上，鲁迅也确实表现出与契诃夫相近的风格特征，如客观、冷静、幽默与讽刺的艺术特征。

总之，契诃夫卓越的艺术成就不仅使他在西方小说发展史中处于非常重要的地位，也在潜移默化中影响了众多大作家的创作。

---

〔1〕伍尔夫. 伍尔芙随笔〔M〕. 伍厚恺、王晓路译. 四川人民出版社，1998 年，第 52 页.

〔2〕鲁迅. 鲁迅全集（10）〔M〕. 人民文学出版社，2005 年，第 445 页.

〔3〕鲁迅. 鲁迅全集（6）〔M〕. 人民文学出版社，2005 年，227－228 页.

参考文献

［1］果戈理．狄康卡近乡夜话［M］．白春仁译．合肥：安徽文艺出版社，1999 年．

［2］果戈理．米尔戈罗德［M］．陈建华译．合肥：安徽文艺出版社，1999 年．

［3］果戈理．彼得堡故事及其他［M］．刘开华译．合肥：安徽文艺出版社，1999 年．

［4］果戈理．死魂灵［M］．田大畏译．合肥：安徽文艺出版社，1999 年．

［5］果戈理．果戈理戏剧集［M］．白嗣宏译．合肥：安徽文艺出版社，1999 年．

［6］果戈理．与友人书简选［M］．任光宣译．合肥：安徽文艺出版社，1999 年．

［7］果戈理．果戈理书信集．彭克巽译［M］．合肥：安徽文艺出版社，1999 年．

［8］魏列萨耶夫．生活中的果戈理［M］．周启超、吴晓都译．合肥：安徽文艺出版社，1999 年．

［9］圣经［M］．简化字现代标点和合本，中国基督教两会，2003 年．

［10］弗兰克．俄国知识人与精神偶像［M］．徐凤林译．上海：学林出版社，1999 年．

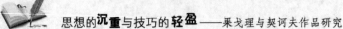

［11］叶夫多基莫夫．俄罗斯思想中的基督［M］．杨德友译．上海：学林出版社，1999 年．

［12］赫克．俄国革命前后的宗教［M］．高骅、杨缤译．上海：学林出版社，1999 年．

［13］别尔嘉耶夫．俄罗斯思想［M］．雷永生、邱守娟译．北京：生活·读书·新知三联书店，1995 年．

［14］索洛维约夫等．俄罗斯思想［C］．贾泽林、李树柏译．杭州：浙江人民出版社，2000 年．

［15］以赛亚·伯林．俄国思想家［M］．彭淮栋译．南京：译林出版社，2001 年．

［16］弗洛罗夫斯基．俄罗斯宗教哲学之路［M］．吴安迪等译．上海：上海人民出版社，2006 年．

［17］利哈乔夫．解读俄罗斯［M］．吴晓都、王焕生等译．北京：北京大学出版社，2003 年．

［18］托多罗夫．象征理论［M］．王国卿译．北京：商务印书馆，2004 年．

［19］保罗·里克尔．恶的象征［M］．公车译．上海：上海人民文学出版社，2005 年．

［20］韦勒克．近代文学批评史（第七卷）［M］．杨自伍译．上海：上海译文出版社，2006 年．

［21］韦勒克、沃伦．文学理论［M］．刘向愚等译．南京：江苏教育出版社，2005 年．

［22］赫拉普钦科．尼古拉·果戈理［M］．刘逢祺、张捷译．上海：上海译文出版社，2001 年．

［23］佐洛图斯基．果戈理传［M］．刘伦振等译．天津：天津人民出版社，1982 年．

［24］柯罗连科．文学回忆录［M］．丰一吟译．北京：人民文学出版社，1985 年．

［25］阿格诺索夫编．白银时代俄国文学［M］．石国雄、王加兴译．南京：译林出版社，2001年．

［26］别林斯基．别林斯基选集（第一、第二卷）［M］．满涛译．上海：上海译文出版社，1979年．

［27］季莫菲耶夫主编．俄罗斯古典作家论（上卷）［C］．北京：人民文学出版社，1985年．

［28］高尔基．俄国文学史［M］．缪灵珠译．上海：上海译文出版社，1979年．

［29］罗德·雷尔顿、文森特·霍普尔．欧美文学的背景［M］．王光林译．重庆：重庆出版社，1991年．

［30］许志伟．基督教神学思想导论［M］．北京：中国社会科学出版社，2001年．

［31］《世界百科全书选译》（Ⅱ）［Z］．张信锦等译．上海：上海人民美术出版社，1990年．

［32］罗赞诺夫．陀思妥耶夫斯基的大法官［M］．张百春译．北京：华夏出版社，2002年．

［33］加弗列尔·夏比罗．象征及其在果戈理作品中的审美映射［J］．王果爱、龚举善译．十堰大学学报，1992年3期．

［34］黄晋凯、张秉真、杨恒达主编．象征主义·意象派［C］．北京：中国人民大学出版社，1989年．

［35］林兴宅．象征论文艺学导论［M］．北京：人民文学出版社，1993年．

［36］严云受、刘锋杰．文学象征论［M］．合肥：安徽教育出版社，1995年．

［37］周启超．俄国象征派文学研究［M］．北京：社会科学文献出版社，1993年．

［38］胡经之、张首映编．西方二十世纪文论选（第一卷）［C］．北京：中国社会科学出版社，1989年．

[39] 袁可嘉. 现代派论·英美诗论 [M]. 北京：高等教育出版社，2002 年.

[40] 朱立元. 当代西方文艺理论 [M]. 上海：华东师范大学出版社，1997 年.

[41] 刘宁主编. 俄国文学批评史 [C]. 上海：上海译文出版社，1999 年.

[42] 胡日佳. 俄国文学与西方——审美叙事模式比较研究 [M]. 上海：学林出版社，1999 年.

[43] 袁晚禾、陈殿兴编. 果戈理评论集 [C]. 上海：复旦大学出版社，1993 年.

[44] 汪介之. 远逝的光华：白银时代的俄罗斯文化 [M] 南京：译林出版社，2003 年.

[45] 张达明. 俄罗斯东正教与文化 [M]. 北京：中央民族大学出版社，1999 年.

[46] 梁坤. 末世与救赎：二十世纪俄罗斯文学主题的宗教文化阐释 [M]. 北京：中国人民大学出版社，2007 年.

[47] 蔡咏春. 新约导读 [M]》. 北京：今日中国出版社，1992 年.

[48] 张百春. 当代东正教神学思想：俄罗斯东正教神学 [M]. 上海：上海三联书店，2000 年.

[49] 乐峰. 东正教史（修订版）[M]. 北京：中国社会科学出版社，2005 年.

[50] 金亚娜. 俄国文化研究论集 [M]. 哈尔滨：黑龙江教育出版社，1994 年.

[51] 曹顺庆主编. 中外文化与文论 12·俄罗斯专辑 [C]. 成都：四川大学出版社，2005 年.

[52] 任光宣主编. 欧美文学论丛 2·欧美文学与宗教 [C]. 北京：人民文学出版社，2002 年.

[53] 金亚娜等. 充盈的虚无：俄罗斯文学中的宗教意识 [C]. 北

京：人民文学出版社，2003 年.

[54] 梁工主编. 圣经与文学 [C]. 长春：时代文艺出版社，2006年.

[55] 林精华编译. 西方视野中的白银时代（上、下）[C]. 北京：东方出版社，2001 年.

[56] 张冰. 俄罗斯文化解读 [M]. 济南：济南出版社，2006 年.

[57] 莫运平. 基督教文化与西方文学 [M]. 北京：中央编译出版社，2007 年.

[58] 郑体武. 俄罗斯文学见识 [M]. 上海：上海外语教育出版社，2006 年.

[59] 赖因哈德劳特. 陀思妥耶夫斯基哲学系统论述 [M]. 沈真等译，桂林：广西师范大学出版社，2005 年.

[60] 梁坤等著. 布尔加科夫小说的神话诗学研究 [M]. 北京：北京大学出版社，2016 年.

[61] 胡亚敏. 叙事学 [M]. 武汉：华中师范大学出版社，1994 年.

[62] 申丹. 叙述学与小说文体学研究 [M]. 北京：北京大学出版社，2004 年.

[63] 王阳. 小说艺术形式分析——叙事学研究 [M]. 北京：华夏出版社，2002 年.

[64] 罗钢. 叙事学导论 [M]. 昆明：云南人民出版社，1994 年.

[65] 谭君强. 叙述的力量：鲁迅小说叙事研究 [M]. 昆明：云南大学出版社，2000 年.

[66] 谭君强. 叙事理论与审美文化 [M]. 北京：中国社会科学出版社，2002 年.

[67] 张薇. 海明威小说的叙事艺术 [M]. 上海：上海社会科学出版社，2005 年.

[68] 赵毅衡. 当说者被说的时候——比较叙述学导论 [M]. 北京：中国人民大学出版社，1998 年.

[69] 格非．小说叙事研究 [M]．北京：清华大学出版社，2002年．

[70] 格非．小说艺术面面观 [M]．江苏：江苏文艺出版社，1995年．

[71] 刘世剑．小说叙事艺术 [M]．长春：吉林大学出版社，1999年．

[72] 祖国颂．叙事的诗学 [M]．合肥：安徽大学出版社，2003年．

[73] 李建军．小说修辞研究 [M]．北京：中国人民大学出版社，2003年．

[74] 马原．虚构之刀 [M]．沈阳：春风文艺出版社，2001年．

[75] 阮温凌．走进迷宫——欧·亨利的艺术世界 [M]．北京：中国社会科学出版社，1997年．

[76] 李辰民．走进契诃夫的文学世界 [M]．香港天马图书有限公司出版，2003年．

[77] 韦恩·布斯．小说修辞学 [M]．华明 胡苏晓 周宪译，北京：北京大学出版社，1987年．

[78] 华莱士·马丁．当代叙事学 [M]．伍晓明译，北京：北京大学出版社，1990年．

[79] 乔·艾略特．小说的艺术 [M]．张玲等译，北京：社会科学文献出版社，1993年．

[80] 里蒙·凯南．叙事虚构作品 [M]．姚锦清译，北京：三联书店，1989年．

[81] 张寅德主编．叙述学研究 [M]．北京：中国社会科学出版社，1989年．

[82] 热拉尔·热奈特．叙事话语 新叙事话语 [M]．王文融译，北京：中国社会科学出版社，1990年．

[83] 蒲安迪．中国叙事学 [M]．北京：北京大学出版社，1996年．

［84］米克·巴尔．叙述学·叙事理论导论［M］．谭君强译，北京：中国社会科学版社，1995年．

［85］希利斯·米勒．解读叙事［M］．申丹译，北京：北京大学出版社，2002年．

［86］伊恩·里德．短篇小说［M］．逍遥 陈依译，北京：昆仑出版社，1993年．

［87］帕佩尔内．契诃夫怎样创作［M］．朱逸森译，上海：上海译文出版社，1991年．

［88］契诃夫．契诃夫小说全集［M］．汝龙译，上海：上海译文出版社，2000年．

［89］莫泊桑．莫泊桑短篇小说集［M］．李玉民 柳鸣九译，合肥：安徽文艺出版社，2005年．

［90］欧·亨利名作欣赏［M］．王仲年译，北京：中国和平出版社，1996年．

［91］杰弗雷·乔叟．坎特伯雷故事［M］．方重译，北京：人民文学出版社，2004年．

［92］卜伽丘．十日谈［M］．方平，王科一译，上海：上海文艺出版社，1988年．

［93］契诃夫．契诃夫短篇小说选［M］．汝龙译，北京：人民文学出版社，2005年．

［94］苏畅编选．俄罗斯小说百年精选［M］．北京：中国华侨出版社，2006年．

［95］徐岱．小说叙事学［M］．北京：中国社会科学出版社，1992年．

［96］申丹、韩加明、王丽亚．英美小说叙事理论研究［M］．北京：北京大学出版社，2005年．

［97］尚必武主编．叙事研究前沿（第一辑）［C］．北京：外语教学与研究出版社，2014年．

[98] 申丹、王邦维总主编. 新中国 60 年外国文学研究（第一卷下）外国文学小说研究 [C]. 章燕、赵桂莲执行主编，北京：北京大学出版社，2015 年.